《中华好诗词（第三辑）》编委会

中華好詩詞

河北广播电视台《中华好诗词》项目组◎编

第三辑

朝華出版社

BLOSSOM PRESS

图书在版编目（ＣＩＰ）数据

中华好诗词．第三辑 ／ 河北广播电视台《中华好诗
词》项目组编．－－ 北京 ：朝华出版社，2018.8（2018.10 重印）
ISBN 978－7－5054－4299－3

Ⅰ．①中… Ⅱ．①河… Ⅲ．①古典诗歌－诗歌欣赏－
中国 Ⅳ．① I207.22

中国版本图书馆 CIP 数据核字 (2018) 第 166532 号

中华好诗词（第三辑）

编　　者	河北广播电视台《中华好诗词》项目组

责任编辑　张　璇
责任印制　张文东　陆竞赢
排版制作　刘洁琼

出版发行　朝华出版社
社　　址　北京市西城区百万庄大街 24 号　　　　**邮政编码**　100037
订购电话　(010) 68996050　68996618
传　　真　(010) 88415258（发行部）
联系版权　j－yn@163.com
网　　址　http://zhcb.cipg.org.cn
印　　刷　北京文昌阁彩色印刷有限责任公司
经　　销　全国新华书店
开　　本　710mm×1000mm　1/16　　　　　　　**字　　数**　280 千字
印　　张　17.5
版　　次　2018 年 8 月第 1 版　2018 年 10 月第 2 次印刷
装　　别　平
书　　号　ISBN 978－7－5054－4299－3
定　　价　39.80 元

叶嘉莹

第一次看《中华好诗词》节目是在温哥华，一个学生推荐给我的。看到这个节目之后我非常高兴，它实现了我多年以来的一个理想：让小朋友以一种游戏和比赛的兴致去学习诗词，而不是枯燥、死板地背诵，而且我也提倡不要死记硬背，要学习用诗歌的平仄调子来吟唱。

可惜我年纪太大了，没有精力做这样的事情，感谢《中华好诗词》这个节目帮我完成了生平的夙愿。

范 曾

南京胜棋楼有一副对联，上联是"烟雨湖山六朝梦，人言为信，我始欲愁，仔细思量，风吹皱一池春水"。

人家说《中华好诗词》这个节目好，我抱着怀疑的态度看了节目，果然好。我们中国的古代文人在研究诗词的时候，除去苦读，还要抱有一种游戏的心态。《中华好诗词》将传统的古典诗词文化用电视娱乐手段予以表现，寓教于乐，使中国爱诗的一潭春水波动起来。

郑愁予

《中华好诗词》是推动两岸文化交流的"火车头"，是一个了不起的，有教育性、有文学性甚至有娱乐性的节目。因为这样轻松有趣又不失古典韵味的节目是前所未有的，填补了现下文化类节目在这方面的空缺，对其他同类节目起到了引导作用。我可以参加这样一个节目，感到相当自豪。希望《中华好诗词》能一直办下去，为传承中华诗词文化贡献力量。

刘心武

　　《中华好诗词》节目形式活泼，通过富有竞技性、趣味性的编排，使诗词不那么枯燥，让人们能看得进去，在潜移默化当中，提升了人们对中华诗词的兴趣，起到推动群众阅读欣赏中华诗词的好作用。同时，节目能够带来一种对母语的热爱的力量，这种力量传递到我们血液当中之后，就使得我们更加热爱自己民族的历史和我们民族悠久的文化传统。

梁晓声

　　无意间发现《中华好诗词》这档节目，随即被吸引了，以后我便成了它的稳定观众。

　　《中华好诗词》是力图将社会公器变为社会益器的节目，在推动中国电视文化的发展、引领观众特别是青少年观众，进入比娱乐视域更开阔也更有益于丰富知识、激活感性思维脑区这一点上，具有值得深入研究、探讨的示范性和启发性意义。

苏叔阳

　　我觉得《中华好诗词》办得非常好，它第一可以普及中华优秀诗词，第二可以发现很多中华诗词文化未来的继承人。将来可能会出很多好诗人。这对于中华优秀文化，特别是全世界的瑰宝——中华诗词来说，是很好的推广和普及，更是培养重点人才的好办法。

蒋子龙

古典诗词作为我国传统文化宝库中的一颗明珠，应该得到更好的继承和发扬。多读诗词，能够陶冶情操，丰富知识，所谓"腹有诗书气自华"！《中华好诗词》这个节目有很大的空间，一定会越来越好。

韩静霆

《中华好诗词》这个节目真的是"一言难尽"，我想它也可以叫"中华好营养"吧，营养我们的心灵，营养社会，营养我们的品格。看了这个节目以后我突然发现，我们的遗传基因里面已经深深植入了中华诗词的因子。在一片选秀声音中间，《中华好诗词》坚守着文化阵地，传承中华传统文化，这是非常难得的。

叶 辛

我觉得《中华好诗词》这个形式很好，既宣传了我们自古以来历朝历代的好诗词，又比较活泼，能让今天的年轻一代所接受。节目选择的那些诗句绝大多数都是名句，在电视这样一个广阔的平台上，使各个年龄层次、各种文化层次的观众都能接受。

赵忠祥

　　诗词是中华民族自古以来表情达意的重要形式，《中华好诗词》将传统的古典诗词文化用电视娱乐手段表现，寓教于乐，充分体现了社会正能量。它自始至终赏心悦目，是我最喜欢的一档文化节目。能参与《中华好诗词》的制作，实现了我久远的梦想，幸何如之。

濮存昕

　　我觉得中国的诗词文化在世界文化范围里都是独树一帜的。诗词是语言的智慧，并且是大智慧，需要我们这一代人去把诗词发扬起来，让诗词在传承的过程中不断发展。让我们大家在《中华好诗词》节目里一起感悟诗词，走近诗词文化的语境，传播诗词文化。

郦　波

　　我们通过诗词跨越千年，回到古人的内心，回到他们的生活。然后知道他们的生活中，曾经有一些属于人心的闪光的东西，那就是我们的民族基因。我为什么让年轻人去读诗词，就是希望他们找到自己，找到诗词的力量，一种塑造精神、塑造灵魂，塑造我们作为一个中国人的力量，这就是《中华好诗词》的力量！

杨 雨

　　《中华好诗词》让似乎尘封已久的经典诗词在屏幕上演绎出许多快乐和感人的故事。这是一个充满欢笑的快乐舞台，但不是庸俗的搞笑，节目的娱乐性体现在它的出题形式和环节设置上，节目从不恶搞诗词，始终对诗词怀有一种至上的敬畏心。我很感谢和《中华好诗词》的缘分，它让分散在世界各个角落的诗词爱好者，终于有了一个可以寻觅知音的平台。

康 震

　　古典诗词是中华传统文化重要的组成部分，学习古典诗词可以让我们了解古人的生活，可以让我们了解古人的情感，也让我们能够对未来中国文化发展的走向有一种感知和预测。《中华好诗词》用创新、轻松的方式让我们学习古典诗词，温习古典诗词，背诵古典诗词，了解古典的诗词的内涵，让我们的精神变得更加充实，也让我们对未来的生活更加富有信心。一起关注《中华好诗词》，一同感受中华诗词的魅力和力量。

方文山

　　我在台湾通过网络看过很多期《中华好诗词》，这档节目在台湾很受欢迎。我自己的创作都是偏古风的，有这样的一个节目可以让自己谈及古诗词对创作的影响，是很有意义的。让我们一起关注《中华好诗词》，感受诗词的力量，以诗词传承文化。

出版说明

　　《中华好诗词（第三辑）》在《中华好诗词》第五季电视节目基础上编写而成。书中主要包括精心遴选的一百余组诗词题目与题解、两套现场模拟自测题附答案和七位选手代表的参赛心语。

　　题目与题解部分，总体依照题目背景所对应的自先秦至近现代的历史时间顺序编排；每一历史时段对应的部分，基本上以"人物篇"和"作品篇"分别呈现。题解内容以节目中大学士的讲解为主，加以由历届选手结成的整理组的润色与补充。其中人物篇的题解主要包括人物简介、代表作、文学史贡献、史评、人物故事等，作品篇的题解主要包括作品原文、基本知识、背景故事、背景延伸、人文链接等。题解内容侧重对文化知识的讲解，兼有少量对作品的鉴赏和情思的感发，期望能使读者在收获知识的同时，享受文化审美的愉悦感。

　　书中插图主要为古画、名人书法和文物照片，其中少量文物图片由选手韦异才于各大博物馆实地拍摄。在图片的选取上，我们力求使其与所对应的题目内容一一契合，如：介绍班昭的内容，所选图片为明人《千秋绝艳图》中班昭的画像；与苏轼相关的题目，其配图为苏轼《寒食帖》书法墨迹。

　　结合第五季节目内容实际，部分题目考查和介绍的对象为古代典籍与古文名篇，非严格意义上的诗词，可以说是对"中华好诗词"基本概念范畴的丰富与扩展。

　　综合第五季节目播出内容与本书的体例特点，书中未选编元明时期题目，近现代部分未设置"人物篇"，特此说明。

　　诗歌是心灵和情感的产物，爱诗的人自己也是优雅的。周汝昌先生说得好："以我之诗心，鉴照古人之诗心，又以你之诗心，鉴照我之诗心。三心映鉴，真情斯见；虽隔千秋，欣如晤面。"滚滚红尘，正是因为有了那么多美好的事物才显得可爱。在祖先留下的美言面前，我们所做的只是九牛一毛。

本书整理组

2018 年 5 月

目
录

自测题及答案

选手心语

中华好诗词

——诗词与诗词背后的人物、掌故、逸事

先秦

先秦·人物篇

题目 ▶ 《战国策》中"士为知己者死，女为悦己者容"是哪位忠肝义胆的刺客所说？

答案 ▷ 豫让

题解

人物故事 豫让是春秋战国时期的著名的刺客，他的故事见于《战国策》，其原文如下：

晋毕阳之孙豫让，始事范、中行氏而不说，去而就知伯，知伯宠之。及三晋分知氏，赵襄子最怨知伯，而将其头以为饮器。豫让遁逃山中曰："嗟乎！士为知己者死，女为悦己者容，吾其报知氏矣！"乃变姓名为刑人，入宫涂厕，欲以刺襄子。襄子如厕，心动，执问涂者，则豫让也，刃其扞，曰："欲为知伯报仇！"左右欲杀之，赵襄子曰："彼义士也，吾谨避之耳。且知伯已死，无后，而其臣至为报仇，此天下之贤人也。"卒释之。

豫让又漆身为厉，灭须去眉，自刑以变其容，为乞人而往乞。其妻不识曰："状貌不似吾夫，其音何类吾夫之甚也！"又吞炭为哑，变其音。其友谓之曰："子之道甚难而无功，谓子有志则然矣，谓子智则否。以子之才，而善事襄子，襄子必近幸子，子之得近而行所欲，此甚易而功必成。"豫让乃笑而应之曰："是为先知报后知，为故君贼新君，大乱君臣之义者，无过此矣。凡吾所谓为此者，以明君臣之义，非从易也。且夫委质而事人，而求弑之，是怀二心以事君也。吾所为难，亦将以愧天下后世人臣怀二心者。"

居顷之，襄子当出，豫让伏所当过桥下。襄子至桥而马惊。襄子曰："此必豫让也。"使人问之，果豫让。于是赵襄子面数豫让曰："子不尝事范、中行氏乎？知伯灭范、中行氏，而子不为报雠，反委质事知伯。知伯已死，子独何为报雠之深也？"豫让曰："臣事范、中行氏，范、中行氏以众人遇臣，臣故众人报之；知伯以国士遇臣，臣故国士报之。"襄子乃喟然叹泣曰："嗟乎，豫子！豫子之为知伯，名既成矣，寡人舍子亦以足矣。子自为计，寡人不舍子。"使兵环之。豫让曰："臣闻明主不掩人之义，忠臣不爱死以成名。君前已宽舍臣，天下莫不称君之贤。今日之事，臣故伏诛，然愿请君之衣而击之，虽死不恨。非所望也，敢布腹心。"于是襄子义之，乃使使者持衣与豫让。豫让拔剑三跃，呼天击之曰："而可以报知伯矣。"遂伏剑而死。死之日，赵国之士闻之，皆为涕泣。

豫让原是晋国大臣智伯的家臣。三家分晋后，赵襄子不仅杀了智伯，还把他的头骨作为饮器。豫让为报答知遇之恩，准备刺杀赵襄子为智伯报仇。他改名换姓，伪装成被判刑服役的罪人，为赵襄子修整厕所，想要找机会杀掉赵襄子。赵襄子上厕所的时候，突然察觉情况有异，就派人把修厕所的人抓了起来，豫让就暴露了。但赵襄子认为豫让是"义士""贤人"，饶恕了他。回去后，豫让又策划了第二次刺杀活动，他涂黑身体，吞炭变哑，连妻子都认不出他。他埋伏在赵襄子出门必经的桥下，准备一击得中。可是，上天又一次开了个玩笑，赵襄子的马突然惊了，他随即确定又是豫让要行刺他，就让士兵包围了豫让。豫让知道刺杀不可能成功了，就恳请赵襄子让他用剑击刺衣服，以表示为前主人报仇。赵襄子脱衣给豫让，豫让刺穿他的衣服后自杀。

先秦·作品篇

题目 ▶ "窈窕淑女，寤寐求之"中的"寤寐"是"睡着了"的意思，对吗？

答案 ▷ 不对

题解

作品原文

诗经·周南·关雎

关关雎鸠，在河之洲。窈窕淑女，君子好逑。

参差荇菜，左右流之。窈窕淑女，寤寐求之。

求之不得，寤寐思服。悠哉悠哉，辗转反侧。

参差荇菜，左右采之。窈窕淑女，琴瑟友之。

参差荇菜，左右芼之。窈窕淑女，钟鼓乐之。

基本知识 寤寐：醒和睡。寤，睡醒。寐，入睡。

背景延伸 这首诗现在一般被认为是男女恋歌。古人则认为写的是"后妃之德"，具有浓厚的教化色彩。《诗大序》："《关雎》，后妃之德也。《风》之始也，所以风天下而正夫妇也。故用之乡人焉，用之邦国焉。"在古人看来，夫妇为人伦之始，天下一切道德的完善，都必须以夫妇之德为基础。孔子在《论语》中评价此诗："《关雎》乐而不淫，哀而不伤。"郑玄笺《毛诗》："后妃觉寐则常求此贤女，欲与之共己职也。"孔颖达《毛诗正义》："此诗之作，主美后妃进贤。思贤才，谓思贤才之善女。"朱熹的《诗集传》则说："孔子曰'《关雎》乐而不淫，哀而不伤'，愚谓此言为此诗者，得其性情之正，声气之和也。"

不过由于此诗蕴含男女恋情的因素，后世反抗礼教的人也常引用《关雎》，如《牡丹亭》中的杜丽娘就是读《关雎》而伤春的。

题目▶ 爱美之心人皆有之，古往今来描写美人的诗词数不胜数。请问，下面哪句诗词创作的时间最早？

选项：A.巧笑倩兮，美目盼兮。　　B.翩若惊鸿，婉若游龙。

C.回眸一笑百媚生，六宫粉黛无颜色。

答案▷ A.巧笑倩兮，美目盼兮。

题解

作品原文

诗经·卫风·硕人

硕人其颀，衣锦褧衣。齐侯之子，卫侯之妻，东宫之妹，邢侯之姨，谭公维私。

手如柔荑，肤如凝脂，领如蝤蛴，齿如瓠犀，螓首蛾眉。巧笑倩兮，美目盼兮。

硕人敖敖，说于农郊。四牡有骄，朱幩镳镳，翟茀以朝。大夫夙退，无使君劳。

河水洋洋，北流活活。施罛濊濊，鳣鲔发发，葭菼揭揭。庶姜孽孽，庶士有朅。

基本知识 硕人：高大壮硕的人。先秦时以身材高大为美。此指卫庄公夫人庄姜。颀：高，修长貌。衣锦：穿着锦褧衣。"衣"为动词。褧（jiǒng）：妇女出嫁时穿的麻布罩衣，一是防止灰尘，二是为了不让锦衣太过招摇。姨：妻子的姐妹。谭公维私：谭公是庄姜的姐夫。维，其。私，女子称其姊妹之夫。荑（tí）：茅草之芽。领：颈。蝤蛴（qiú qí）：天牛的幼虫。瓠犀（hù xī）：瓠瓜的子，白而整齐，所以用它来比喻美人的皓齿。螓（qín）：似蝉而小，头宽广、正方。螓首是形容美人的前额丰满开阔。蛾眉：蚕蛾的触角，细长而弯曲。这里形容美人的眉毛。盼：望，指眼波流动，一说黑白分明。敖敖：高大貌。说（shuì）：通"税"，停车。四牡：驾车的四匹雄马。幩（fén）：用在马嘴上的绢帛，使马少出汗。镳（biāo）：马嚼子。镳镳连用，形容马强壮精神。翟茀（dí fú）：以野鸡毛羽装饰的车帷子。翟，山鸡。茀，车篷。夙退：早早退朝。河：上古特指黄河。活活（guō guō）：水流声。罟（gū）：大渔网。濊濊（huò huò）：撒网入水的声音。鳣（zhān）：鳇鱼，一说赤鲤。鲔（wěi）：鲟鱼，一说鲤鱼类。发发（bō bō）：鱼跳跃声。葭（jiā）：初生的芦苇。菼（tǎn）：初生的荻。揭揭：长。庶姜：指随嫁的姜姓众女。孽孽：盛装打扮。士：从嫁的媵臣。有朅（qiè）：有，动词或者形容词词头，没有实际的含义。朅，勇武貌。

背景故事　历史上形容美人之美，最早一般是直言其美，随后用比喻表现其美，再后来以大家的感官来写其美，这是一个由简到繁、逐渐丰富的过程。用"巧笑倩兮，美目盼兮"来形容美人不光时间最早，其实也写得最好。前面还有几句"手若柔荑，肤如凝脂，领如蝤蛴，齿如瓠犀，螓首蛾眉"，用白描手法把一个女子的美写到极致，没有办法比这更美了。所以后来我们只能转一条道，用"沉鱼落雁""闭月羞花"之类的词来形容女子之美，从最早的比较具体的细节的描写，慢慢转到神态、侧面等的描写，比如描写大家的观感，就是旁人看她怎么美，更多的激发读者的联想。

背景延伸　如今，也许很多人并不觉得用一群昆虫凑在一起的样子来形容人会显得美。这和我们历史上的农业社会的形态有关，上古百姓接触最多的就是身边的植物、动物，所以当时的诗人可以从中信手拈来去形容他心目当中美的极致，这就是一种自然之美。

"荑"是什么呢？"荑"是白茅草刚刚生长出来的毛尖。而白茅草在祭祀的时候是很重要的东西。古代祭祀时，首先在地上铺上一层洁净的白茅草，然后才摆上祭品，这样做是为了表达对神灵的敬畏。所以《诗经》里讲采草割草非常重要，因为它们不光是对生活有用，对祭祀也有用。

题目▶　《硕人》是我国最早描写女性容貌美、情态美的篇章之一。请问，这里的"硕人"指的是什么样的人？

　　选项：A.瘦弱纤细的人　B.娇小玲珑的人　C.高大俊美的人

答案▶　C.高大俊美的人

题解

基本知识　《硕人》描写的主人公是庄姜，是位大美女。她身份也很高贵，是齐国国君之女，后嫁给了卫国国君。《说文解字》里解释"硕"为"头大"，后来凡是"大"都可以用"硕"来形容。这里指身材修长。每个时代认定美女的标准不一样，而且同一个时代每一个人的审美观也不一样。上古的娶妻标准，第一是门当户对，第二是健康。因为当时人们观念里，娶妻最重要的职能是传宗接代、操持家务，所以都希望妻子高大壮硕。我国第一位女将军妇好，商王武丁的配偶之一，不仅战功赫赫，而且还经常主持国家祭典，接见各地来宾。而身体健壮是这些功绩的基本前提。

背景故事　关于本诗的主旨，《毛诗序》曰："《硕人》，闵庄姜也。庄公惑于嬖妾，使骄上僭。庄姜贤而不答，终以无子，国人闵而忧之。"据传，在结婚之后，由于卫庄公宠爱妾侍，庄姜被冷落，没有子嗣。卫国人同情她，就作了这首诗。

背景延伸　庄姜是中国历史上最早的女诗人之一。《毛诗序》记载："《燕燕》，卫庄姜送归妾也。"所以一般认为《邶风·燕燕》出自庄姜之手。《燕燕》还被清代王士禛誉为"万古送别诗之祖"。另外《诗经·鄘风·载驰》的作者许穆夫人，也是较早的女性诗人。

题目▶　《诗经·唐风·绸缪》中有诗句："绸缪束薪，三星在天。今夕何夕，见此良人？"请问，其中的"束薪"暗喻什么？

选项：A.观星占卜　B.男女婚嫁　C.送葬

答案▷　B.男女婚嫁

题解

作品原文

诗经·唐风·绸缪

绸缪束薪，三星在天。今夕何夕，见此良人？子兮子兮，如此良人何？

绸缪束刍，三星在隅。今夕何夕，见此邂逅？子兮子兮，如此邂逅何？

绸缪束楚，三星在户。今夕何夕，见此粲者？子兮子兮，如此粲者何？

基本知识　对于这首诗的看法古今比较一致，大多认为其所写内容是关于婚姻的。绸缪指紧密缠缚貌。《毛传》："绸缪，犹缠绵也。"　孔颖达疏："毛以为绸缪犹缠绵束薪之貌，言薪在田野之中，必缠绵束之，乃得成为家用。"薪指可以劈开来用的粗大木柴。《礼记·月令》有"收秩薪柴"之说，郑玄注："大者可析谓之薪。"《周礼·委人》："薪蒸材木。"注曰："粗者曰薪，细者曰蒸。"《孟子·梁惠王上》："明足以察秋毫之末，而不见舆薪。"

束薪是因为在黄昏举行婚礼，要用束薪来照明。《诗经》之中还有一首《庭燎》，就提到了这种习俗。庭燎的意思是"院子里的篝火"。《诗经》中关于男女婚事的篇目常言及"薪"。魏源《诗古微》谈道："三百篇言取妻者，皆以析薪取兴。盖古者嫁娶以燎炬为烛，如《汉广》'翘翘错薪'，《南山》'析薪如之何'。"绸缪束薪就是说在黄昏用木柴点起火把举行婚礼，魏源《诗古微》认为这除了实写之外，还比喻婚姻缠绵不解。婚嫁的"婚"有"女"字旁，其实最早就是黄昏的"昏"，因为上古婚礼是在黄昏举行的。

良人是古代女性对丈夫的称呼。《诗经·秦风·小戎》："厌厌良人，秩秩德音。"《孟子·离娄下》："齐人有一妻一妾而处室者。其良人出，必餍酒肉而后反……其妻归，告其妾，曰：'良人者，所仰望而终身也，今若此。'"赵岐注："良人，夫也。"李白《子夜吴歌·秋歌》："秋风吹不尽，总是玉关情。何日平胡虏，良人罢远征。"张籍《节妇吟》："妾家高楼连苑起，良人执戟明光里。"当然，上古时期也有将贤臣称为"良人"的，《诗经·秦风·黄鸟》即是："彼苍者天，歼我良人。"后世也指平民百姓或者身世清白的人。

背景延伸　随着历史的演变，如今中国多地，尤其是北方的婚礼要在上午举行，特别是在中午十二点以前一定要成礼。黄昏成礼、晚上结婚不是不可以，但往往是再婚夫妇。不过中国南北方习俗差异很大，如今南方有的地方还是在晚上举行婚礼。

题目 ▶ 台湾著名诗人余光中在《秦俑》中写道："岂曰无衣，与子同袍。王于兴师，修我戈矛。"请问，这几句诗出自《诗经》中的哪一篇？

答案 ▷ 《秦风·无衣》

题解

作品原文

诗经·秦风·无衣

岂曰无衣？与子同袍。王于兴师，修我戈矛，与子同仇！

岂曰无衣？与子同泽。王于兴师，修我矛戟，与子偕作！

岂曰无衣？与子同裳。王于兴师，修我甲兵，与子偕行！

基本知识 袍：长袍，战袍，内装丝棉。王：一说指秦君，一说指周天子。于：语气助词，放在动词之前。泽：通"襗"，亲肤的内衣，如今指汗衫。作：起。裳：下衣，此指战裙。甲兵：是指两样东西，即铠甲与兵器。

背景故事 关于这首诗的所指，有三种不同说法。第一种来自《毛诗序》，说："《无衣》，刺用兵也，秦人刺其君好攻战，亟用兵而不与民同欲焉。"其认为此诗是秦人讽刺国君好战之作。第二种说法认为，该诗说的是周幽王十一年王室内讧，戎族攻进镐京，秦国在秦襄公率领下起兵勤王的史事。第三种是《左传》的记载，鲁定公四年，蔡、吴、唐三国军队攻陷楚国郢都。楚昭王逃到了随国。昭王是秦国贵女孟嬴所生，是秦哀公的外孙，加之秦国较有实力，所以楚臣申包胥到秦国求援。秦哀公让其先回驿馆休息，随后再作商量。申包胥说国君被迫外逃，自己怎敢安息，于是站在墙边痛哭，不食不饮。"立，依于庭墙而哭，日夜不绝声，勺饮不入口七日，秦哀公为之赋《无衣》，九顿首而坐，秦师乃出。"秦军于是一举击退了吴兵。秦哀公借此诗表达自己愿意出兵，也表达了与楚王、楚国的同袍之谊。后来汉代人的《吴越春秋》也采用了这种说法。

背景延伸 这首诗的三章分别说"与子同袍""与子同泽""与子同裳"，其中"袍"指长衣、外衣，"泽"指内衣，相当于现在穿的汗衫，而"裳"就是下衣。在古代，"衣"专指上衣，而现在"衣"成了衣服类的统称。

人文链接 秦人尚武 《汉书·赵充国辛庆忌传》中说秦地"民俗修习战备，高上勇力鞍马骑射。故秦诗曰：'王于兴师，修我甲兵，与子偕行。'其风声气俗自古而然，今之歌谣慷慨，风流犹存耳。"朱熹《诗集传》也说："秦人之俗，大抵尚气概，先勇力，忘生轻死，故其见于诗如此。"

不论背景究竟如何，《无衣》这首诗意气风发，豪情满怀，士气高昂，字里行间涌动着一股无与伦比的热情，反映了秦地人民的尚武精神。后世有人评价说，唐人边塞诗都比不了此诗的英雄气概。

题目 ▶ "弄璋之喜""弄瓦之喜"典出《诗经·小雅·斯干》，这首诗本意庆祝的是什么呢？

选项：A.宫殿落成　B.喜得贵子　C.乔迁之喜

答案 ▷ A.宫殿落成

题解

作品原文

诗经·小雅·斯干

秩秩斯干，幽幽南山。如竹苞矣，如松茂矣。兄及弟矣，式相好矣，无相犹矣。

似续妣祖，筑室百堵，西南其户。爰居爰处，爰笑爰语。

约之阁阁，椓之橐橐。风雨攸除，鸟鼠攸去，君子攸芋。

如跂斯翼，如矢斯棘，如鸟斯革，如翚斯飞，君子攸跻。

殖殖其庭，有觉其楹。哙哙其正，哕哕其冥，君子攸宁。

下莞上簟，乃安斯寝。乃寝乃兴，乃占我梦。吉梦维何？维熊维罴，维虺维蛇。

大人占之：维熊维罴，男子之祥；维虺维蛇，女子之祥。

乃生男子，载寝之床。载衣之裳，载弄之璋。其泣喤喤，朱芾斯皇，室家君王。

乃生女子，载寝之地。载衣之裼，载弄之瓦。无非无仪，唯酒食是议，无父母诒罹。

基本知识 秩秩：流水。干：通"涧"，小溪。似续：似通"嗣"。嗣续可以理解为"继承"。椓（zhuó）：打夯。跂（qì）：踮起脚跟站立。棘：急，直。

翚（huī）：野鸡羽毛五彩称翚。哙（kuài）哙：同"快快"，宽敞明亮。哕（huì）哕：同"煟（wèi）煟"，光明。冥：夜晚，此指厅后幽深的地方。莞（guān）：蒲草编的蒲席。虺（huǐ）：一种细小的毒蛇。朱芾（fú）：熟兽皮做的红色蔽膝，为诸侯、天子所服。裼（tì）：褓褓。诒（yí）：同"贻"，获得，加诸其身。罹：忧愁，忧心，遭受。

背景故事　《斯干》本意是庆祝贵族的宫殿落成。诗的前半部分基本上都在描绘宫殿的巍峨、壮丽。后半部分则祝愿宫殿的主人能够福寿绵长，子孙生生不息。若生了个儿子，就拿玉璋作玩具，意味着他将来要成为国家之栋梁；若生了女儿，那么将来要主管家务——"唯酒食是议"，所以给她一个纺锤。瓦在这里指纺锤。

从宫室建成说到生孩子，是因为当时贵族是世袭的，所以主人一定要有子嗣。而且周朝的爵位传男不传女，所以一定要生男孩才能保证贵族身份可以世袭下去，也就是诗中说的"室家君王"。因此，这首诗在庆祝宫殿落成的同时，也祝贺主人既有子又有女。

总之，这首诗的本意是庆祝宫殿落成。现在单说"弄璋之喜"指的是喜得贵子，"弄瓦之喜"指的是喜得佳女。

《毛诗序》说："《斯干》，宣王考室也。"考就是建立的意思。清陈奂《诗毛氏传疏》说："厉王奔彘，周室大坏，宣王即位，复承文武之业，故云考室焉。"认为该诗通过歌颂宫室的落成，反映了周宣王的中兴。

题目▶　《古诗十九首》中的《迢迢牵牛星》写到织女"终日不成章，泣涕零如雨"。请问，"终日不成章"化用自哪部作品？

选项：A.《诗经》　B.《楚辞》　C.《燕歌行》

答案▷　A.《诗经》

题解

作品原文

古诗十九首·迢迢牵牛星

迢迢牵牛星，皎皎河汉女。

纤纤擢素手，札札弄机杼。

终日不成章，泣涕零如雨。

河汉清且浅，相去复几许！

盈盈一水间，脉脉不得语。

诗经·小雅·大东

有饛簋飧，有捄棘匕。周道如砥，其直如矢。

君子所履，小人所视。眷言顾之，潸焉出涕。

小东大东，杼柚其空。纠纠葛屦，可以履霜。

佻佻公子，行彼周行。既往既来，使我心疚。

有冽氿泉，无浸获薪。契契寤叹，哀我惮人。

薪是获薪，尚可载也。哀我惮人，亦可息也。

东人之子，职劳不来。西人之子，粲粲衣服。

舟人之子，熊黑是裘。私人之子，百僚是试。

或以其酒，不以其浆。鞙鞙佩璲，不以其长。

维天有汉，监亦有光。跂彼织女，终日七襄。

虽则七襄，不成报章。睆彼牵牛，不以服箱。

东有启明，西有长庚。有捄天毕，载施之行。

维南有箕，不可以簸扬。维北有斗，不可以挹酒浆。

维南有箕，载翕其舌。维北有斗，西柄之揭。

基本知识 牵牛星：俗称"牛郎星"，是天鹰星座的主星，在银河东，隔银河和织女星相对。河汉女：指织女星，是天琴星座的主星，在银河西，隔银河与牵牛星相对。河汉指银河。章：指布帛上的经纬纹理，这里指整幅的布帛。盈盈：水清澈、晶莹的样子。一说形容织女。

背景故事 《诗经》开始流传的时候牛郎织女的故事还没有形成，但是织女的象征意义已经开始出现端倪。"终日不成章"，《小雅·大东》的原句是"跂彼织女，终日七襄。虽则七襄，不成报章"，说织女星一天虽然要换七次位置，但七次位置换下来，还是不能织成一匹完整的布。所以"终日不成章"其实已经完整地沿用了《诗经》中的原意了。

背景延伸 夏季晚上8点20分到9点20分，我们到院子里面抬头仰望，看到的最亮的那颗星就是织女星。东南方向朦朦胧胧的就是银河，再往东南方还有一颗亮的星就是牵牛星。它们之间的距离是16万光年。在神话传说中，织女是一位袅娜的弱女子，可是织女星却是很大的一颗星，它的直径是太阳的3.2倍，体积则是太阳的33倍。

人文链接 牛郎织女和白蛇传、孟姜女哭长城、梁山伯与祝英台等都是我国古代民间有名的爱情故事。与牛郎织女传说相关的节日是七夕节。2008年，牛郎织女传说列入第二批国家级非物质文化遗产名录，申报地为山西省和顺县与山东省沂源县。

据民俗文化学者钟敬文先生考证，牛郎织女的故事其实有好几种版本。我们熟悉的一个版本是，牛郎放牛，哥哥嫂子不待见他，分家只分给他一头老黄牛，然后牛郎在老黄牛的指点下遇上了七仙女，这是"人间"版本。但是后来又发展出"天庭"版本，说牛郎本来就是牵牛星，被贬下凡。钟敬文认为，后来发展的"天庭"版本不如原来的"人间"版本。因为老黄牛和织女是天神下凡，那么牛郎就一定要是人间的，这样才有反差。如果牛郎也是神仙下凡，就不如一凡一仙的矛盾更有张力。

题目 ▶ 屈原的著名作品《离骚》中，开篇第一句为"帝高阳之苗裔兮，朕皇考曰伯庸"。请问，这里的"高阳"指的是中国古代神话人物"三皇五帝"中的哪一位？

选项：A.颛顼（zhuān xū）　　B.帝喾（kù）　　C.唐尧

答案 ▷ A.颛顼

题解

作品原文

离骚（节选）

屈原

帝高阳之苗裔兮，朕皇考曰伯庸。摄提贞于孟陬兮，惟庚寅吾以降。

皇览揆余初度兮，肇锡余以嘉名。名余曰正则兮，字余曰灵均。

纷吾既有此内美兮，又重之以修能。扈江离与辟芷兮，纫秋兰以为佩。

汨余若将不及兮，恐年岁之不吾与。朝搴阰之木兰兮，夕揽洲之宿莽。

日月忽其不淹兮，春与秋其代序。惟草木之零落兮，恐美人之迟暮。

不抚壮而弃秽兮，何不改乎此度？乘骐骥以驰骋兮，来吾道夫先路。

昔三后之纯粹兮，固众芳之所在。杂申椒与菌桂兮，岂维纫夫蕙茝？

彼尧舜之耿介兮，既遵道而得路。何桀纣之猖披兮，夫唯捷径以窘步。

惟夫党人之偷乐兮，路幽昧以险隘。岂余身之惮殃兮，恐皇舆之败绩。

忽奔走以先后兮，及前王之踵武。荃不查余之中情兮，反信谗而齌怒。

余固知謇謇之为患兮，忍而不能舍也。指九天以正兮，夫惟灵修之故也。

基本知识　颛顼是中国上古部落联盟首领，"五帝"之一，姬姓，号高阳氏，是黄帝次子昌意的后裔，他传两世之后就到了大舜，算是舜的高祖。东汉王逸的《楚辞章句》中说："高阳，颛顼有天下之号也。"《史记·五帝本纪》记载颛顼"静渊以有谋，疏通而知事"。

《史记·楚世家》记载："楚之先祖出自帝颛顼高阳。高阳者，黄帝之孙，昌意之子也。高阳生称，称生卷章，卷章生重黎。重黎为帝喾高辛居火正，甚有功，能光融天下，帝喾命曰祝融。共工氏作乱，帝喾使重黎诛之而不尽。帝乃以庚寅日诛重黎，而以其弟吴回为重黎后，复居火正，为祝融。吴回生陆终。陆终生子六人，坼剖而产焉。其……六曰季连，芈姓，楚其后也。……季连生附沮，附沮生穴熊。其后中微，或在中国，或在蛮夷，弗能纪其世。周文王之时，季连之苗裔曰鬻熊。鬻

清人绘颛顼像　　清人绘屈原像

熊子事文王，蚤卒。其子曰熊丽。熊丽生熊狂，熊狂生熊绎。熊绎当周成王之时，举文、武勤劳之后嗣，而封熊绎于楚蛮，封以子男之田，姓芈氏，居丹阳。"

背景故事　高阳是一个地名，在今天的河南开封杞县高阳镇。顾祖禹《读史方舆纪要》记载"颛顼高阳氏佐少昊有功，封于此"。后来郦食其拜见汉高祖，自称高阳酒徒，就和这里相关。

颛顼在神话传说中是"东北方部落之宗神"，旧籍上说他"以水德王天下""死为北方水德之帝"。

据传，颛顼帝二十岁登帝位，在位七十八年，九十八岁去世。他在位期间创制九州，使中国首次有了区域划分；建立统治机构，定婚姻，制嫁娶，使男女有别，长幼有序；针对巫术盛行之风，下令民间禁绝巫教；改革甲历，定下四季和二十四节气。后人推戴他为"历宗"，尊其为中华民族人文祖先之一。

背景延伸　传说中，颛顼曾经和共工部落进行过惊天动地的争霸战。共工氏欲霸九州，要与颛顼争夺帝位，于是就向颛顼部落进攻。颛顼沉着应战，利用神箭手羿作为先锋，经过激烈战斗，共工氏逃到大西北，怒触不周山而死。

题目▶　"天时不如地利，地利不如人和"道出了战争输赢的关键因素。请问，这一经典言论出自谁的哪篇著作？

答案▷　孟子《孟子·公孙丑下》

题解

作品原文

孟子·公孙丑下（节选）

天时不如地利，地利不如人和。

三里之城，七里之郭，环而攻之而不胜。夫环而攻之，必有得天时者矣，然而不胜者，是天时不如地利也。

城非不高也，池非不深也，兵革非不坚利也，米粟非不多也，委而去之，是地利不如人和也。

故曰，域民不以封疆之界，固国不以山溪之险，威天下不以兵革之利。得道者多助，失道者寡助。寡助之至，亲戚畔之。多助之至，天下顺之。以天下之所顺，攻亲戚之所畔，故君子有不战，战必胜矣。

故宫南薰殿旧藏 孟子像

背景知识　"得道多助，失道寡助"指站在正义、仁义的一方，会得到多数人的支持帮助；违背道义、仁义，必然陷于孤立。这篇文章通过阐释"天时""地利""人和"，并将这三者加以比较，层层递进，论证了"天时不如地利，地利不如人和"的道理。

题目 ▶　孟子通过列举六位经过磨炼而担当大任的名人的事例，证明了"生于忧患，死于安乐"的道理。请问，根据原文记载，贤士胶鬲被任用之前从事什么工作？

答案 ▷　捕鱼晒盐

题解

作品原文

孟子·告子下（节选）

舜发于畎亩之中，傅说举于版筑之间，胶鬲举于鱼盐之中，管夷吾举于士，孙叔敖举于海，百里奚举于市。故天将降大任于是人也，必先苦其心志，劳其筋骨，饿其体肤，空乏其身，行拂乱其所为，所以动心忍性，曾益其所不能。人恒过，然后能改，困于心，衡于虑，而后作。征于色，发于声，而后喻。入则无法家拂士，出则无敌国外患者，国恒亡。然后知生于忧患而死于安乐也。

背景知识　"生于忧患，死于安乐"出自《孟子·告子下》。"胶鬲举于鱼盐之中"，鱼盐，此处意为在海边捕鱼晒盐。胶鬲是商纣王大臣，与微子、箕子、王子比干等同称贤人。

题目 ▶　有些古诗文我们现在理解的意思，和它们原本表达的含义是不一样的。请问，以下哪项解释与其本义是不对应的？

选项：A. 执子之手，与子偕老——表达的是战友情谊

B. 愿君多采撷，此物最相思——表达的是对朋友的眷恋之情

C. 人不为（wéi）己，天诛地灭——表达一种极度自私的理念

答案 ▷　C. 人不为（wéi）己，天诛地灭——表达一种极度自私的理念

题解

作品原文

诗经·邶风·击鼓

击鼓其镗，踊跃用兵。土国城漕，我独南行。

从孙子仲，平陈与宋。不我以归，忧心有忡。

爰居爰处？爰丧其马？于以求之？于林之下。

死生契阔，与子成说。执子之手，与子偕老。

于嗟阔兮，不我活兮。于嗟洵兮，不我信兮。

相思

王维

红豆生南国，春来发几枝。

愿君多采撷，此物最相思。

孟子·尽心上（节选）

杨子取为我，拔一毛而利天下，不为也。墨子兼爱，摩顶放踵利天下，为之。子莫执中，执中为近之，执中无权，犹执一也。所恶执一者，为其贼道也，举一而废百也。

背景知识　C项"人不为己，天诛地灭"的"为"念作wéi，是"修养，修为"的意思。这句话的意思是，如果人不修身，那么就会为天地所不容。这句话没有明确的出处，有人认为它可能化自《孟子·尽心上》中的"杨子取为我，拔一毛而利天下，不为也"，也有人说它是民间俗语。

A项出自《诗经·邶风·击鼓》，是一首典型的战争诗，《毛诗郑笺》认为其表达的是战友之情。

B项出自王维的《相思》，又叫《江上赠李龟年》，是写给朋友的。

题目 ▶　"不孝有三，无后为大"出自《孟子·离娄上》，这是孟子评价帝王舜的时候说的。请问，句中的"无后为大"指的是舜做了什么事？

选项：A.没告诉父母就娶了媳妇

B.娶的媳妇无法生育却不肯休妻

C.只生了女儿没生儿子

答案 ▷　A.没告诉父母就娶了媳妇

题解

作品原文

孟子·离娄上（节选）

不孝有三，无后为大。舜不告而娶，为无后也，君子以为犹告也。

基本知识　原文的解释是：不孝顺的事情有三件，其中又以不守后代之责为大。娶妻本应先告诉父母，舜帝没告诉父母而娶尧帝的二女为妻，就是"不守后代之责"。但在明理的君子看来，舜虽然没有禀告父母，就和禀告了父母是一样的。

背景故事　为什么"君子以为犹告也"？这很关键，这是孟子在为圣人立言。

虽然舜没有告诉父亲瞽叟自己娶妻，但是他娶的是尧的两个女儿，尧在把两个女儿嫁给舜之前考察了他的品行。所以说舜的品行天下皆知，连尧都认可，没告诉父母也不算是错误，是为"犹告"。

清人绘舜帝像　　故宫南薰殿旧藏
帝尧立像

背景延伸　孟子的原话说"不孝有三，无后为大"，但是他没说其他两个小的是什么。所以后来赵岐在《孟子注疏》中又列了两项，说后代应尽的三种职责："于礼有不孝者三事，谓阿意曲从，陷亲不义，一不孝也；家穷亲老，不为禄仕，二不孝也；不娶无子，绝先祖祀，三不孝也。三者之中，无后为大。"

第一，"阿意曲从，陷亲不义"，是说父母有错却不指出来，光是愚忠愚孝，这是错的；第二，"家穷亲老，不为禄仕"，不去工作，不能赡养父母，这是没有尽职责；第三，"不娶无子，绝先祖祀"，不婚娶生子，这也是后代没尽职责。《孟子注疏》里说的这三种情况，也是有其合理性的。

题目▶　"青青芹蕨下，叠卧双白鱼。无声但呀呀，以气相煦（xǔ）濡（rú）"出自白居易的《放鱼》，这几句诗隐含了一个成语故事，请问，是什么成语呢？

答案▷　相濡以沫

题解

基本知识　相濡以沫，比喻同在困难的处境里，用微薄的力量互相帮助。原意是说，为保持鱼的外相，要用水沫沾湿鱼的身体。这个成语典出《庄子·大宗师》："泉涸，鱼相与处于陆，相呴以湿，相濡以沫，不如相忘于江

庄子像（明·王圻、王思义《三才图会》）

湖。与其誉尧而非桀也，不如两忘而化其道。"后面假托孔子的话又提到了鱼："鱼相造乎水，人相造乎道。相造乎水者，穿池而养给；相造乎道者，无事而生定。故曰：鱼相忘乎江湖，人相忘乎道术。"庄子在提醒人们尊重自然规律，忘却是是非非，融于大道。

题目 ▶　2017 年 5 月"一带一路"国际合作高峰论坛在北京举行，习近平主席在开幕式的演讲中提到"不积跬步，无以至千里"。请问，这句古文出自哪个文学家的哪篇文章？

答案 ▷　荀子《劝学》（《劝学篇》）

题解

作品原文

荀子·劝学（节选）

君子曰：学不可以已。

青，取之于蓝，而青于蓝；冰，水为之，而寒于水。木直中绳，𫐓（róu）以为轮，其曲中规，虽有槁暴（pù），不复挺者，𫐓使之然也。故木受绳则直，金就砺则利。君子博学而日参省乎己，则知明而行无过矣。

吾尝终日而思矣，不如须臾之所学也；吾尝跂而望矣，不如登高之博见也。登高而招，臂非加长也，而见者远；顺风而呼，声非加疾也，而闻者彰。假舆马者，非利足也，而致千里；假舟楫者，非能水也，而绝江河。君子生（xìng）非异也，善假于物也。

积土成山，风雨兴焉；积水成渊，蛟龙生焉；积善成德，而神明自得，圣心备焉。故不积跬步，无以至千里；不积小流，无以成江海。骐骥一跃，不能十步；驽马十驾，功在不舍。锲而舍之，朽木不折；锲而不舍，金石可镂。蚓无爪牙之利，筋骨之强，上食埃土，下饮黄泉，用心一也。蟹六跪而二螯，非蛇鳝之穴无可寄托者，用心躁也。

基本知识　跬指半步，古时称人行走时举足一次为跬，举足两次为步，故半步叫"跬"。"不积跬步，无以至千里"是说，没有一步半步的积累，就没有办法到达千里远的地方。"不积小流，无以成江海"是说，不积累小河流，就没有办法汇成江海。

　　《劝学》是《荀子》一书的首篇，又名《劝学篇》。文章阐述的教育方法和学习态度，在两千余载后的今天仍然颇具价值。只有不断积累学习才能进步，学习就是要不怕吃苦。古人刻苦学习的故事，如匡衡凿壁偷光、祖逖闻鸡起舞、王献之苦练书法用完了十八缸水等等，比比皆是，激励后人学习他们的精神。

故宫南薰殿旧藏 荀子像

秦
汉

秦汉·人物篇

题目 ▶ 《汉书》是中国第一部纪传体断代史，也是"二十四史"之一。请问这部著作的作者是谁呢？

选项：A.司马相如　　B.班固　　C.司马迁

答案 ▷ B.班固

题解

人物简介　班固（32—92），字孟坚，扶风安陵（今陕西咸阳东北）人，东汉著名史学家、文学家，"汉赋四大家"之一。

代表作　《汉书》《两都赋》等。

文学史贡献　所著《汉书》是继《史记》之后中国古代又一部重要史书，是"前四史"之一。

人物故事　学者家族　班固一家人成就都很高。他的祖姑是西汉后期的女诗人班婕妤，也就是团扇诗《怨歌行》的作者。班固的父亲班彪、大伯班嗣，都是东汉初年著名的学者。到他这一代，弟弟班超投笔从戎，"不入虎穴，焉得虎子"的成语就和班超有关。还有他的妹妹班昭，也是一位著名的学者。

班姓源流　班家是什么人的后裔呢？他家原来姓芈（mǐ），祖先是楚国的令尹，相当于后世的相国。有位著名的令尹子文，他的一支后裔改姓了班。为什么姓班呢？相传子文从小是吃老虎的奶水长大的，虎身上有斑纹，于是他改姓"斑纹"的"斑"，由于"斑""班"相通，后来就变为了"上班"的"班"。

文史贡献　班固在史学方面的贡献不亚于司马迁，他开创了纪传体断代史这种史书的体例。《史记》是通史，而《汉书》是纪传体断代史，此后的官方修史全都沿用了断代史的体例。班固对中国诗歌的发展也有非常重要的贡献——创作了中国历史上有文献记载的第一首文人五言诗，还开创了"咏史"题材，咏的是汉初"缇萦救父"的故事。班固去世的时候《汉书》没有写完，是他的妹妹班昭把《汉书》续写完成的。班昭对《汉书》中"表"的部分大有贡献。

班昭像（明·仇英《千秋绝艳图》局部）

修史风波　其实班固一开始是自己悄悄地写作，结果被人告发，说他私修国史。弟弟班超为他求情，皇帝一看，觉得"这史修得不错啊"，所以他由私修国史升级到了官方修史。由于带上了官方色彩，《汉书》的语言是比较典雅的，跟司马迁发愤著书笔端包含的感情不一样。

题目▶　《三字经》里面用典颇多，基本上每一句背后都有故事，其中有两句拿两个女孩举例，说她们一个"能辨琴"，还有一个"能咏吟"。请问这位能辨琴的是谁？

选项：A.谢道韫　B.卓文君　C.蔡文姬

答案▷　C.蔡文姬

题解

人物简介　蔡文姬，生卒年不详，名琰，字昭姬，东汉陈留郡（在今河南开封）人，是大文学家蔡邕的女儿，擅长文学、音乐、书法。《隋书·经籍志》著录有《蔡文姬集》一卷，但已经失传。

代表作　《悲愤诗》《胡笳十八拍》等。

文学史贡献　蔡琰归汉后作有《悲愤诗》两首，一首为五言体，一首为骚体。五言《悲愤诗》是中国诗歌史上第一首文人创作的自传体长篇叙事诗。

史评　范晔在《后汉书·列女传》中评价蔡琰："端操有踪，幽闲有容。区明风烈，昭我管彤。"赞美她气度娴雅，能守大节，是女子中的典范，给女性争了光。

《胡笳十八拍图卷》（局部）
图为"第十六拍"，描绘了蔡文姬归汉途中对亲子的思念，以及遥望草原所见的苍茫景象。

陆时雍的《诗镜总论》则评价她的诗歌："蔡文姬才气英英。读《胡笳吟》，可令惊蓬坐振，沙砾自飞，直是激烈人怀抱。"

人物故事　精通音律　受其父亲的影响，蔡琰不仅有着出众的文学才华和书法造诣，对音律更是精通。有一次，蔡邕在晚上弹琴，断了一根琴弦，蔡琰听到，说："第二根琴弦断了。"蔡邕大为惊奇，想试试女儿，于是又故意弹断了第四根琴弦，蔡琰准确无误地指出是第四根琴弦断了。蔡邕说："你不过是凑巧猜中了而已。"蔡琰说："春秋时期，吴国的公子季札欣赏奏乐，能预言每个国家兴亡；晋国的乐师师旷，通过乐器的声音能分析战争的胜负。由此看来，我怎么就不能知道您弹断的是哪根弦呢？"

命途多舛　在继承了蔡邕的才华的同时，蔡琰多舛无常的命运也和其父类似。汉灵帝光和元年（178）七月，蔡邕获罪，被判弃市，幸亏有中常侍吕强为之求情，才免于一死，改受髡钳之刑（将头发剃掉，用铁箍束住脖子），蔡琰随父被一起发配至北方边地。

蔡琰十六岁时，嫁与当时文坛赫赫有名的青年学者卫仲道，然而新婚未满一年，丈夫便猝然病故。同年，其父亲因感叹董卓被诛杀而下狱，不久死于狱中。三年之后，董卓余党李傕、郭汜发动叛乱，蔡琰被叛军俘虏，流落至南匈奴，二十三岁时蔡琰被迫再嫁给匈奴左贤王。背井离乡十二年后，已经为左贤王生了两个孩子的蔡琰被曹操以重金赎回，后嫁给了董祀，这便是历史上有名的"文姬归汉"。

诗曲流芳　归汉后的蔡琰将所经历的流亡之苦以及对骨肉的思念之情写成几首长诗，包括五言《悲愤诗》、骚体《悲愤诗》等。传说琴曲《胡笳十八拍》也是她所作，蔡琰原诗共十八段，被谱成歌曲十八首。

　　太空扬名　蔡琰的名字还登上了太空。二十世纪八十年代，国际天文学联合会用世界历代著名文学艺术家的名字来命名310座水星环形山，以中国文化名人命名的有15座，而蔡琰环形山就是其中之一。

秦汉·作品篇

题目 ▶ "江南可采莲，莲叶何田田"出自汉乐府《江南》，请问"田田"是什么意思？

选项：A.茂盛的样子　　B.翠绿的样子　　C.摇曳多姿的样子

答案 ▷ A.茂盛的样子

题解

作品原文

江南

汉乐府

江南可采莲，莲叶何田田，鱼戏莲叶间。

鱼戏莲叶东，鱼戏莲叶西，鱼戏莲叶南，鱼戏莲叶北。

基本知识　乐府：乐府初设于秦，是少府下辖的一个专门管理乐舞演唱教习的机构。汉武帝时，定郊祭礼乐，重建乐府，它的职责是采集民间歌谣或文人的诗来配乐，以备朝廷祭祀或宴会时演奏之用。它搜集整理的诗歌，后世叫作"乐府诗"，或简称"乐府"。田田：指荷叶茂盛的样子。

背景故事　这首诗为《相和歌辞·相和曲》之一，原见《宋书·乐志》，算得上采莲诗的鼻祖。

背景延伸　为什么用"田田"表示茂盛的样子？"田"这个字的甲骨文字形就是一块地里头一纵一横，阡陌交通。《说文解字》解释说，田者陈也。陈是陈列，取其陈列整齐的样子之意。"田田"即"陈陈"，代表罗列、数量众多。所以"莲叶何田田"是指茂盛。

人文链接 本诗主旨在写良辰美景，行乐得时。清人沈德潜《古诗源》评此诗为"奇格"，张玉穀则认为此诗不写花而只写叶，意为叶尚且可爱，花更不待言。

这种民歌纯属天籁，最初的创作者未必有意为之，而自然显现一片大自然活泼的生机。余冠英先生认为"鱼戏莲叶东"以下四句，可能是"和声"。前三句由领唱者唱，而后四句为众人和唱。

题目 ▶ 下面哪两句诗和"常恐秋节至，焜黄华叶衰"出自同一篇？

选项：A.少壮不努力，老大徒伤悲。　B.燕赵多佳人，美者颜如玉。

C.十五从军征，八十始得归。

答案 ▷ A.少壮不努力，老大徒伤悲。

题解

作品原文

长歌行

汉乐府

青青园中葵，朝露待日晞。

阳春布德泽，万物生光辉。

常恐秋节至，焜黄华叶衰。

百川东到海，何时复西归？

少壮不努力，老大徒伤悲。

基本知识 A项出自汉乐府民歌《长歌行》。B项出自《古诗十九首》的《东城高且长》。全诗写游子徘徊在洛阳东城墙之下，感叹人世的凄凉，充满苦闷和不可捉摸之感。其中"燕赵多佳人"一句脍炙人口，全诗如下：

东城高且长，逶迤自相属。回风动地起，秋草萋已绿。

四时更变化，岁暮一何速！晨风怀苦心，蟋蟀伤局促。

荡涤放情志，何为自结束？燕赵多佳人，美者颜如玉。

被服罗裳衣，当户理清曲。音响一何悲！弦急知柱促。

驰情整巾带，沉吟聊踯躅。思为双飞燕，衔泥巢君屋。

C项出自汉乐府《十五从军征》，全诗如下：

十五从军征，八十始得归。道逢乡里人："家中有阿谁？"

"遥看是君家，松柏冢累累。"兔从狗窦入，雉从梁上飞。

中庭生旅谷，井上生旅葵。舂谷持作饭，采葵持作羹。

羹饭一时熟，不知贻阿谁？出门东向看，泪落沾我衣。

《十五从军征》出自《乐府诗集·横吹曲辞·梁鼓角横吹曲》。全诗描绘了一个征战多年的老兵返乡途中与到家之后所见场景，抒发了物是人非的悲哀之情，侧面谴责战乱给人们带来的痛苦。

题目▶ 从《十五从军征》的内容看，下面三个信息，哪个不正确？

选项：A.主人公是个老兵

B.主人公家中的院子里长着野生的葵菜，野生的麦子环绕着井台

C.主人公已经没有任何亲人了

答案▷ B.主人公家中的院子里长着野生的葵菜，野生的麦子环绕着井台

题解

基本知识 "中庭生旅谷，井上生旅葵。"旅，指植物未经播种而野生。中庭是厅堂前边的院子。从这句诗可见主人公家院子里长着野生谷子，而井台上长的是葵菜。B项把葵菜的位置弄错了，搞混了谷子和麦子。

葵菜是明代以前古人经常食用的蔬菜之一，普遍种植于当时我国大部分地区，叶子形状圆圆的像猪耳朵，口感黏滑。唐代人称它为"园葵"，如今大家叫它冬寒菜、冬苋菜，只在一些南方省份如四川、湖南、湖北、江西等少量见到。葵菜常见的做法有葵菜汤、烹葵等。烹葵一般是就着米饭吃的，本诗的主人公就是用谷子配葵菜做成了一顿家常饭菜。

背景故事 本诗出自汉乐府，保存在《乐府诗集·横吹曲辞·梁鼓角横吹曲》中，描绘了一个"少小离家老大回"的老兵返乡途中与到家之后的所见所感：房屋

变成坟墓，亲人化为白骨，野兽肆意横行，野草疯狂蔓延，一顿热饭捧出，却已经没人同来享用。以上一幕幕景象，都生动地反映了战争给人民带来的深重灾难。

背景延伸　自古以来，中国的诗歌中就有借描写植物蔓延反映凄凉衰败境遇的传统。例如，《诗经·王风·黍离》中"彼黍离离，彼稷之苗。行迈靡靡，中心摇摇"便被一些人认为是周大夫见到"黍"这一植物的野蛮生长而感慨世易时移。南宋词人姜夔路过经战乱破坏的扬州城时，写下了"过春风十里，尽荠麦青青"的名句，表达了对历史变迁的悲慨。

题目▶　《孔雀东南飞》"三日断五匹，大人故嫌迟"中"大人"指的是"婆婆"，

对吗？

答案▷　对

题解

作品原文

孔雀东南飞（节选）

序曰：汉末建安中，庐江府小吏焦仲卿妻刘氏，为仲卿母所遣，自誓不嫁。其家逼之，乃投水而死。仲卿闻之，亦自缢于庭树。时人伤之，为诗云尔。

孔雀东南飞，五里一徘徊。

十三能织素，十四学裁衣。十五弹箜篌，十六诵诗书。

十七为君妇，心中常苦悲。君既为府吏，守节情不移。

贱妾留空房，相见常日稀。鸡鸣入机织，夜夜不得息。

三日断五匹，大人故嫌迟。非为织作迟，君家妇难为！

妾不堪驱使，徒留无所施。便可白公姥，及时相遣归。

基本知识　"大人"的三种含义　"大人"在古代有三种常见意思。第一是指成年人，与幼儿相对应，这种用法我们现在还用。第二是指晚辈对长辈的尊称。汉高祖刘邦云："始大人以臣为亡赖。"这里大人指的是父亲刘太公。柳宗元称刘禹锡的母亲为大人。曾国藩给父母写信称呼"堂上大人"。现在依然有人说"父亲

33

大人""母亲大人"。第三是指有德行、声望高的人，《易经》里说"见龙在田，利见大人"，这是"大人"一词最早见于典籍记载。《论语》里说"君子有三畏，畏天命、畏大人、畏圣人之言"，《史记》里说"沛公大人长者"，都是就人德行而言。司马相如曾写过《大人赋》，其中的大人是天子。《孟子》一书里多次出现"大人"一词，"大人者，不失其赤子之心者也"中的"大人"，是指一国之君；"惟大人为能格君心之非"的"大人"，是指辅臣；"有大人者，正己而物正者也""养其小者为小人，养其大者为大人""大人弗为""大人者，言不必信，行不必果"中的"大人"，都指大丈夫。

"大人"与古代官员称呼　"大人"最早时并不用来称呼朝廷官员。汉和魏晋时期有称呼宦官"大人"的例子，这是因为他们接近皇帝，他人对其谄媚而这样称呼。鲜卑族政权北魏有"八部大人"官职。清朝中期的大学者赵翼在《陔余丛考》一书中依据正史资料指出，"大人"一词作为对有权位之人的当面尊称，始于元明。沈德符《万历野获编》记载，他的祖父沈启原曾经被张居正当面称为"沈大人"，当时的人觉得很新鲜。这个词被经常用来称呼官员是在清代。徐珂《清稗类钞》记载："大人之称，始于雍正初，然唯督抚有之，康熙末，则施之于钦差大臣也。嘉、道以降，京官四品以上，外官司道以上，无不称大人。翰林开坊，六品亦大人。编、检得差，七品亦大人。至光绪末，则未得差之编、检及庶吉士，并郎中、员外郎、主事、内阁中书，皆称大人矣。外官加三品衔或道衔者，无不大人。久之，而知府、直隶州同知亦大人矣。"可见大人的称呼越来越常见，到清末就普遍使用了。不过一般都是下级用来称呼上级，很少有同级之间或者上级称呼下级大人的例子。古代官场中人还是称呼官衔更为普遍。

背景延伸　"丈人"称呼的变迁　和"大人"类似的称呼还有"丈人"。"丈人"的称谓古已有之，一是尊称长辈，二是特指岳父，三是称呼丈夫。《周易·师卦》："贞，丈人吉。无咎。"孔颖达疏："丈人，谓严庄尊重之人。"《史记·刺客列传》中有"家丈人召使前击筑"的记载，杜甫《奉赠韦左丞丈二十二韵》有句"丈人试静听"，这里的"丈人"皆为尊老之称。关于称呼岳父为丈人，南朝宋裴松之注《三国志·蜀书·先主传》有这样的例子："董承，河间人，汉灵帝母董太后之侄，于献帝为丈人。盖古无丈人之名，故谓之舅也。"唐代也有这样的例子，柳宗元呼妻父杨凭詹事丈人，妻母独孤氏为丈母，柳宗元《祭杨凭詹事文》："谨以清酌庶羞之奠，昭祭于丈人之灵。""丈人"指丈夫，见《乐府诗集·相和歌辞十三·妇病行》："妇病连年累岁，传呼丈人前一言。"梁代王筠《三妇艳》："大妇留芳褥，中妇对华烛。小妇独无事，当轩理清曲。丈人且安卧，艳歌方断续。"宋代梅尧臣《欧阳郡太君挽歌二首（其二）》："当时丈人殁，虽少守孤儿。"

题目 ▶ 焦仲卿和刘兰芝去世后，两家人将二人合葬，并且在坟墓周围种了一些树，除了松柏之外，还有一种象征忠贞爱情的树。请问，是哪种树代表这么美好的意义呢？

A.梧桐　B.杨柳　C.木棉

答案 ▷ A.梧桐

题解

作品原文

孔雀东南飞（节选）

两家求合葬，合葬华山傍。

东西植松柏，左右种梧桐。枝枝相覆盖，叶叶相交通。

中有双飞鸟，自名为鸳鸯。仰头相向鸣，夜夜达五更。

行人驻足听，寡妇起彷徨。多谢后世人，戒之慎勿忘！

基本知识　华山：庐江郡内的一座小山。交通：交错，这里指挨在一起，和今天的道路交通含义不同。谢：劝告，告诉。

背景故事　"左右种梧桐"，梧代表的是雄，桐代表的是雌。梧桐指夫妻，象征忠贞的爱情和美满的夫妻关系。很多悼亡诗里面用到该意象，"梧桐半死"形容夫妻中有一位先行离去。比如，宋代的著名的词人贺铸悼念亡妻的词《鹧鸪天》

里面就有两句："梧桐半死清霜后，头白鸳鸯失伴飞。"所以梧桐健在形容夫妻好合，如果有一方去世即"梧桐半死"。

背景延伸 《孔雀东南飞》与《木兰诗》合称"乐府双璧"。沈德潜《古诗源》中笺注："共一千七百八十五字，古今第一首长诗也。淋淋漓漓，反反复复，杂述十数人口中语，而各肖其声音面目，岂非化工之笔？"近现代以来，《孔雀东南飞》被改编成各种剧本，搬上舞台。

人文链接 《孔雀东南飞》原诗小序如下："汉末建安中，庐江府小吏焦仲卿妻刘氏，为仲卿母所遣，自誓不嫁。其家逼之，乃投水而死。仲卿闻之，亦自缢于庭树。时人伤之，为诗云尔。"

汉武帝时，罢黜百家，独尊儒术，儒家的伦理纲常逐渐占据了统治地位，并发展到了相当完备严密的程度。在婚姻制度方面就规定有"七出"等规戒。其中"七出"又称为"七去""七弃"，内容包括：不顺父母，为其逆德也；无子，为其绝世也；淫，为其乱族也；妒，为其乱家也；有恶疾，为其不可与共粢（zī）盛也；口多言，为其离亲也；窃盗，为其反义也。以上七条满足任意一条，丈夫及其家族便可以要求休妻，而焦母说刘兰芝不顺父母——"此妇无礼节，举动自专由"，"天下无不是之父母"这一观念是导致二人悲剧的原因之一。

题目 ▶ 《陌上桑》之中提到"腰中鹿卢剑，可值千万余"。"鹿卢剑"相传为哪位历史人物用过的宝剑？

选项：A.项羽　B.刘备　C.秦始皇

答案 ▷ C.秦始皇

题解

作品原文

陌上桑

汉乐府

日出东南隅，照我秦氏楼。秦氏有好女，自名为罗敷。

罗敷喜蚕桑，采桑城南隅。青丝为笼系，桂枝为笼钩。

头上倭堕髻，耳中明月珠。缃绮为下裙，紫绮为上襦。

行者见罗敷，下担捋髭须。少年见罗敷，脱帽著帩头。

耕者忘其犁，锄者忘其锄。来归相怨怒，但坐观罗敷。

使君从南来，五马立踟蹰。使君遣吏往，问是谁家姝？

"秦氏有好女，自名为罗敷。"

"罗敷年几何？"

"二十尚不足，十五颇有余。"

使君谢罗敷："宁可共载不？"

罗敷前置词："使君一何愚！使君自有妇，罗敷自有夫。

东方千余骑，夫婿居上头。何用识夫婿？白马从骊驹；

青丝系马尾，黄金络马头；腰中鹿卢剑，可值千万余。

十五府小吏，二十朝大夫，三十侍中郎，四十专城居。

为人洁白皙，鬑鬑颇有须。盈盈公府步，冉冉府中趋。

坐中数千人，皆言夫婿殊。"

基本知识　冯梦龙《东周列国志》："秦王所佩宝剑，名鹿卢，长八尺。"它在文学作品中又称背手剑、秦王剑、宇宙锋等。

背景故事　《史记·刺客列传》之中关于秦王佩剑的记载："轲既取图奏之。秦王发图，图穷而匕首见。因左手把秦王之袖，而右手持匕首揕（zhèn）之。未至身，秦王惊，自引而起，袖绝。拔剑，剑长。操其室，时惶急，剑坚，故不可立拔。荆轲逐秦王，秦王环柱而走。群臣皆愕，卒起不意，尽失其度。而秦法，群臣侍殿上者不得持尺寸之兵；诸郎中执兵皆陈殿下，非有诏召不得上。方急时，不及召下兵，以故荆轲乃逐秦王。而卒惶急，无以击轲，而以手共搏之。是时侍医夏无且以其所奉药囊提荆轲也，秦王方环柱走，卒惶急，不知所为，左右乃曰：'王负剑！'负剑，遂拔以击荆轲……"

荆轲刺杀的时候秦王一开始拔不出剑，是因为秦剑较长，据左氏《百川学海》

记载，剑长三尺六寸，大约今天的一米左右，使用需要较大的转圜空间。陕西秦陵出土的九把剑，最短的也有八十厘米，远长于春秋战国时期。

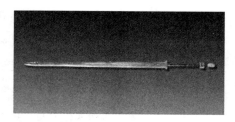

陕西秦始皇陵出土的剑

《汉书·隽不疑传》记载了秦汉时期的一种剑，叫"櫑（léi）具剑"："不疑冠进贤冠，带櫑具剑，佩环玦，褒衣博带，盛服至门上谒。门下欲使解剑，不疑曰：'剑者，君子武备，所以卫身，不可解。请退。'"

颜师古注引用了晋灼的说法："古长剑首以玉作井鹿卢形，上刻木作山形，如莲花初生未敷时。今大剑木首，其状似此。"鹿卢通"辘轳"，就是井上用以汲水的滑车或绞盘。剑首雕刻成井上辘轳形状，所以得名鹿卢剑。

题目 ▶ 李延年的《佳人歌》为我们描绘了一位美人，"北方有佳人"，请接下一句。

答案 ▷ 绝世而独立。

题目 ▶ "一顾倾人城"，请接下一句。

答案 ▷ 再顾倾人国。

题目 ▶ "宁不知倾城与倾国"，请接下一句。

答案 ▷ 佳人难再得。

题目 ▶ 请问，李延年在《佳人歌》中赞不绝口的这位大美人和他是什么关系？

选项：A.兄妹　　B.夫妻　　C.恋人

答案 ▷ A.兄妹

题解

作品原文

佳人歌

李延年

北方有佳人，绝世而独立。

一顾倾人城，再顾倾人国。

宁不知倾城与倾国，佳人难再得！

基本知识 李延年，汉武帝时期的音乐家，生卒年不详，中山（今河北定州）人，父母兄弟姐妹均通音乐，都是以乐舞为职业的艺人。

背景故事 李延年和汉武帝的姐姐平阳公主策划好了，准备把自己的妹妹献给汉武帝。一次，李延年为汉武帝唱了这首歌，汉武帝听了之后感慨地说，世上哪有这样的人。平阳公主在旁边说，李延年的女弟就是这样的人。于是其女弟便受到了汉武帝的接见，获封夫人并成了宠妃。

背景延伸 音乐贡献 李延年对当时音乐的贡献很大，史书上说他"善歌，为变新声"，就是结合一些外来的音乐进行本土音乐的改造。汉乐府本来没有仪仗之乐，李延年通过当时张骞从西域带回来的音乐改编了二十八曲《摩诃兜勒》，之后成为汉乐府的军乐，也就是仪仗之乐，但很可惜已经失传了。他这首《佳人歌》，已经属于五言诗的雏形。在此之前，中国的诗歌主要是四言诗或者是楚辞体，后世五言诗的滥觞可以追溯到这首《佳人歌》。

倾国倾城 从这首诗的描写衍生出一个成语"倾国倾城"。"倾"原意为倾覆，引申为倾慕。"倾城"在《诗经》里是有出处的，《诗经·大雅·瞻卬》中有"哲夫成城，哲妇倾城"之句，意思是说有心计的女人可以灭亡国家。这是一首讽刺周幽王宠爱褒姒、任用佞臣、乱政亡国的诗。

以汉武帝的才学，他第一次听到李延年唱起《佳人歌》，听到"倾城"一词，马上会联想到褒姒。但他还愿意见这位美人，既不怕史家说短道长，也不怕这件事不吉利，这是因为他有霸气，觉得自己完全可以驾驭。我们在琢磨诗的意境和背景时，再想象当时的情景，就能够和祖先在精神上交流，这是何等美好的一件事情。

题目 ▶ 有个成语叫"鱼传尺素"，出自汉乐府民歌《饮（yìn）马长城窟行》中"呼儿烹鲤鱼，中有尺素书"这句诗。除了鱼之外，在古代还有很多动物形象有传信的功能，下面哪种动物做不到呢？

选项：A.青鸟　B.苍鹰　C.黄狗

答案 ▷ B.苍鹰

题解

作品原文

饮马长城窟行

汉乐府

青青河畔草，绵绵思远道。

远道不可思，宿昔梦见之。

梦见在我傍，忽觉在他乡。

他乡各异县，展转不相见。

枯桑知天风，海水知天寒。

入门各自媚，谁肯相为言！

客从远方来，遗我双鲤鱼。

呼儿烹鲤鱼，中有尺素书。

长跪读素书，书中竟何如？

上言加餐食，下言长相忆。

基本知识　绵绵：双关语，由于看到连绵不断的青草，引起对征人缠绵不断的相思。展转：亦作"辗转"，不定。这里既是说在他乡作客的人行踪无定，又是形容思妇不能安眠之词。双鲤鱼：古人用刻成鲤鱼形的两块木板夹住书信。后人常用"鲤鱼""鱼"作为书信的代称。长跪：唐宋以前古人普遍席地而坐，坐时两膝着地，臀部压在脚后跟上，跪时将腰伸直，上身就显得长些，所以称为"长跪"。这里是形容读信人的郑重态度。

背景故事 青鸟传书 传说中，青鸟是西王母的信使。李商隐有诗句"蓬山此去无多路，青鸟殷勤为探看"，崔国辅有诗句"遥思汉武帝，青鸟几时过"，他们借用的均是"青鸟传书"的典故。

汉画像石上的西王母，正上方为青鸟

黄狗传书 据《晋书·陆机传》记载，西晋文学家陆机养了一只狗，名叫黄耳。陆机一直住在京师洛阳，十分想念江南的家乡。有一天他就对黄耳开玩笑说："我很久不能和家里通信，你能帮忙传递消息吗？"结果这只狗竟摇着尾巴，连连发出声音，似乎表示答应。陆机特别吃惊，立即写了一封信，装入竹筒，绑在黄耳的颈上，放它出门。结果黄耳不仅把信送到了陆机的家里，还把家人的回信带了回来。家乡和洛阳相隔千里，人往返需五十天，而黄耳只用了二十天。后来，黄耳就经常在南北两地奔跑，为陆机传递书信，成了信使。为了感谢黄耳传书之功，它死后，陆机把它埋葬在家乡，村人呼之为"黄耳冢"。

到了唐代，诗人李贺还在《始为奉礼忆昌谷山居》一诗中提及："犬书曾去洛，鹤病悔游秦"。元代张翥（zhù）也在一首诗中称赞："家信十年黄耳犬，乡心一夜白头乌。"苏轼被贬儋州时，孤苦无依，便将自己所养的狗起名为"乌嘴"，希望其能像陆机的黄耳一样为自己送信，但未能如愿。

题目 ▶ 汉乐府民歌《饮马长城窟行》原本表达的是谁对谁的思念？

选项：A.母亲对儿子 B.游子对母亲 C.妻子对丈夫

答案 ▷ C.妻子对丈夫

背景故事 "乐府诗"有一个特点，即同一个题目可以写不同的内容，历史上有很多人写过题目为《饮马长城窟行》的诗，但可能他们写的这些诗的内容跟《饮马长城窟行》这个诗名一点关系都没有。这点跟后来的宋词有点像。第一首用这个题目的诗的内容应该是跟"饮马长城窟"是有关联的。但是后人在引用这个古题来写的时候，可能就和它的原题没有任何关系。比如这首汉诗写妻子对丈夫的相思之情，就跟诗题没有一点关系。后来建安七子里的陈琳，也写过一首《饮马长城窟行》，他的前两句就是"饮马长城窟，水寒伤马骨"，反而跟这个诗题相关。

魏晋南北朝·人物篇

题目 ▶ 钟嵘在《诗品》中评价"三曹"中的某一位时说："骨气奇高，词采华茂。"
请问他评价的是谁？

答案 ▷ 曹植

题解

人物简介 曹植（192—232），字子建，沛国谯县（今安徽亳州）人，三国魏杰出诗人，曹操第三子，封陈思王。

代表作 《洛神赋》《白马篇》《七哀诗》等。

文学史贡献 曹植在诗史上号称"一代诗宗"。袁行霈主编的《中国文学史》中谈及曹植诗，认为其既体现了《诗经》哀而不伤的庄雅，又蕴含着《楚辞》窈窕深邃的奇诵；既继承了汉乐府反映现实的笔力，又保留了《古诗十九首》温丽悲远的情调。清人牟愿相《小澥草堂杂论诗》云："曹子建骨气奇高，词采华茂，左思得其气骨，陆机摹其词采。左一传而为鲍照，再传而为李白；陆一传而为大、小谢，再传而为孟浩然，沿流溯源，去曹益远。"可见曹植在诗坛影响颇为深远。

史评 谢灵运称赞曹植"天下才有一石，曹子建独占八斗"。李白言："曹植为建安之雄才，惟堪捧驾。天下豪俊，翕然趋风，白之不敏，窃慕高论。"王世贞曰："子建'谒帝承明庐''明月照高楼'，非邺中诸子可及，仲宣、公干远在下风。"王士禛言："汉魏以来，二千余年间，以诗名其家者众矣。顾所号为仙才者，唯曹子建、李太白、苏子瞻三人而已。"

人物故事 钟嵘在《诗品》中称曹植"骨气奇高，词彩华茂，情兼雅怨，体被文质，粲溢今古，卓尔不群"。用"词采华茂"这四个字来评价曹植，非常妥帖。

同一书中评价曹操"曹公古直，甚有悲凉之句"。曹操的风格是较古朴、悲凉的，与曹植的风格形成一种鲜明的对比。虽然他们是父子，但是诗风迥然不同。曹丕则具有婉约的文士气质，有别于曹植昂扬、锋芒毕露的风格。所以建安三曹都是个性非常鲜明的。"词采华茂"并非称赞曹植为三人中最佳，而是说其作品风格独特。

题目▶ 西晋文学家左思因为身材矮小，说话结巴，总被人瞧不起。没想到，他花了近十年写的文章，竟然令洛阳豪贵人家争相传抄，带动纸价都上涨了。请问，这篇令他人生逆袭的文章叫什么名字？

答案▷ 《三都赋》

题解

人物简介 左思（约250—305），字太冲，齐国临淄（今山东淄博）人，西晋著名文学家。

代表作 《三都赋》《咏史八首》《娇女诗》等。

文学史贡献 其《三都赋》颇被当时称颂，造成"洛阳纸贵"。

人物故事 十年辛苦 其实左思本来是不被人看好的，但他非常有志气，立志一定要做出一番事业来。《三都赋》他写得非常辛苦——用了十年时间，到魏、蜀、吴三国的国都进行实地考察，才把三国鼎立那一段历史写出来。当然由于他最初是魏国人，自然侧重写魏国。这篇赋长达万字，在赋体里是最长的。他在家里吊满了纸条，上面写着他搜集来的材料和偶然想到的句子，他下了非常大的苦功夫。

名人推荐 《三都赋》刚一出来并没有引起轰动，左思于是想到还是得找名人提携自己。他首先找的是张华，张华人非常好，说自己的名望不够，还不足以提携左思，建议他去找皇甫谧。皇甫谧在当时非常有名望，左思就请皇甫谧看了这篇文章，皇甫谧为他写了一篇序，这样一来才出现"洛阳纸贵"。

有其兄亦有其妹 左思全家之所以能够在洛阳站稳脚跟，是因为他有一个才华同样绝世的妹妹左棻（fēn）被选入晋武帝的后宫，并被封贵嫔。晋武帝的后宫佳丽无数，但每次举行特别重要的宫廷活动时，他都会把左棻请出来写赋或是写诗，来记录当场的盛况。所以左棻能够经常得到晋武帝的召见。

虽然兄妹两人相貌都不怎么样，但是都因为满腹才华而成功"逆袭"，并在那个看重外表的时代取得了一席之地。

题目▶ 成语"卿卿我我"形容男女相爱、关系十分亲密，请问这个成语和竹林七贤中的哪一位有关？

答案▷ 王戎

题解

人物简介 王戎（234—305），字濬冲，临沂（今山东临沂）人，出身琅琊王氏，魏晋名士，"竹林七贤"之一。

代表作 《华陵帖》等。

人物故事 "卿"的含义 南朝宋刘义庆《世说新语·惑溺》："王安丰妇，常卿安丰。安丰曰：'妇人卿婿，于礼为不敬，后勿复尔。'妇曰：'亲卿爱卿，是以卿卿；我不卿卿，谁当卿卿？'遂恒听之。"

为什么王戎的妻子用"卿"称呼他，他不高兴？"卿"的原意是什么？"卿"这个字从甲骨文和金文的字形来看，是两个人对坐而食。对坐围着的东西，叫"簋（bī）"，就是"簋（guǐ）"，即古代盛食物的一种容器，圆口，一般是用青铜或陶制成的。这是"卿"的本义，即飨食。卿、大夫、士都是原来是周朝的官职等级。周朝时"卿"坐在王、侯的对面，主人是主，卿为次。当时家里是丈夫称妻子为"卿"，合乎尊卑。他的妻子反过来称他为"卿"，王戎就不能接受了。

吝啬闻名 王戎家庄园出售李子，每天晚上，王戎的妻子便拉着他，点灯熬夜数钱。王戎这个人也以吝啬出名，《世说新语》里关于吝啬的一篇文章，总共九个故事，王戎就占了四个。嫁女、侄儿结婚，他都吝啬得不得了。

虽然大家都认为王戎很吝啬，但是后来他父亲去世的时候，部旧故下给他捐的丧礼钱，他分毫不取，用于赈灾。

王戎的形象为何如此矛盾？他是身处在两难的环境中的。司马氏的统治非常严酷，名士很少有能够保全自己的。"竹林七贤"之中，嵇康性情张扬，被杀；阮籍每天醉酒，不发表议论；王戎为求自保，就装作非常吝啬。

甲骨文"卿"

题目▶ 嵇康是个坚持自我的名士，他坚持自己的处世态度，多次拒绝司马氏政权的拉拢。为此他写了一封绝交信给一位朋友，直言"我不和你玩了"。请问，嵇康的绝交信是写给谁的？

　　　A.阮籍　　B.山涛　　C.王戎

答案▷ B.山涛

题解

　　人物简介　山涛（205—283），字巨源，河内郡怀县（今河南武陟西）人，魏晋时期名士、政治家，"竹林七贤"之一。

　　代表作　文集十卷，《全晋文》录有其文《为子淳尤辞召见表》《表谢久不摄职》《表乞骸骨》《上疏告退》《启事》《答诏问郤诜事》等。

　　史评　东晋袁宏在《名士传》中称山涛等七人为"竹林名士"。

　　人物故事　七贤之中，山涛年龄最大。在风雨飘摇的魏晋易代之际，山涛投奔了司马氏，依靠高明的政治才能和处事智慧走上高位。

　　比山涛小将近二十岁的嵇康，显然缺乏亦不屑于山涛这种积极入世的生存能力，在"天下多故，名士少有全者"的时代里，他固执地坚守着自我。这种坚持最终导致了他的人生悲剧。山涛的本意是想关照昔日的兄弟。在谋得更高官位之后，他任职的吏部郎空缺下来，这是一个主管人事的肥差。他想到了靠种菜和打铁贴补家用的嵇康。然而，嵇康非但没有领他的情，还写下了一封绝交书。很快，山涛对自己鲁莽的举动深感后悔和自责。因为这封绝交书间接导致了嵇康的死亡。因拉拢嵇康不成而衔恨的钟会，抓住嵇康为友人吕安辩诬的机会，怂恿晋文王司马昭杀掉

稽康。于是，稽康入狱，被处决于洛阳，时
年三十九岁。

竹林七贤与荣启期画像砖拓片

山涛认为当时他真正值得交的朋友只有
两个人，一个是稽康，一个是阮籍。有一个
成语叫"契若金兰"，就是形容他们三个人
的关系。稽康写下《与山巨源绝交书》跟山
涛表示绝交，但他却把儿子稽绍托孤给了山
涛。而且在稽绍成年之后，又是由山涛引荐在司马朝出仕，还成了保护司马朝的忠
臣。山涛和稽康互相包容了对方的政治选择，但是却坚守了自己内心的信仰。

题目▶ 魏晋时期的著名文学家稽康在临终前，将自己的孩子托付给了同是"竹林
七贤"的朋友。请问谁让他如此之信任呢？
选项：A.山涛　B.王戎　C.阮籍

答案▷ A.山涛

题解

人物故事 教儿"世故" 稽康这位刚直之士，也会教给儿子许多稳妥乃至圆
滑的处世方法，这在《家诫》一文中有很多体现。比如他说"夫言语，君子之机，
机动物应，则是非之形著矣，故不可不慎"，意思是说，当看到别人发生口角，情
势愈趋激烈，就愈应该赶快离开，因为这是将发生争斗的征兆。如果你坐着观察他
们的是非曲直，难保不说话，说话必定肯定其中某人有理，这样另一方就会认为你
与某人有私而庇护他，就会产生怨恶之情了。

稽绍不孤 稽康虽然写了著名的《与山巨源绝交书》，但是稽康临刑前还是把
儿子托付给了山涛，对儿子说："山公尚在，汝不孤矣。"

稽侍中血 山涛在西晋王朝入朝为官，引荐稽绍也在司马朝为官。后来在西晋
末年八王之乱的时候，稽绍舍身保护晋惠帝，死的时候血溅在了晋惠帝的身上。叛
乱平定之后，侍从要把晋惠帝的血衣洗掉，晋惠帝说不要洗，上面还留有稽侍中的

山涛像与王戎像
竹林七贤与荣启期画像砖拓
片局部

嵇康像
竹林七贤与荣
启期画像砖拓
片局部

元·赵孟頫书《与山巨源绝交书》

血。所以嵇绍后来被视为司马朝的忠臣。

《晋书·忠义传》："绍以天子蒙尘，承诏驰诣行在所。值王师败绩于荡阴，百官及侍卫莫不散溃，唯绍俨然端冕，以身捍卫，兵交御辇，飞箭雨集。绍遂被害于帝侧，血溅御服，天子深哀叹之。及事定，左右欲浣衣，帝曰：'此嵇侍中血，勿去。'"后因以"嵇侍中血"指忠臣之血。

文天祥《正气歌》里面也有提到："为严将军头，为嵇侍中血。"这里的"嵇侍中"就是嵇绍。

山简醉酒　山涛儿子山简是一个特别爱喝酒又醉态百出的人。《世说新语》里记载他喝醉了会烂醉如泥地躺倒在车上，酒醒后迷迷糊糊"倒著白接篱"，意思是说他把白色头巾都戴倒了。

《世说新语·任诞》："山季伦为荆州，时出酣畅。人为之歌曰：'山公时一醉，径造高阳池，日莫倒载归，酩酊无所知。复能乘骏马，倒著白接篱。举手问葛彊，何如并州儿？'高阳池在襄阳，彊是其爱将，并州人也。"

王维《汉江临眺》中"襄阳好风日，留醉与山翁"说的就是山简。

题目 ▶　苏州的拙政园被誉为"中国四大名园"之一，其名字取"孝乎惟孝，友于兄弟，此亦拙者之为政也"之意。请问，这句话出自谁的作品？

　　　　选项：A.司马相如　B.宋之问　C.潘安

答案 ▷　C.潘安

49

题解

　　人物简介　潘岳（247—300），字安仁，河南中牟（在今河南郑州）人。西晋著名文学家、政治家，相貌俊美，少以才名闻世，与石崇、陆机、左思等并称为"贾谧二十四友"，潘岳为其首。在文学上与陆机并称"潘江陆海"。潘安之名始于杜甫《花底》诗："恐是潘安县，堪留卫玠车。"后世遂以潘安称之。

　　代表作　《悼亡诗》《闲居赋》《秋兴赋》《藉田赋》《怀旧赋》《寡妇赋》《哀永逝文》《金鹿哀辞》等。

　　"拙政"出自《闲居赋》。潘岳回顾三十年的官宦生活，感叹仕途沉浮，一时心灰意懒，产生了归隐田园的意念，因而作此篇。

　　文学史贡献　开创了悼亡诗这一题材，后人悼念妻子也常以"悼亡"为题目。潘岳的悼亡诗感情细腻，史家称其"尤善为哀诔之文"，他的抒情赋也真挚动人。

　　史评　钟嵘《诗品》称"陆才如海，潘才如江"，"三张、二陆、两潘、一左"被称为太康文学的代表人物。

　　《晋书》中评价潘岳："岳实含章，藻思抑扬。趋权冒势，终亦罹殃。"

　　钱基博先生《中国文学史》："奇丽藻逸，撷两汉之葩，潘岳、陆氏机云、左思其尤，以开太康之盛。"

题目▶　"能辨琴"说的是蔡文姬，"能咏吟"说的是谁？

　　　　选项：A.谢道韫　B.李清照　C.上官婉儿

答案▷　A.谢道韫

题解

　　人物简介　谢道韫，生卒年不详，字令姜，东晋女诗人，籍贯陈郡阳夏（今河南太康），聪颖过人，擅辩论，有文才。《隋书·经籍志》载其有诗集两卷，已经亡佚。

　　代表作　《泰山吟》《拟嵇中散咏松》《论语赞》等。

　　史评　《晋书·列女传》："夫繁霜降节，彰劲心于后凋；横流在辰，表贞期于上德，匪伊尹子，抑亦妇人焉。……至若惠风之数乔属，道韫之对孙恩，……耸清汉之乔叶，有裕徽音；振幽谷之贞蕤，无惭雅引，比夫悬梁靡顾，齿剑如归，异日齐风，可以激扬千载矣。"赞美谢道韫在孙恩之乱中有胆有识，大节不亏，可以流芳千载。

南朝刘峻标注《世说新语·言语》引《妇人集》："谢道韫有文才，所著诗、赋、诔、颂，传于世。"

余嘉锡："道韫以一女子而有林下风气，足见其为女中名士。"

人物故事 咏絮之才 谢道韫是东晋名将谢安的侄女，书法家王羲之的儿媳妇，王凝之的妻子。据《世说新语》记载，谢安有一次在雪天和晚辈一同讨论文学。不久雪便下大了，谢安问众人："白雪纷纷何所似？"他的侄子谢朗说："撒盐空中差可拟。"他的侄女谢道韫却说："未若柳絮因风起。"谢安大笑，对后者十分满意。后来，人们常用"咏絮之才"称赞女子才思敏捷。

林下之风 闻名天下的才子谢玄极为推重自己的姐姐谢道韫，当时与其并称"南北二玄"的才子张玄则推重自己的妹妹张彤云。两人争执不下，便去找当时颇有名望的济尼作出评判。济尼说张彤云"清心玉映，自是闺房之秀"，而谢道韫则"神情散朗，故有林下风气"。"林下"指魏晋交接时期的"竹林七贤"，说明济尼认为谢道韫不仅有作为女子的美貌与才情，更别有一番飒爽挺拔的气度，丝毫不逊色于男子。所以说，成语"林下之风"最早是对谢道韫的评价。

题目 ▶ 如果一档夫妻真人秀节目邀请谢道韫参加，她的搭档应该是谁呢？

选项：A.王羲之　B.王凝之　C.王献之

答案 ▷ B.王凝之

题解

人物故事 乃有王郎 谢道韫为什么会嫁给王凝之？是因为谢安和王羲之他们这一辈组成了东晋政坛上举足轻重的"朋友圈"。谢安为什么能够出山？就是王羲之在为他造势，以致当时流传"安石不出，如苍生何"之说，这个很关键。所以可以说这是两个家族的政治联姻。谢安本来让谢道韫嫁给王徽之，但是王徽之有不少任情任性的行为，比如"雪夜访戴"等。谢安觉得这个王徽之不太可靠，于是为谢道韫选择了看上去比较老实厚道的王凝之。王凝之是王羲之第二子，其人也擅长书法，但是和王家、谢家其他人比起来，总体才能显得弱了一点。

谢道韫才华横溢，嫁给王凝之她很不满意，所以回娘家的时候她说了一句"不意天壤之中，乃有王郎"，就是说天下竟然有王凝之这样的家伙。

代叔论辩　谢道韫的小叔子就是王献之了。王献之跟别人辩论的时候，谈玄学谈不过对方。谢道韫自告奋勇，替小叔子辩论。她思维缜密，口齿清晰，环环相扣，步步为营，结果成功将对方驳倒。

道韫晚年　王凝之信奉道教，还相信撒豆成兵。孙恩叛乱时他还一直在祈祷，结果叛军把王凝之和他所有的子女都杀了。在这种情况下谢道韫的精神却没倒，她拿着武器召集家丁出来捍卫自己、保护她的外孙。还亲手杀死好几个敌人。孙恩都被她的气节所感动，于是放了她一条生路，并且还派人护送她。可见谢道韫真是一个奇女子，这一点上她可以和秋瑾相提并论。

尽管谢道韫从心里头并不觉得她的丈夫有多好，但是她是非常遵守妇道的，王凝之去世之后她再未嫁。谢道韫晚年隐居会稽，闭门不出，抚养孙儿。当时的太守刘柳素去拜访她，以师礼待之。她坐堂上，太守坐侧席，向她请教问题。谢道韫侃侃而谈。太守出来之后只说了一句话，大意是：她的言论，她的气度，使我心服口服。

题目 ▶　清初诗人王士禛曾经评价李白的《夜泊牛渚怀古》这首诗，认为其"不着一字，尽得风流"。通过题目可以知道这是一首咏史诗，其中有"登舟望秋月，空忆谢将军"之句，这里的"谢将军"指的是谁？

答案 ▷　谢尚

题解

人物简介　谢尚（308—357），字仁祖，陈郡阳夏（今河南太康）人。东晋时期名士、将领，谢鲲之子、谢安从兄。谢尚年轻时即才智超群，精通音律和舞蹈，工于书法，擅长清谈。他曾任镇西将军，所以人们称其"谢将军"。

人物故事　谢尚是谢安的堂兄。有一次谢尚听到袁弘在那里吟诵他自己的咏史诗，就请袁弘过来。两人谈得很投机，谢尚对袁弘的才华大加赞赏，袁弘的才名也就不胫而走。

这里说怀念谢将军，其实李白是希望遇到一位赏识他才华的人，就和谢尚欣赏袁弘似的。

著名的"隆中对"的故事和谢尚、袁弘的传说一样，都是读书人得到赏识和提拔的佳话。

题目▶　"一从陶令评章后，千古高风说到今"出自《红楼梦》中林黛玉的《咏菊》，请问陶令指的是谁？

选项：A.陶侃　B.陶渊明　C.陶俨

答案▷　B. 陶渊明

题解

人物简介　陶渊明（约365—472），字元亮，又名潜，私谥"靖节"，世称靖节先生，浔阳柴桑（今江西九江）人，东晋末年大诗人。

代表作　《饮酒》《归园田居》《杂诗》《桃花源记》《五柳先生传》《归去来兮辞》等。

文学史贡献　开创了田园诗这一种题材。陶渊明的田园隐逸诗，对唐宋诗人有很大的影响。其诗语言平淡自然，如农家口语，但塑造出来的艺术形象却生动鲜明。如梁实秋所言，乃是不露斧凿之痕的一种艺术韵味。

清人绘陶渊明像

史评　钟嵘《诗品》："古今隐逸诗人之宗。"

苏轼《与苏辙书》："其诗质而实绮，癯而实腴，自曹、刘、鲍、谢、李、杜诸人，皆莫及也。"

陆游《读陶诗》："我诗慕渊明，恨不造其微。退归亦已晚，饮酒或庶几。雨余鉏瓜垄，月下坐钓矶。千载无斯人，吾将谁与归？"

元好问《论诗》："一语天然万古新，豪华落尽见真淳。南窗白日羲皇上，未害渊明是晋人。"

沈德潜《说诗晬语》："陶诗胸次浩然，其中有一段渊深朴茂不可到处。唐人祖述者，王右丞有其清腴，孟山人有其闲远，储太祝有其朴实，韦左司有其冲和，柳仪曹有其峻洁，皆学焉而得其性之所近。"

明·唐寅《东篱赏菊图》

人物故事　鲁迅曾这样评价陶渊明的诗作："除论客所佩服的'悠然见南山'之外，也还有'精卫衔微木，将以填沧海。刑天舞干戚，猛志固常在'之类的'金刚怒目'式，在证明着他并非整天整夜地飘飘然。这'猛志固常在'和'悠然见南山'的是一个人，倘有取舍，即非全人，再加抑扬，更离真实。……我每见近人的称引陶渊明，往往不禁为古人惋惜。"

题目▶　陶渊明是古今隐逸诗人之宗，那么下列哪个选项可以解释他归隐的直接原因呢？

选项：A.少无适俗韵，性本爱丘山。

　　　　B.吾不能为五斗米折腰，拳拳事乡里小人邪。

　　　　C.造饮辄尽，期在必醉。

答案▷　B.吾不能为五斗米折腰，拳拳事乡里小人邪。

题解

人物故事　不为五斗米折腰　据《晋书·陶潜传》记载，陶渊明任彭泽令时，有一次上级派督邮来督察。为人骄横的督邮一到彭泽县就差人把陶渊明叫来见自己。陶渊明忍无可忍，说："吾不能为五斗米折腰，拳拳事乡里小人邪。"便交出官印，回乡下种田去了。他卸任之后写下了《归去来兮辞》。

嗜酒如命　陶渊明嗜酒如命，任彭泽县令时，他命令将县里的一百亩公田全部种上高粱酿酒，还说："这样我就可以经常陶醉在酒中了。"他的家人劝他一定要种稻子，否则一家人只能饿死。于是，他改为用五十亩种高粱，五十亩种稻子。

元·钱选《归去来辞图》（局部）

题目▶　《侧帽集》是清代词人纳兰性德的词集。请问，词集名中的"侧帽"二字与历史上哪位美男子有关呢？

答案▷　独孤信

题解

　　人物简介　独孤信（502—557），原名独孤如愿，字期弥头，鲜卑族，云中（今山西大同）人，西魏、北周将领，八柱国之一。

　　史评　《北史·独孤信传》引元语修："世乱识贞良，岂虚言哉。"《周书·独孤信传》引隋文帝杨坚语："风宇高旷，独秀生人，睿哲居宗，清猷映世。宏谟长策，道著于弼谐；纬义经仁，事深于拯济。方当宣风廊庙，亮采台阶，而世属艰危，功高弗赏。眷言令范，事切于心。"

　　人物故事　侧帽风流　侧帽风流的故事出自《北史》。独孤信在当秦州刺史的时候有次出城打猎，回来的时候有点晚，他怕城门关了，就一路策马狂奔，风把他的帽子吹歪了他都没有意识到。因为他英俊潇洒，所以一举一动都成为那时候时尚的标杆。人们第二天一看，满城的官员贵族都把帽子侧戴着。后人用这个典故，代指名士风流。李商隐《病中闻河东公乐营置酒口占寄上》："风长应侧帽，路隘岂容车。"杨亿《公子》："细雨垫巾过柳市，轻风侧帽上铜堤。"晏几道《清平乐》："侧帽风前花满路。"陈师道《南乡子》："侧帽独行斜照里，飕飕，卷地风前更掉头。"

关于独孤信最有名的故事是，他的三个女儿都是皇后。一个是北周明帝宇文毓的皇后，一个是隋文帝杨坚的皇后，还有一个就是唐太宗李世民的祖母、唐高祖李渊的母亲。

孟嘉落帽　孟嘉落帽也是个关于名士风流的典故。《晋书·孟嘉传》记载："九月九日，温宴龙山，僚佐毕集。时佐吏并着戎服。有风至，吹嘉帽堕落，嘉不之觉。温使左右勿言，欲观其举止。嘉良久如厕，温令取还之，命孙盛作文嘲嘉，着嘉坐处。嘉还见，即答之，其文甚美，四坐嗟叹。"东晋时，大将桓温在重阳节这天宴请同僚，席间，参军孟嘉的帽子被风吹落，他自己却浑然不知。桓温命孙盛写文章嘲笑孟嘉，而孟嘉神情自若，从容淡定，还回了一篇文章解释，一时传为美谈。孟嘉是陶渊明的外祖父，陶渊明写的《晋故征西大将军长史孟府君传》将这件事讲得淋漓尽致。

后人用"龙山落帽""山头落帽""风落帽""落帽""孟嘉帽""参军帽"等称扬人气度宽宏，风流倜傥，潇洒儒雅。杜甫的《九日蓝田崔氏庄》颔联"羞将短发还吹帽，笑倩旁人为正冠"用了这个典故，不过杜甫是在嗟叹自己年老，害怕别人看见稀疏的头发，流露出一丝悲凉之中强颜欢笑的意味。另外，唐人独孤及《九月九日李苏州东楼宴》"风前孟嘉帽，月下庾公楼"、元稹《答姨兄胡灵之见寄五十韵》"登楼王粲望，落帽孟嘉情"都用到了这个典故。

题目 ▶ 下面哪两句诗不是出自曹操之手？

选项：A.烈士暮年，壮心不已。　B.中野何萧条，千里无人烟。

C.周公吐哺，天下归心。

答案 ▷ B.中野何萧条，千里无人烟。

题解

作品原文

龟虽寿

曹操

神龟虽寿，犹有竟时。

腾蛇乘雾，终为土灰。

老骥伏枥，志在千里；

烈士暮年，壮心不已。

盈缩之期，不但在天。

养怡之福，可得永年。

幸甚至哉，歌以咏志。

短歌行

曹操

对酒当歌，人生几何？譬如朝露，去日苦多。

慨当以慷，忧思难忘。何以解忧，唯有杜康。

青青子衿，悠悠我心。但为君故，沉吟至今。

呦呦鹿鸣，食野之苹。我有嘉宾，鼓瑟吹笙。

明明如月，何时可掇。忧从中来，不可断绝。

越陌度阡，枉用相存。契阔谈宴，心念旧恩。

月明星稀，乌鹊南飞。绕树三匝，何枝可依。

山不厌高，海不厌深。周公吐哺，天下归心。

送应氏二首

曹植

其一

步登北邙阪，遥望洛阳山。

洛阳何寂寞，宫室尽烧焚。

垣墙皆顿擗，荆棘上参天。

不见旧耆老，但睹新少年。

侧足无行径，荒畴不复田。

游子久不归，不识陌与阡。

中野何萧条，千里无人烟。

念我平常居，气结不能言。

其二

清时难屡得，嘉会不可常。

天地无终极，人命若朝霜。

愿得展嬿婉，我友之朔方。

亲昵并集送，置酒此河阳。

中馈岂独薄？宾饮不尽觞。

爱至望苦深，岂不愧中肠？

山川阻且远，别促会日长。

愿为比翼鸟，施翮起高翔。

基本知识 《龟虽寿》是曹操组诗《步出夏门行》四首中的最后一首，表现了诗人老当益壮、老而弥坚的人生态度，情感坦荡、浓烈、真挚。

《短歌行》以沉稳顿挫的笔调抒写了诗人求贤如渴的思想和统一天下的雄心壮志。全诗情景交融，比兴言志，历来被视为曹操诗歌乃至汉魏古诗的代表作。

《送应氏二首》第一首写洛阳遭董卓之乱后的荒凉景象，第二首写和朋友分离时的不舍，语言质朴，感情真挚。不过诗中的"比翼鸟"我们今天看起来有些特别，此诗中用作朋友的象征，后世则比喻夫妻、恋人。

背景故事 《龟虽寿》约作于建安十三年（208），曹操平定乌桓叛乱、消灭袁绍残余势力之后，南下征讨荆、吴之前。此时曹操已经五十三岁了，但其永不停止的理想追求和积极进取的精神却在诗中蓬勃涌动。

关于《短歌行》，《三国演义》第四十八回有一段对于曹操赤壁之战前横槊赋诗场景的描写。建安十三年十一月十五日，曹操在大船上置酒设乐。他望着月色下的江景，听闻耳边乌鸦夜鸣，于是持槊作此诗。但现存文献缺乏有力证据，以后代小说为据并不可信，所以关于这首诗的创作背景和时间尚无定论。

《送应氏二首》是曹植于建安十六年（211）随曹操西征马超途经洛阳时，送别应氏兄弟所作。

像　祖　太　魏

曹操像（明·王圻、王思义《三才图会》）

题目 ▶ 唐代诗人李白《送友人》"浮云游子意，落日故人情"中，用"浮云"比喻漂泊在外的游子。请问，这种比喻始于哪位诗人？

选项：A.曹丕　B.曹植　C.曹操

答案 ▷ 　A.曹丕

题解

作品原文

杂诗

曹丕

西北有浮云，亭亭如车盖。

惜哉时不遇，适与飘风会。

吹我东南行，行行至吴会。

吴会非我乡，安得久留滞？

弃置勿复陈，客子常畏人。

送友人

李白

青山横北郭，白水绕东城。

此地一为别，孤蓬万里征。

浮云游子意，落日故人情。

挥手自兹去，萧萧班马鸣。

基本知识　"浮云"被后世用为典故，以浮云飘飞无定比喻游子四方漂泊。"亭亭"是高耸又无所依靠的样子，孤高之貌。"车盖"就是伞面状的车篷。"吴会（kuài）"指当时的吴郡（在今江苏苏州）和会稽郡（在今浙江绍兴）。吴、会当时都属于东吴，作者感叹身在异乡的漂泊之苦。

背景故事　曹丕这首《杂诗》被收入南朝萧统组织编纂的《文选》，唐朝的李善为《文选》作了注解，认为这首诗"于黎阳（今河南浚县）作"。曹丕执政以后，曾率大军两次南征东吴，经过黎阳。全诗可能作于此时，借浮云的随风飘荡比喻出征，写漂泊不定、客居异乡的抑郁痛苦和强烈的思乡之情。

题目▶ 曹植的《七步诗》可谓天下驰名。请问，在这首诗中，曹植用哪两种事物比喻同父共母的亲兄弟？

答案▷ 豆和萁

题解

作品原文

七步诗

曹植

版本一：

煮豆持作羹，漉豉以为汁。

萁在釜下燃，豆在釜中泣。

本自同根生，相煎何太急？

版本二：

煮豆燃豆萁，豆在釜中泣。

本是同根生，相煎何太急？

基本知识 漉：过滤。豉：煮熟后发酵过的豆。有版本也作菽（shū）。萁：豆茎，晒干后用作柴火烧。釜：一种锅。

背景故事 据《世说新语·文学》记载："文帝尝令东阿王七步中作诗，不成者行大法，应声便为诗……帝深有惭色。"

背景延伸 诗歌历史上有很多疑案，其中就包括曹植的七步诗。现在流传的七步诗有两个版本。这个公案最早在《世说新语》中出现，说曹丕命令曹植在七步之内完成一首诗。曹植就在七步之内写成了这首诗（第一个版本），曹丕就放了他一马。但《世说新语》是一部小说，这件事情在正史里面找不到。后来罗贯中在《三国演义》第七十九回中，也写了这段"兄逼弟曹植赋诗"的故事，其中的《七步诗》是第二个版本。

有学者提出曹丕其实是位仁爱之君。他确实把曹植外放为王，而且没有他的特许，曹植不得回朝述职。但他不断给曹植加封，也经常派人慰问，并没有对曹植赶尽杀绝。而且作为开国君王，曹丕还善待前朝的末代皇帝汉献帝。汉献帝比曹丕活得还要久。同时，曹丕还是一个很聪明的人。但当着众文武大臣的面逼自己的弟弟七步成诗，这一做法不像一个聪明人所为。所以曹丕要利用一首诗来杀害曹植这种说法是很可疑的。这首诗比喻得体，有乐府风味，确实是一首佳作。

另外，刘峻注《世说新语》引《魏志》说曹植"出言为论，下笔成章"，而且曹操曾试之以《登铜雀台赋》，"植援笔立成"，而且文采斐然，所以曹植具备七步之内作出一首好诗的能力。不过由于资料的缺乏，《七步诗》的真伪也就只能暂时定为悬案了。

题目▶　《乐府诗集》中有一句诗："东飞伯劳西飞燕，黄姑织女时相见。"请问，这句诗后来演化出哪个成语？

答案▷　劳燕分飞

题解

作品原文

东飞伯劳歌

萧衍

东飞伯劳西飞燕，黄姑织女时相见。

谁家女儿对门居，开颜发艳照里闾。

南窗北牖挂明光，罗帷绮箔脂粉香。

女儿年几十五六，窈窕无双颜如玉。

三春已暮花从风，空留可怜与谁同。

基本知识　黄姑织女　黄姑指牵牛星，又称"河鼓二"，牵牛星就是古人说的牛郎星，现代天文学上称之为天鹰座α。织女指织女星，天文学上的天琴座α。牵牛和织女经常见于古诗文，除了"东飞伯劳西飞燕，黄姑织女时相见"之外，还有南朝宗懔《荆楚岁时记》："河鼓、黄姑，牵牛也，皆语之转。"唐代元稹《决绝词（之二）》："已焉哉，织女别黄姑，一年一度暂相见，彼此隔河何事无。" 清代吴伟业《无题四首（其一）》："天边恰有黄姑恨，吹入萧郎此夜吟。"清末王湘绮在《琴歌》里写道："厮养娶才人，天孙嫁河鼓，一配匆匆终百年，粉泪蔫花不能语。"

汉画像石织女、牵牛星象图

"河鼓"和"黄姑"两个词发音相近。"黄"在古时属于阳声韵，"河"属于阴声韵，后来阳声韵的韵尾脱落，变成了不带韵尾的阴声韵。这在语音学上叫"阴阳对转"。"姑""鼓"在古时声母和韵母都是一样的，只不过一个平声，一个上声，声调不一样，也能互相转化。所以"黄姑"就演变成了"河鼓"。

明·仇英《乞巧图》

背景故事 天孙传说 关于牵牛星和织女星，知名的诗歌有《诗经·小雅·大东》："维天有汉，监亦有光。跂彼织女，终日七襄。虽则七襄，不成报章。睆彼牵牛，不以服箱。"还有《古诗十九首·迢迢牵牛星》，这首诗的情节已经具备了后来牛郎织女传说的雏形。牛郎织女的传说，记载可见《月令广义·七月令》："天河之东有织女，天帝之子也，年年机杼劳役，织成云锦天衣，容貌不暇整。天帝怜其独处，许嫁河西牵牛郎，嫁后遂废织纴。天帝怒，责令归河东，但使一年一度相会。"

人文链接 古时七夕民俗很丰富，主要和女性生活有关，如穿针乞巧、喜蛛应巧、投针验巧、兰夜斗巧、祭拜织女等。文人雅士则晒书晒衣、拜魁星祈求考运亨通。儿童供奉小玩偶磨喝乐。民间还有做巧果、吃巧果的习俗。

隋唐五代

隋唐五代·人物篇

题目▶ 唐太宗曾用"以铜为镜，可以正衣冠；以史为镜，
可以知兴替；以人为镜，可以明得失"来评价一
位贤臣，请问唐太宗把谁比喻成自己的镜子呢？

A.魏徵　　B.房玄龄　　C.杜如晦

答案▷ A.魏徵

题解

传凌烟阁功臣像之魏徵

历史评价　　"以铜为镜，可以正衣冠；以史为镜，
可以知兴替；以人为镜，可以明得失"出自《旧唐书·魏
徵传》。贞观十七年（643），直言敢谏的魏徵病逝。唐太宗很难过，他流着眼泪
说："一个人用铜当镜子，可以照见衣帽是不是穿戴得端正；用历史当镜子，可以
知道国家兴亡的原因；用人当镜子，可以发现自己的对错。魏徵一死，我就少了一
面好镜子啊。"这是对魏徵人生价值的极高评价。

人物故事　　玄武门之变后，有人向李世民告发，说东宫有个名叫魏徵的人，曾
经参加过李密和窦建德的起义军。起义军失败之后，魏徵到了长安，在太子李建成
手下干过事，还曾经劝说李建成杀害李世民。李世民听了，立刻派人把魏徵找来。
见到魏徵，李世民板起脸问他说："你为什么在我们兄弟中挑拨离间？"大臣们听
李世民这样发问，以为要治魏徵的罪。但是魏徵镇定自若地回答说："如果当时太
子听了我的话，一定不会有今天的祸事。"李世民听了，觉得魏徵说话直爽，很有
胆识，不但没责怪他，还对他加以重用。

　　一天，李世民得到一只上好的鹞鹰，他赏玩得正高兴时，魏徵来求见。李世民

怕魏徵看见，赶紧把鹞鹰藏到怀里。这一切早被魏徵看到，于是他禀报公事时故意喋喋不休，拖延时间。李世民不敢拿出鹞鹰，结果鹞鹰被憋死在他怀里。

题目 ▶　通过给出的五个关键词，你能联想到哪个人物？

　　　　关键词：选秀、心狠手辣、石榴裙、范冰冰、造字

答案 ▷　武则天

题解

　　人物简介　武则天（624—705），本名珝（xǔ），后改名曌（zhào），并州文水（今山西文水县东）人。我国历史上唯一正统的女皇帝，同时是初唐文艺兴盛的推动者。

　　代表作　《如意娘》等。

　　文学史贡献　《全唐诗》存武则天诗作四十六首。她为盛唐文学的繁荣创造了充分的条件。据《通典》载："太后颇涉文史，好雕虫之艺，永隆中始以文章取士。及永淳之后，太后君天下二十余年，当时公卿百辟，无不以文章达，因循日久，浸已成风。"

　　人物故事　造字　武则天彼时有她的心腹大臣专门为她造字。比如说"日月当空曌"中"曌"字，是宗秦客造的。宗秦客的母亲是武则天的堂姐。在当时男尊女卑的社会当中，武则天想要凭借这个名字使自己立足。这个字是宗秦客在她称帝前一年造的，起到了为女皇登基造势的作用。

　　当时诸臣不止造了一个字，当代有学者研究称共造了十二个字，也有的说造了十七个字，还有的说造了二十个字。

　　石榴裙　武则天本来是唐太宗的妃嫔。唐太宗去世后，所有的妃嫔均被打发到感业寺为尼。但据说在唐太宗病重时期，武则天已经跟当时的皇太子李治恋爱。她到感业寺之后，因为思念李治，写了一首《如意娘》诉说自己在感业寺的孤独寂寞、苦苦相思，其中有一句是"开箱验取石榴裙"。武则天的这首《如意娘》，让今天的读者看到心狠手辣的她也有过柔情和孤独的一面。所以历史人物可能是多元

的、立体的、复杂的形象。

造像　传说洛阳龙门石窟卢舍那大佛的面目是以武则天的相貌为蓝本的。

题目 ▶　如果要用外号别称当作微信名的话，请问"幽忧子"应该是下列哪位诗人的微信名呢？

选项：A.骆宾王　B.卢照邻　C.柳永

答案 ▷　B.卢照邻

题解

人物简介　卢照邻（约630—680后），字昇之，号幽忧子，幽州范阳（今河北涿州）人，"初唐四杰"之一。初为邓王府典签，深得邓王重视。后为风痹症所困，投颍水而死。

代表作　《长安古意》《十五夜观灯》《元日述怀》等。

人物故事　卢照邻对歌行和律诗的贡献都非常大。他小的时候是天才，而且精研"小学"。在中国古代，"小学"指音韵训诂之学，很难，但是属于正宗的学问。

关于王、杨、卢、骆的排名，杨炯说过"耻居王后"，意思就是排在王勃后面感到很羞耻；又说"愧在卢前"，说自己不好意思排在卢照邻的前面。这说明他是很佩服卢照邻的。

为什么卢照邻的别号叫幽忧子呢？因为卢照邻命运非常悲惨。他患了一种病——肌肉萎缩，双足和一只手都残废了，只剩下一只手健全。他为了治病，拜药王孙思邈为师。可是连孙思邈都治不好他的病。所以在孙思邈去世的那一年，卢照邻告别家人，自投颍水而死。

但即使是在人生最艰难的时候，卢照邻隐居在终南山，身体残疾到只有一只手可动，他也写下了"人歌小岁酒，花舞大唐春"这样的句子，显示出唐人的气象和高昂的精神。

题目 ▶ 通过给出的关键词，你能联想到哪个人物？

关键词：神童、监狱、初唐四杰、卜算子、《咏鹅》

答案 ▷ 骆宾王

题解

代表作 诗歌《帝京篇》《畴昔篇》《艳情代郭氏答卢照邻》《代女道士王灵妃赠道士李荣》《在狱咏蝉》《于易水送人》、骈文《为徐敬业讨武曌檄》等。

史评 明代诗评家胡震亨在《唐音癸签》中称赞骆宾王的诗"富有才情，兼深组织""得擅长什之誉"。明代文学家何景明在《明月篇序》中说初唐四杰"音节往往可歌"，是说他们的长篇歌行节奏感非常明显，可以唱出来。武则天很看重骆宾王的文章，对于那篇痛骂自己的《为徐敬业讨武曌檄》非但没有生气，反而认为作者文采斐然，还说"宰相安得失此人"，责备宰相们没有及时提拔骆宾王，还派人搜罗他的文章编成文集。

人物故事 咏鹅神童　骆宾王出身寒门，年幼能诗，号称"神童"，相传五言诗《咏鹅》是他于七岁时写的。

被诬下狱　骆宾王因上疏论事触忤武则天，遭到污蔑，以贪赃罪名下狱。闻一多先生在《宫体诗的自赎》一文中说，骆宾王"天生一副侠骨，专喜欢管闲事，打抱不平，杀人报仇，革命，帮痴心女子打负心汉"。这道出了骆宾王下狱的根本原因。他敢抗上司、敢动刀笔，于是被当权者收系下狱。

卜算子　相传骆宾王因为写诗好用数字而得名"卜算子"，后"卜算子"成为一个词牌名。

题目 ▶ "前不见古人，后不见来者。念天地之悠悠，独怆然而涕下"是诗人陈子昂登上幽州台时发出的感慨。如果要在地图上为幽州台标注地理坐标，请问你会标在什么地方？

选项：A.北京　B.山东　C.辽宁

答案 ▷ A.北京

题目▶　　幽州台最早的用途是什么？

　　　　　选项：A. 登高赏景　B. 军事防御　C. 招揽人才

答案▷　C. 招揽人才

题解

　　基本知识　陈子昂（659—700），字伯玉，梓州射洪（今四川射洪县）人，初唐诗文革新运动代表人物之一。生于富豪之家，勤奋苦读，二十四岁举进士，后升右拾遗，直言敢谏。两次从军边塞，对边防军务颇有远见。后来被权臣武三思迫害，冤死狱中。

　　代表作　《感遇三十八首》《蓟丘览古赠卢居士藏用七首》《登幽州台歌》《登泽州城北楼宴》等。

　　文学史贡献　陈子昂的诗风骨峥嵘，意境辽远，其中最有代表性的如组诗《感遇三十八首》。陈子昂在《与东方左史虬修竹篇序》指出了文学创作中"风雅兴寄"和"汉魏风骨"的光辉精神，力图在倡导复古的旗帜下实现诗歌内容的真正革新，这对扭转齐梁以来诗风、引领盛唐诗坛趋势发挥了重要的作用。

　　史评　杜甫《陈拾遗故宅》："有才继骚雅，哲匠不比肩。公生扬马后，名与日月悬。同游英俊人，多秉辅佐权。彦昭超玉价，郭振起通泉。到今素壁滑，洒翰银钩连。盛事会一时，此堂岂千年。千古立忠义，感遇有遗篇。"

　　韩愈《荐士》："国朝盛文章，子昂始高蹈。"

　　白居易《初授拾遗》："杜甫陈子昂，才名括天地。"

　　刘克庄《后村诗话》："唐初王、杨、沈、宋擅名，然不脱齐梁之体，独陈拾遗首倡高雅冲淡之音，一扫六代之纤弱，趋于黄初、建安矣。"

　　人物故事　战国时燕昭王建黄金台来招揽人才，这里的黄金台指的就是幽州台。陈子昂当年跟随武则天的侄子建安王武攸宜去征讨契丹军，但是武攸宜其实是个纨绔子弟，仗着武则天做靠山，根本没什么才干。陈子昂提出胜敌奇计却得不到采纳。后来武攸宜嫌他烦，就把他贬了官。在这样失意的情况下，陈子昂登上幽州台，感慨自己没有遇上识拔人才的机会，所以写下了《登幽州台歌》。

题目 ▶ 唐代诗人张九龄是有名的贤相，举止优雅，风度不凡，连皇上都是他的"迷弟"。后任宰相每次推荐公卿的时候，皇上总要问："风度得如九龄否？"请问，张九龄的这位"粉丝皇帝"是谁？

选项：A.唐太宗　B.唐玄宗　C.唐高宗

答案 ▷　B.唐玄宗

题解

人物简介　张九龄（678—740），字子寿，一名博物，谥文献，韶州曲江（今广东韶关）人，世称"张曲江""文献公"。唐朝名相，诗人。七岁能文，景龙初年进士，始调校书郎。唐玄宗即位，迁右补阙。唐玄宗开元时历任中书侍郎、同中书门下平章事、中书令。在政治上，张九龄是一位有胆识、有远见的政治家，对缔造"开元之治"大有功劳。在文学上，他的五言古诗诗风清淡，为扫除唐初所沿袭的六朝绮靡诗风做出了很大贡献。

本题中玄宗的话出自《旧唐书·张九龄传》："后宰执每荐引公卿，上必问：'风度得如九龄否？'"《唐语林》也有相关记载："玄宗早朝，百官趋班。上见张九龄风仪秀整，有异于众，谓左右曰：'朕每见张九龄，精神顿生。'"

代表作　《感遇十二首》组诗、《曲江集》等。

史评　《旧唐书·张九龄传》："九龄文学政事，咸有所称，一时之选也。"

《资治通鉴·唐纪三十》："上即位以来，所用之相，姚崇尚通，宋璟尚法，张嘉贞尚吏，张说尚文，李元纮、杜暹尚俭，韩休、张九龄尚直，各其所长也。"

人物故事　唐朝科举考试的吏部试要考"身""言""书""判"四项。要做官，就要长得端正，还要口才好，还要书法好，推理和判决能力也要强。

大臣上朝，会把笏板往腰里一插。因为笏板特别长，张九龄怕影响形象，于是专门做了一个漂亮的笏囊把笏板装起来，然后由仆人拿着。后来满朝文武都学他。张九龄是岭南第一个考中科举且后来为相的人，也是唐玄宗为政时最后一位清正忠贞的贤相。他的被贬也成为诗歌史上很重要的事件，他被贬之后写的《感遇十二首》组诗，被后来的《唐诗三百首》列在卷首。名句"草木有本心，何求美人折"就出自这一组诗。

71

题目 ► 相传，哪位诗人竟然因为嘴馋而导致旧疾复发去世？

选项：A.杜甫　B.苏轼　C.孟浩然

答案 ▷ C.孟浩然

题解

人物简介　孟浩然（689—740），名浩，字浩然，襄阳（今湖北襄阳）人，世称孟襄阳，唐代著名的山水田园派诗人。曾隐居鹿门山，数次北游长安。开元二十五年（737）在张九龄幕府任职，一生未正式入仕。后人将其作品整理为《孟浩然集》三卷。

代表作　《过故人庄》《春晓》《宿建德江》《秋登万山寄张五》《夏日南亭怀辛大》《夜归鹿门歌》等。

文学史贡献　后人把孟浩然与盛唐另一山水诗人王维并称为"王孟"，作为盛唐诗人的重要代表。其山水田园诗清淡自然，寓情于景，艺术成就很高。孟浩然对五言律诗的进步和完善也做出了重要贡献。

史评　盛唐的大诗人们对孟浩然给予了很高的评价。例如李白《赠孟浩然》："红颜弃轩冕，白首卧松云。醉月频中圣，迷花不事君。高山安可仰，徒此揖清芬。"杜甫《解闷十二首（其六）》："复忆襄阳孟浩然，清诗句句尽堪传。"殷璠编选的《河岳英灵集》评价孟浩然诗："文采丰茸，经纬绵密，半遵雅调，全削凡体。"

北宋陈师道的《后山诗话》引用苏轼的观点："子瞻之谓浩然之诗，韵高而才短，如造内法酒手而无材料尔。"说孟浩然的诗格调高但素材少，也就是题材不广泛。

闻一多先生在《唐诗杂论》中说"淡到看不见诗了，才是真正孟浩然的诗"，点明了孟浩然清淡自然的特色。

人物故事　食鲜疾发　开元二十八年（740），王昌龄遇赦返京途中路过襄阳，遇见当时在家的孟浩然，两位诗人把酒言欢。孟浩然之前背上起了一个痈疽，就是一种毒疮，这时候已经逐渐好转，但他不能吃海鲜、河鲜，因为它们是"发物"。

结果，二人欢聚时刻畅叙友情纵情快意，孟浩然"烹鱼相待"，但几天后孟浩然背疽恶化，不幸去世。

古代人长疽致死主要是因为当时卫生条件相对今天较差，不是人人都可以经常洗澡，皮肤感染若不及时治疗，就会成疽。而疽一旦弄破，细菌就会进入血液，导致败血症。因背疽去世的著名的古人还有亚父范增。民间传说明初开国功臣徐达也是因长背疽后食烧鹅而死。

汉江名产　王、孟两人当时吃的什么河鲜今天已经不可考，但襄阳有一种河鲜是名产，即鳊鱼。《襄阳志》载："汉江出鳊鱼。土人以槎断水，鳊多依槎，因号槎头鳊。"鳊鱼又名"缩颈"，因其头小而缩脖故称。孟浩然的《岘潭作》也提到这种鱼："试垂竹竿钓，果得槎头鳊。"而且他把烹饪过程写得非常诱人，"美人骋金错，纤手脍红鲜"，漂亮的女厨师挥动精美的刀子将刚刚钓上来的鲜鱼切成一条条、一片片。我们仿佛看到客人们食指大动的样子。唐宋时候的"鱼脍"相当于今天的生鱼片或刺身，蘸酱食用，鲜美劲道。可见这种吃法由来已久。

杜甫之死　传说杜甫之死跟吃也有关系。当时耒阳发大水，杜甫被困多日没有进食，耒阳县令送来牛肉和白酒，结果杜甫吃得太饱导致去世。《旧唐书》中杜甫的本传就采用了这种说法。但实际上杜甫被困耒阳是在夏天，他去世是在秋冬之际，如果是因牛肉去世，不可能间隔数月。当代学者莫砺锋先生等人已经厘清了这一问题。

题目 ▶　苏轼在评价某位诗人的作品时说："味摩诘之诗，诗中有画；观摩诘之画，画中有诗。"请问，是哪位诗人得到了苏轼这么高的评价呢？

答案 ▷　王维

题解

人物简介　王维（701—761），字摩诘，蒲州（今山西永济）人，唐代重要山水诗人，后人将他和孟浩然并称"王孟"，作为盛唐山水田园诗派的代表。他不仅文采丰茸，在音乐和绘画上也有极高的造诣。由于他笃信佛教，晚年诗歌充满禅意，后人称之为"诗佛"，存诗四百余首。

代表作 《山居秋暝》《使至塞上》《积雨辋川庄作》等。

文学史贡献 世有"李白是天才，杜甫是地才，王维是人才"之说，极度肯定了王维在唐朝诗坛的崇高地位。王维不仅是公认的诗佛，也是文人画的南山之宗，并且在音律、书法、篆刻上都有所成，是少有的全才。《唐才子传》赞其诗、画："维诗入妙品上上，画思亦然。至山水平远，云势石色，皆天机所到，非学而能。"与陶渊明、谢灵运等诗人相较，王维扩大了山水诗的内容，增添了它的艺术风采，使山水诗的成就达到前所未有的高度，这是他对中国古典诗歌的突出贡献。

王维以清新淡远、自然脱俗的风格，创造出"诗中有画，画中有诗""诗中有禅"的意境，在诗坛树起了一面独特的旗帜。王维的五言、七言绝句感情真挚，语言明朗自然，不用雕饰，具有淳朴深厚之美，可与李白、王昌龄的绝句比美，代表了盛唐绝句的极高成就。

史评 唐代宗对王维弟王缙评价王维："卿之伯氏，天宝中诗名冠代，朕尝于诸王座闻其乐章。"

盛唐殷璠："维诗词秀调雅，意新理惬。在泉为珠，着壁成绘。一句一字，皆出常境。"

北宋苏轼："吴生虽妙绝，犹以画工论。摩诘得之于象外，有如仙翮谢笼樊。吾观二子皆神俊，又于维也敛衽无间言。"

北宋陈师道："右丞、苏州皆学于陶，王得其自在。"

元代辛文房："维诗入妙品上上，画思亦然。至山水平远，云势石色，皆天机所到，非学而能。"

今人顾随先生称，王维弄禅，是对佛境界之感悟。王维诗味长如饮中国茶，清淡而优美，无人我是非，无喜怒哀乐。"行到水穷处"非喜，"坐看云起时"非乐。

人物故事 王维的字、号出自《维摩诘经》。《维摩诘经》是大乘佛教的早期经典之一，因为此经的主人公为维摩诘居士，故而得名。维摩诘居士以现身说法、辩才无碍而闻名。王维早年丧父，母亲是虔诚的佛教居士，母亲的影响和其生活中的坎坷使他的生命中充满禅意。他一生中有许多时候是在隐居中度过的。他在十八岁前就曾隐居。开元十七年（729），隐居淇上，后解官归隐移到嵩山，直到开元二十二年（734），官授右拾遗；后来他又隐居于终南山五年；天宝七年（748），他买下宋之问蓝田辋川别墅，一直过着亦官亦隐的生活。在晚年时他主要住在城里，家中养着十几个僧人，与他交流修佛心得；退朝回来他就焚香独坐，潜心修禅。王维的诗作也充满了禅意，山水意境已超出一般平淡自然的美学境界。

题目 ▶ 王维的"独在异乡为异客，每逢佳节倍思亲"是我们耳熟能详的名句。那么，王维写这首诗的时候，正在过什么佳节呢？

答案 ▷ 重阳节

题解

人物故事 手足情深 王维的弟弟王缙也是当时的一个大诗人，曾经官至宰相。"安史之乱"时王维被迫在安禄山手下任职，本来平复叛乱之后他应该受到惩处，但因为王缙在平叛的过程当中立下了赫赫的战功，他甘愿自己舍官来赎兄长王维的罪，所以王维得到了赦免。后来王维还一直在升官，升到尚书右丞，所以大家称呼他为王右丞。

而王维当年的好友储光羲，也是山水田园诗人，和王维有着相似的经历，但他没有王缙这样的弟弟，没有裴迪那样的好朋友，没写过《凝碧池》，最后被贬死岭南。

古人重悌 中国古人的兄弟情十分感人，比如王维兄弟，再比如后来的苏东坡兄弟。乌台诗案时，苏轼的弟弟苏辙也是要舍官救他。宋代的程颐和程颢、苏轼和苏辙、王安石和王安国、王安礼，都是同朝为官的兄弟，正如俗话讲"打虎亲兄弟，上阵父子兵"。在中华民族的优秀传统中，对兄弟之情是非常重视的。不过古代兄弟反目的例子也有，比如袁绍袁术兄弟、曹丕曹植兄弟等，在大的利益面前，帝王之家的兄弟情可能情况就会复杂一点。

家庭教育 王维属太原王氏一脉，虽然他的父亲很早就去世了，但他的母亲还有祖父等人对他从小便进行了良好的教育。家庭影响的重要性在王维身上得到了很好的体现。他祖父原是官廷乐师，所以教他音乐，于是王维后来成了有名的音乐家，他的琵琶是唐人中弹得很好的。父亲教他诗文，母亲教他绘画，所以后来他又是"诗中有画、画中有诗"的大画家、大诗人。同时他母亲潜心佛学，传说生他的那个晚上，他母亲梦到佛教里以口才著名的维摩诘居士，所以给他起名王维，字摩诘。可见，家庭的影响对一个人的成长很关键。

敦煌莫高窟壁画　维摩诘居士像

题目 ▶ 假如这是唐代某位诗人的朋友圈，结合诗作内容分析，请问是谁居然拥有唐玄宗这样的超级粉丝呢？

选项：A.李白　B.李贺　C.王昌龄

答案 ▷ A.李白

题解

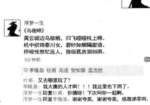

基本知识　李白（701—762），字太白，号青莲居士，史传其为陇西成纪（今甘肃天水秦安县一带）人，我国诗歌历史上首屈一指的伟大诗人，诗风豪迈飘逸，有"诗仙"之称，和杜甫并称"李杜"。

代表作　《静夜思》《蜀道难》《将进酒》《梦游天姥吟留别》《行路难》《望庐山瀑布》等。

文学史贡献　李白的乐府、歌行及绝句成就为最高。其歌行和乐府打破诗歌创作的固有格式，挥洒自如，笔法多变，达到了变幻莫测、神奇多姿的境界。李白的绝句飘逸潇洒，以短短几十字表达出无尽的情思。

故宫南薰殿旧藏　李白像

在同时代的诗人中，王维、孟浩然长于五绝，王昌龄被誉为"七绝圣手"，而兼长五绝与七绝并造诣极高的只有李白一人。李白的诗雄奇飘逸，奔放瑰丽，极具浪漫主义精神，达到了内容与艺术性的完美统一。

李白对后世诗坛产生了深远的影响。中唐的韩愈、孟郊、李贺，两宋的苏轼、陆游、辛弃疾，明代的高启、杨慎，清代的龚自珍等著名诗人，都受到李白诗歌的巨大影响。

史评 杜甫《春日忆李白》："白也诗无敌，飘然思不群。清新庾开府，俊逸鲍参军。"《寄李十二白二十韵》："昔年有狂客，号尔谪仙人。笔落惊风雨，诗成泣鬼神。声名从此大，汩没一朝伸。文彩承殊渥，流传必绝伦。"

清·苏六朋《清平调图》

韩愈《调张籍》："李杜文章在，光焰万丈长。"

苏轼《书黄子思诗集后》："李太白、杜子美以英玮绝世之姿，凌跨百代，古今诗人尽废。然魏、晋以来，高风绝尘亦少衰矣。"

杨慎《周受庵诗选序》："李太白为古今诗圣。"

余光中《寻李白》："酒入豪肠，七分酿成了月光，余下的三分啸成剑气，绣口一吐就半个盛唐。"

人物故事 "谪仙"来历 传说这首《乌夜啼》给李白带来了好运。李白于天宝元年（742）到长安，在紫极宫见到贺知章，贺知章读了他的《乌栖曲》和《乌夜啼》等诗后，大为叹赏，说他是"天上谪仙人也"，于是在唐玄宗面前推荐了他。

翰林供奉 为什么唐玄宗不重用李白？因为唐玄宗本来就没想重用他。我们经常说李白是翰林，但翰林官员也不一样，有翰林学士和翰林供奉（或称翰林待诏）

之分。翰林学士是帮助皇帝起草诏书的，也就是皇帝的贴身秘书、顾问，被视作"天子私人"，开元后期办公地点不在原先的翰林院，而在特设的翰林学士院。到明代，没有翰林学士的经历是不能进入内阁的。而李白不是翰林学士，只是翰林供奉，相当于名誉顾问，所以唐玄宗本来就是把他当成摆设放一放，闲来拿他解闷，并不是让他施展政治抱负的。"诗文待诏"只不过是诸多待诏中的一种，地位比其他待诏要高一些。有一些表现优秀的诗文待诏，也会逐渐发展到参与给皇帝起草诏书，从而具有政治身份，但这批人数量并不多。

题目 ▶ 　现在流行一句话，叫"世界那么大，我想去看看"。其实在古代，诗人们也经常出去旅游，还留下不少名诗佳句。请问，下面哪句诗描述了庐山的秀美风光呢？

　　　　选项：A.会当凌绝顶，一览众山小。

　　　　　　　B.屏风九叠云锦张，影落明湖青黛光。

　　　　　　　C.两岸青山相对出，孤帆一片日边来。

答案 ▷ 　B.屏风九叠云锦张，影落明湖青黛光。

题解

　　人物故事　B项出自李白的《庐山谣寄卢侍御虚舟》。这首诗作于上元元年（760），是李白流放夜郎途中遇赦回来的次年。李白从江夏（今湖北武汉）往浔阳（今江西九江）重游庐山时，作此诗寄赠和自己同游庐山的卢虚舟。李白和庐山有不解之缘，一生数次到庐山。他第一次去庐山就写下了名篇《望庐山瀑布》。

　　据统计，李白一生一共到过九十五个地方，虽然不少，但还不是文人里最多的。在唐宋两代诗人里，一生到过地方最多的是苏轼，他去过一百四十八个地方。不过苏轼跟李白不同，他很多时候是"被动旅游"，比如说被贬，或者到外地去当官在路上经过。但李白是主动的选择，由于修道，他喜欢漫游，正如他在《庐山谣寄卢侍御虚舟》诗中说的"五岳寻仙不辞远，一生好入名山游"。

题目▶ 请根据图中给出的文字信息，猜出诗句。

	花			又	逢	

答案▷ 落花时节又逢君。

题解

人物简介 杜甫（712—770），字子美，自号少陵野老，世称"杜工部""杜少陵"等，河南府巩县（今河南巩义）人，唐代伟大的现实主义诗人，被世人尊为"诗圣"，其诗被称为"诗史"，与李白合称"李杜"。

李龟年，唐代乐工，善歌，擅吹筚篥、奏羯鼓，精通音律，长于作曲。

故宫南薰殿旧藏 杜甫像

代表作 杜甫有《春望》《北征》"三吏""三别"等。

文学史贡献 在我国古典诗歌的发展过程中，杜甫占有继往开来的重要地位。他继承了自《诗经》、汉魏乐府以来诗歌注重反映现实的创作传统，并使之更为高超和成熟。他没有遵循建安以来沿袭乐府古题的创作旧习，而是本着汉乐府"缘事而发"的精神，自创新题，"即事名篇"。风格沉郁顿挫，萧散自然。

律诗在杜诗中占有极重要的地位。杜甫律诗的成就，首先在于扩大了律诗的表现范围。他不仅以律诗写应酬、咏怀、羁旅、宴游以及山水，而且用律诗写时事。律诗字数和格律都受限制，比古诗难度更大，而杜甫却能运用自如，把律诗写得纵横恣肆，极尽变化之能事。其次，合律而又看不出声律的束缚，对仗工整而又看不出对仗的痕迹。例如，被杨伦称为"杜集七言律第一"的《登高》就是这样："风急天高猿啸哀，渚清沙白鸟飞回。无边落木萧萧下，不尽长江滚滚来。万里悲秋常作客，百年多病独登台。艰难苦恨繁霜鬓，潦倒新停浊酒杯。"全诗在声律句式上极精密考究。诗中八句皆对，首联句中也对。严整的对仗被形象的流动感掩盖起来了，严密变得疏畅。

杜甫律诗的最高成就，可以说就是把这种体式写得浑融流转，无迹可

寻，写来若不经意，使人忘其为律诗。（以上论述参见袁行霈等主编《中国文学史》）

史评 元稹："李白壮浪纵恣，摆去拘束，诚亦差肩子美矣。至若铺陈终始，排比声韵，大或千言，次犹数百，词气豪迈，而风调清深，属对律切，而脱弃凡近，则李尚不能历其藩翰，况堂奥乎？"

白居易："杜诗贯穿古今，尽工尽善，殆过于李。"

人物故事 李龟年是唐代的音乐天才，家中有兄弟三人，他的两个弟弟分别叫李彭年、李鹤年。安史之乱的时候，李龟年在江南流浪，一直很思念对他有知遇之恩的唐玄宗。不仅杜甫在江南碰到他，王维也在江南遇到了他，还写有一首著名的诗，我们一般都把它称为《红豆》，这首诗另外一个题目就叫《江上赠李龟年》。李龟年后来到了湖南，到湘中按察使的宴席上唱了这首诗之后便昏了过去，当时在场之人无不落泪。接着李龟年又唱了王维的一首《伊州歌》："清风明月苦相思，荡子从戎十载馀。征人去日殷勤嘱，归雁来时数附书。"然后又昏迷了四天，醒过来之后抑郁而终。

题目 ▶ 岑参《白雪歌送武判官归京》中"将军角弓不得控"的下一句是什么？

答案 ▷ 都护铁衣冷难着。

题解

人物简介 岑参（约715—770），唐代中后期著名的边塞诗人，荆州江陵（今湖北江陵人）。天宝三年（744），以进士第二名及第，累官左补阙、起居郎，出为嘉州刺史，后人称为"岑嘉州"。

代表作 《逢入京使》《白雪歌送武判官归京》《走马川行奉送出师西征》等。

文学史贡献 岑参是唐代著名的边塞诗人，有不少描绘西北边塞奇异景色的诗篇。他和高适并称"高岑"，是盛唐边塞诗一派的代表人物。岑参边塞诗之外的作品题材广泛，亦佳作迭出。在诗歌体式上，他为五言律诗的进步也做出了贡献。

史评 岑参五律方面的贡献可以参看胡应麟《诗薮》中的评价："五言律诗，

兆自梁、陈。……沈、宋、苏、李，合轨于先；王、孟、高、岑，并驰于后。……实词章改变之大机，气运推迁之一会。"

杜甫在长诗《渼陂行》中说"岑参兄弟皆好奇"，"好奇"就是指爱好新奇事物。这是杜甫在夸赞岑参的诗歌内容意境新奇。

题目 ▶ 古代也有追星族，只是他们追的不是明星而是诗人。相传有一位粉丝声称自己"好白诗"，因此在自己全身上下三十余处刺了该诗人的诗作。请问，这位"真爱粉"疯狂追逐的是哪位诗人呢？

选项：A.白朴　B.白居易　C.李白

答案 ▷ B.白居易

题解

人物故事 这道题三个选项，每个名字里都有一个"白"字。

白居易有一位疯狂的粉丝，叫葛清，是荆州人。据晚唐段成式的《酉阳杂俎》记载，为了表达自己对白居易的崇拜，这葛青在浑身上下刺了三十多首白居易的诗。过了一段时间，他又在身上刺了三十多幅图，这些图都是根据白居易的诗意发挥而成的。白居易曾做过中书舍人，因此人们便把葛青身上的图称为《白舍人行诗图》。

白朴是元曲四大家之一。他小时候差点死掉。当时他在战乱中和家人走散了，又得了重病，是元好问救了他——元好问把他放在怀中，六天六夜未曾放下，硬是从死神手中把这个孩子拉了回来。看来元好问不仅写人间真情情真意切，人品也是一流，心中充满了爱。

唐人魏万是李白的追随者，他徒步三千里，花费半年时间去追寻李白，最后好不容易到扬州追上了。李白很感动，就把自己的诗文交给他编辑。于是魏万

故宫南薰殿旧藏　白居易像

81

就为保存大诗人李白的珠玉做出了重要贡献。

《酉阳杂俎》是唐代的笔记小说，这本书记有仙佛鬼怪、人事以及动物、植物、酒食、寺庙等，分类编录，一部分内容属志怪传奇类，另一些记载各地包括异域的珍异之物，与西晋张华的《博物志》相类。在记叙志怪故事的同时，《酉阳杂俎》还为后人保存了唐朝大量的珍贵历史资料，记录了当时的遗闻逸事和风土民情。作者段成式（803—863），字柯古，邹平（今山东邹平）人，唐代著名志怪小说家，宰相段文昌之子。在晚唐诗坛上，他与李商隐、温庭筠齐名。

人文链接 杜甫的粉丝之一——韩愈的大弟子张籍，早晨把杜甫的诗抄下来烧成灰拌蜂蜜吃，每天吃三勺，希望自己的诗能写得和杜甫一样好。

晋朝的美男子卫玠也是偶像级人物，他长得太漂亮，引得几乎南京全城的人都来看他，结果他得病死了，这就是"看杀卫玠"的来历。当时还有一个人叫杜乂，长得跟卫玠一般风流偶傥，也有很多崇拜者。后来镇西将军谢尚评价这两位美男子，说卫玠的粉丝才是真粉丝，杜乂的粉丝不算是什么粉丝。为什么呢？因为卫玠是那个时期的著名玄学家，而且他为人很好，但杜乂只不过是长得好看而已。卫玠有内涵，人们应该崇拜这样的人。崇拜杜乂的那些人纯属只看皮相、以貌取人了。

题目▶ 现在非常流行"A4腰"的说法，是为了炫腰细。其实古代的细腰也有个非常动听的名字，叫"小蛮腰"，请问"小蛮腰"这个典故和哪位文学家有关？

选项：A.晏殊　B.白居易　C.温庭筠

答案▷ B.白居易

题解

人物简介 白居易（772—846），字乐天，号香山居士，又号醉吟先生，祖籍太原（今山西太原），生于河南新郑（今河南新郑），二十九岁考中进士，唐代伟大的现实主义诗人，有"诗魔"和"诗王"之称。官至翰林学士、左赞善大夫，有

《白氏长庆集》传世。

代表作　《长恨歌》《卖炭翁》《琵琶行》等。

文学史贡献　白居易的诗歌题材广泛，形式多样，语言平易通俗。他与元稹共同倡导新乐府运动，世称"元白"；与刘禹锡并称"刘白"。

史评　天子赠诗　唐宣宗有《吊白居易》诗："缀玉联珠六十年，谁教冥路作诗仙。浮云不系名居易，造化无为字乐天。童子解吟长恨曲，胡儿能唱琵琶篇。文章已满行人耳，一度思卿一怆然。"此诗可作为白居易一生文学成就的概括。

清乾隆皇帝敕编的《唐宋诗醇》评价白居易"实具经世之才"，并劝勉官员以白居易的诗句"救烦无若静，补拙莫如勤"作为座右铭。

人物故事　蓄养家伎　白居易的诗中清楚指出姓名的家伎便有十几个，其中最出名的就是樊素和小蛮了。唐孟棨《本事诗·事感》记载，樊素善歌，小蛮善舞。白居易有诗曰："樱桃樊素口，杨柳小蛮腰。"这两位歌姬的名字连《旧唐书》这等正史都有所记录，可见她们声名远扬，也可见白居易对她们的喜爱。不过据传白居易更喜欢樊素，他的作品里出现樊素的名字更多一些。白居易六十多岁时得了风疾，半身麻痹，不得不遣散家伎，还为樊素写了《不能忘情吟》。

唐代"东坡"　苏轼号东坡，白居易也和"东坡"有些关系。在忠州（今重庆忠县）任职时，白居易在城东的山坡上种花，并将此地命名为"东坡"。他到忠州任刺史，弟弟白行简同行。途中，白家兄弟与挚友元稹在黄牛峡相遇，三人同游之处被称为"三游洞"。

题目▶　白居易《杨柳枝词》"一树春风千万枝"的下一句是什么？

答案▷　嫩于金色软于丝。

题目▶　白居易《杨柳枝词》"永丰西角荒园里"的下一句是什么？

答案▷　尽日无人属阿谁。

题解

人物故事 少年得意 白居易十五、六岁时，怀揣着他的诗文，谒见当时的著作郎顾况。起初顾况对自荐而来的后生并不在意。但当他看到白居易的诗文卷子后，迎门礼遇，大为赞叹，说："吾谓斯文遂绝，复得吾子矣！"

江州司马 元和十年（815）六月，强盗刺杀了宰相武元衡，京师震动，但无人敢申明捉拿刺客归案。白居易上书言事，说应捕拿凶手雪耻。当时朝廷有憎恨他的大臣，借此替他罗织了一系列的罪名：一项是白居易越职言事，即武元衡之事；一项是白居易的行为伤风败俗，其母看花落井而死，他却作浮华的《赏花》和《新井》，有失孝道。由于憎恶白居易的大臣势力实在不容小觑，皇帝迫于压力，将白居易贬为江州司马。

创作《琵琶行》 因为直言进谏，白居易受到贬谪，内心抑郁，在浔阳江头和朋友饮酒，听到歌女演奏《琵琶行》。演奏完毕，歌女诉说自己学艺后嫁为商人妇的辛酸往事，白居易潸然泪下，感同身受，创作了《琵琶行》，其中有"同是天涯沦落人，相逢何必曾相识"这样传唱千古的名句。

妇孺解诗 据史料记载，白居易在每完成一篇诗歌后，就会对着一位老太太读，反复修改，直到她能听懂为止。唐宣宗在《吊白居易》中提到时人传唱白居易作品的盛况——"童子解吟长恨曲，胡儿能唱琵琶篇"，白居易的诗歌传到异域胡地，通俗易懂到连孩童都能理解。

香山结社 白居易晚年时，居住在洛阳履道里，与香山的僧人如满等人结诗社，名曰净社，并疏通河道、种植树木、建造石楼、凿通八节滩。他科头箕踞，谈论禅宗和古人，时而喝醉，被称为"醉吟先生"。他信奉佛教，常常一连几个月都吃素，自号为"香山居士"。

信奉佛教 信仰佛教的白居易询问师父佛教的要义是什么，师父告诉他了八句话："曰观，曰觉，曰定，曰慧，曰明，曰通，曰济，曰舍。"他以此创作了八首诗，这就是《八渐偈》。

制"飞云履" 白居易爱好神仙道教，自己研究制作"飞云履"，焚香振足，那场景好像拨开了烟雾，冉冉地生出烟云，甚为动人。

题目 ▶ "名人效应"这一理论其实在古代就已经有人提出过——"山不在高，有仙则名"。请问，这一古代"名人效应"理论的提出者是谁？

答案 ▷ 刘禹锡

题解

人物简介 刘禹锡（772—842），字梦得，河南洛阳（今河南洛阳）人，自言祖先为汉代中山靖王刘胜。唐朝大诗人，人称"诗豪"。贞元九年（793）和柳宗元同榜进士。任监察御史期间参与永贞革新，遭到大官僚势力弹压，和柳宗元一同被贬。一生仕途坎坷，遭受贬谪长达二十三年。晚年任太子宾客分司东都，所以人称"刘宾客"。刘禹锡和韩愈、柳宗元、白居易都是好友。他性格豁达乐观，善于思考，诗中常常表现出高扬开朗的精神。享年七十一岁，身后皇帝追赠户部尚书。

"山不在高，有仙则名"出自刘禹锡的《陋室铭》。全文表现了作者不与世俗同流合污、洁身自好、不慕名利的生活态度，表达了作者高洁傲岸的情操，流露出作者安贫乐道的隐逸情趣。

代表作 《陋室铭》《竹枝词》《浪淘沙九首》《石头城》《乌衣巷》等。

文学史贡献 刘禹锡的诗歌颇具独特性。他性格刚毅，所以其诗风昂扬高举，节奏明快，风情俊爽，一些作品包含了深刻的哲理。有学者指出，刘禹锡的山水诗改变了大历、贞元诗人襟幅狭小、气象萧瑟的风格，写超出空间实距的、半虚半实的开阔景象。

史评 《新唐书》："素善诗，晚节尤精，与白居易酬复颇多。居易以诗自名者，尝推为'诗豪'。""诗豪"这一别号即来源于此。刘克庄《后村诗话》中以"雄浑老苍，沉著痛快"解读刘诗风格之"豪"。张戒《岁寒堂诗话》称赞其诗"有高韵"，意思是有高洁的情感，而且意气昂扬。严羽《沧浪诗话》则看重他的绝句。

元·泰不华篆书《陋室铭》

明·仇英《桃源图》（局部）

人物故事 保护桃源 刘禹锡除了以《陋室铭》等作品闻名外，还和桃花源有着不解的渊源。在湖南常德桃花源入口处，竖着一块丈把高的石碑，上面刻着"桃源佳致"四个大字。这四个字，据赵明诚和李清照的《金石录》记载，是刘禹锡所题。

据说，刘禹锡被贬到朗州作司马后，经常到桃花源散心。别人见他是个大诗人，都来请他题字。他心情不好，总摇头拒绝。有一次刘禹锡又到桃花源里来游玩，发现原本得很好的树木、形态别致的石头，有一些不见了，便虎起了脸，找来了看山老人查问。看山老人见刘禹锡生了气，慌忙报告："明公，您只知这是块风水宝地，却不知附近多少有钱有势的人想霸占它，我老头哪能管得住啊！"

刘禹锡听了，叹了口气，想到自己虽没拿走这里的一草一木，却也没有为它们做过什么好事。于是，便叫人拿来笔，蘸饱了墨，挑中了一块斜靠在山边的大石头，写了"桃源佳致"四个大字，后面又写上自己的名字。他又请石匠把这几个字鏨到石碑上，抬到桃花源入口处竖了起来。

后来，那些有钱有势的人来了，一到入口处，抬头看到那块大石碑，知道司马刘禹锡要保护桃花源，只好悻悻地说："既然刘司马题了字立了碑，今后谁也不准拿这里一草一木！"

据说桃花源就是这样被保护下来的。后人感激刘禹锡，便把这块碑叫作"镇山碑"。（以上论述参见常德史志网）

题目 ▶ 成语"司空见惯"出自刘禹锡写给"李司空"的一句诗"司空见惯浑闲事"，请问"李司空"指的是谁？

选项：A.李白　B.李商隐　C.李绅

答案 ▷ C.李绅

题解

基本知识 李绅（772—846），字公垂，唐代诗人，原籍亳州（今安徽亳州），生于乌程（在今浙江湖州）。他的家族世代为官，他本人也是中唐的高官显宦。二十七岁中进士，补国子助教，后历任中书侍郎、尚书右仆射、淮南节度使等职，会昌六年（846）在扬州逝世，享年七十四。追赠太尉，谥号"文肃"。

代表作 《悯农二首》《乐府新题二十首》等。李绅作品流传至今的有《追昔游诗》三卷、《杂诗》一卷，收录于《全唐诗》，另有《莺莺歌》保存在《西厢记诸宫调》中。

文学史贡献 李绅是中唐诗文革新中新乐府运动的重要参与者。他和白居易等人创作的新乐府在文学史上产生过巨大影响。他作有《乐府新题二十首》，是最早的新乐府作品，不过后来失传。

人物故事 卿相预言　范摅《云溪友议》记载："初，李公赴荐，常以《古风》求知，吕光化温谓齐员外煦及弟恭曰：'吾观李二十秀才之文，斯人必为卿相。'果如其言。"《古风》即为那两首家喻户晓的《悯农》诗，吕温认为李绅是一位关心民生疾苦、胸怀天下的人，所以预言他能当上宰相。

　　元李交情　李绅和大诗人元稹的私交很好。李绅当年进京科考的时候，没有住在旅店里，而是寄居在元稹家中。元稹创作的《莺莺传》，最初正是李绅为他命题，后来李绅还为元稹的《莺莺传》配写了一首《莺莺歌》：

> 伯劳飞迟燕飞疾，垂杨绽金花笑日。
>
> 绿窗娇女字莺莺，金雀娅鬟年十七。
>
> 黄姑上天阿母在，寂寞霜姿素莲质。
>
> 门掩重关萧寺中，芳草花时不曾出。

　　司空见惯　刘禹锡的仕途不太顺利，被贬长达二十三年。他到苏州做刺史的时候，接到李绅宴请。那个时候的文人宴席往往有歌女献唱。这样一种富贵风流的场景，刘禹锡已经是很长时间没有见到过了，所以他当时非常感慨。这种富贵风流，对于李绅来说是见惯，对于刘禹锡就是难得一见的稀罕事了。刘禹锡这首诗里还有一句是"春风一曲杜韦娘"，说的是宴会上有一个特别漂亮的歌伎演奏了一曲《杜韦娘》。本来李绅很喜爱这位歌伎，但是出于对大文人的重视，刘禹锡写完这首诗之后，李绅就把就把这位歌伎送给他了。

　　司空在汉代以前属于"三公"之一，是非常高的职位。但是到唐朝它成了一个虚衔，这里泛指高官。李绅当时担任淮南节度使，属封疆大吏行列，刘禹锡用司空来代指他，一方面出于赞美，一方面出于尊敬。同时代的张籍，写有《节妇吟》，将河北藩镇的节度使李师道也尊称为"司空"。看来"司空"这个官衔唐朝时是对地方节帅、一方诸侯的通称。

题目 ▶　成都的浣花溪因大诗人杜甫而闻名，其实唐代某位女诗人也曾暂居于此，她制出了浣花笺，这大概是中国最早的"私人订制"的产品，请问这位女诗人是谁？

　　选项：A.薛涛　B.鱼玄机　C.李冶

答案 ▷　A.薛涛

题解

基本知识　薛涛（约768—832），字洪度，京兆长安（今陕西西安）人。唐代女诗人，成都乐伎，有《锦江集》。后人将薛涛与鱼玄机、李冶、刘采春并称唐代四大女诗人，将薛涛、卓文君、花蕊夫人、黄娥并称蜀中四大才女。薛涛流传至今的诗作有九十余首。

薛涛像（明·仇英《千秋绝艳图》局部）

代表作　《送友人》《筹边楼》《池上双鸟》《酬人雨后玩竹》《锦江春望词》等。

人物故事　设计诗笺　"薛涛笺"相传是薛涛设计的笺纸，便于写诗，长宽适度。传说薛涛喜欢创作绝句和律诗，她嫌常用的纸张尺幅太大，一直有制作小巧纸笺的想法。薛涛所居的浣花溪畔，是当时四川造纸业的中心之一。于是，薛涛指点工匠制成了这种既便于携带又便于交流且带有个人特色的"薛涛笺"。

作品情况　《全唐诗》收录了薛涛八十一首诗，为唐代女诗人之冠。薛涛还有诗集《锦江集》，一共五卷，据称存诗五百余首，可惜到元代失传了。

韦皋器重　薛涛本是官宦之女，父亲薛郧去世之后，家庭生活困难，她没入乐籍，成为官伎。唐宋时期的官伎是具有国家编制的礼宾人员，不像后世想象得那样低下，但总归不是合乎人们正统观念的理想职业。她以一首《谒巫山庙》中"乱猿啼处访高唐，路入烟霞草木香。山色未能忘宋玉，水声犹是哭襄王。朝朝夜夜阳台下，为雨为云楚国亡。惆怅庙前多少柳，春来空斗画眉长"之佳句得到当时的剑南西川节度使韦皋器重，韦皋让她帮自己做一些文字工作。据说韦皋还曾经奏请朝廷为薛涛正式授官秘书省校书郎，但当时社会制度实在不能允许，于是此事便不了了之。"校书郎"是唐代文官中最低等的职位，所以有人称薛涛"女校书"。她的命运比其他乐伎略微好上一些。

爱恋元稹　韦皋去世后，薛涛脱离乐籍。后来遇见了以御史身份出使蜀地的元稹，两人陷入热恋。"双栖绿池上，朝暮共飞还"，就是薛涛对那段甜蜜时光的浪漫回忆。当年，元稹与薛涛分别时，写了一首《寄赠薛涛》："锦江滑腻蛾眉秀，幻出文君与薛涛。言语巧偷鹦鹉舌，文章分得凤凰毛。纷纷辞客多停笔，个个公卿欲梦刀。别后相思隔烟水，菖蒲花发五云高。"称赞薛涛的风度和文采让其他人都搁笔甘拜下风，让达官贵人都希望到蜀地来做官，好结识这位奇女子。"梦刀"比喻官位高升，是西晋王浚的典故。他梦见三把刀悬在房梁上，忽然又增加了一把。属下李毅解梦说三把刀合起来是一个"州"字，又增加一把扣一个"益"字。后来王浚真的到益州担任刺史。

中晚唐很多诗人如白居易、刘禹锡、张籍、杜牧等都和薛涛有过诗文唱和，说明她在当时声名远扬。王建有《寄蜀中薛涛校书》："万里桥边女校书，枇杷花里闭门居。扫眉才子知多少，管领春风总不如。"对她评价很高。

身后传奇　薛涛晚年在浣花溪边隐居，"薛涛笺"就是这时候发明的。她在唐文宗大和年间去世，时年六十余岁。当时的剑南节度使段文昌（晚唐文学家段成式的父亲）亲笔为她题写了墓志铭。在薛涛去世近千年后，六十多岁的清代文学家李调元曾一口气为薛涛吟咏了十首诗。有位叫潘东庵的名士，一见薛涛墓，更是不能自已，竟号啕大哭，跪拜于墓前不起。看来，无论生前还是身后，薛涛都以其独有的才情和魅力为人思慕。

题目▶　鱼玄机曾经给一位诗人写过这样的诗句"幽栖莫定梧桐处，暮雀啾啾空绕林"，请问这位能够让鱼玄机倾诉心中凄凉的诗人是谁呢？
选项：A.李商隐　B.温庭筠　C.李亿

答案▷　B.温庭筠

题目▶　相传，温庭筠在鱼玄机十三岁那年，出了一道题考鱼玄机，结果被鱼玄机的才华所折服。请问，温庭筠当时出的题和哪种植物有关？
选项：A.柳树　B.梅花　C.野草

答案▷　A.柳树

题解

人物简介　鱼玄机（约844—约871），晚唐女诗人，长安（今陕西西安）人，初名鱼幼微，字蕙兰。聪慧有才思，与李冶、薛涛、刘采春并称唐代四大女诗人，与温庭筠为忘年交。入长安咸宜观出家为女道士，后被以打死婢女之罪名处死。其生平传记资料散见于皇甫枚《三水小牍》、孙光宪《北梦琐言》、辛文房《唐才子传》等。

代表作　《江陵愁望有寄》《赠邻女》（《寄李亿员外》）等，有《鱼玄机集》。中国国家图书馆藏有南宋刻本《唐女郎鱼玄机诗集》。

史评　明代钟惺《名媛诗归》："绝句如此奥思，非真正有才情人，未能刻划得出，即刻划得出，而音响不能爽亮……此其道在浅深隐显之间，尤须带有秀气耳。"

人物故事　曲折身世　鱼玄机应温庭筠要求写的这首诗，题目叫《赋得江边柳》，最有名的一联是"影铺秋水面，花落钓人头"。鱼玄机少有诗名，温庭筠不相信，所以去见她，结果发现她确实才华横溢，于是就相当于把她收作学生了。后来鱼玄机对温庭筠产生了感情，"幽栖莫定梧桐处，暮雀啾啾空绕林"就出自她的《冬夜寄温飞卿》。但温庭筠觉得自己配不上她——温庭筠相貌奇丑，外号"温钟馗"，而鱼玄机又是他特别钟爱的学生。总之这段师生恋使他觉得自惭形秽。后来经过温庭筠的介绍，鱼玄机给李亿做了小妾。李亿的正室夫人容不下鱼玄机（一说李亿后来不喜欢她了），所以后来李亿只好把她送到京城郊外的咸宜观去做道士。鱼玄机被赶出家之后，写下了著名的"易求无价宝，难得有心郎"。温庭筠有时和曹雪芹一样，特别喜欢为女性发声，但在这件事情上他迈不过心里的那道坎。所以后来鱼玄机自我放纵，再后来因为打死女仆绿翘被杀头，这是让人特别惋惜的一件事情。

死因谜团　唐代奴婢地位不高，虐之杀之受到的官府惩罚一般也很轻。《唐律疏议》中记载："奴婢畜产，类同资财。""奴婢贱人，律比畜产。""诸主殴部曲至死者，徒一年，故杀者，加一等。其有愆犯，决罚致死及过失杀者，各勿论。"所以鱼玄机打死婢女，按照唐律罪不至死。如果真如《三水小牍》记载，鱼玄机为何会被处死呢？第一种可能是婢女绿翘的身份并非贱籍，而是良人。按照唐代户籍制度，百姓有"编户"和"非编户"两种。前者是良人，具有人身自由。后者是贱民，附属于主人家。打死贱民不用偿命，打死良人可就不同了。咸宜观成员的来源，可能有良人也有贱民。如果绿翘出身良人，在咸宜观居住或出家后被安排到鱼玄机名下做女仆，那么鱼玄机打死她，自然要杀人偿命。第二种可能是晚唐时期京兆尹执法严格，对于命案一律从重判决。史书上曾经记载过晚唐京兆尹处死皇帝侍卫并且当面顶撞皇帝本人的事情。《三水小牍》和《北梦琐言》都说鱼玄机打死绿翘案的主审人是京兆尹，《北梦琐言》还点明京兆尹是温璋。根据正史，这位温璋是赫赫有名的强硬派，精明强干，刚正不阿，敢于拿权贵开刀。撞到这么一位"硬骨头"手里，鱼玄机自然就无法幸免了。更何况，据载，鱼玄机被逮捕之后，很多朝士为她求情。温璋本来就喜欢和豪门对着干，众多京城世族为她求情，只能加速她的死亡。

题目 ▶　人们把《孔雀东南飞》《木兰诗》与哪部作品并称为"乐府三绝"？

选项：A.《孤儿行》　　B.《长歌行》　　C.《秦妇吟》

答案 ▷　C.《秦妇吟》

题解

　　人物简介　韦庄（约836—约910），字端己，长安杜陵（在今陕西西安）人，晚唐诗人、词人，花间派代表人物之一，五代时前蜀宰相。

　　代表作　《台城》《金陵图》《秦妇吟》《菩萨蛮》《思帝乡·春日游》等。其诗当时编为《浣花集》，后来散佚。今人将其诗词三百五十余首整理成《韦庄集》。

　　文学史贡献　创作长篇叙事诗《秦妇吟》，推进中国诗歌叙事艺术发展。词的成就较高，清新流畅，情感真挚、深沉。编选《又玄集》，为唐诗的保存和整理做出了贡献。

　　史评　陈廷焯《白雨斋词话》说："韦端己词，似直而纡，似达而郁，最为词中胜境。"王国维认为韦词成就高于温庭筠词，指出"端己词情深语秀，虽规模不及后主、正中，要在飞卿之上。观昔人颜、谢优劣论可知矣""温飞卿之词，句秀也。韦端己之词，骨秀也。"

人物故事 《秦妇吟》 "乐府三绝"有两种说法，一种是《陌上桑》《孔雀东南飞》和《秦妇吟》，另一种是《木兰诗》《孔雀东南飞》和《秦妇吟》。

唐代末年黄巢起义，占领长安，立国号为大齐。唐僖宗借用了李克用的沙陀兵，把黄巢赶出长安。所以在黄巢起义之后，长安一度陷入兵荒马乱，韦庄也不得不逃出长安。之后他就写了这首现实感极强的《秦妇吟》，假托他在路上遇到的一个女子之口，来倾诉战乱带来的痛苦，比如"家家流血如泉沸，处处冤声声动地"。《秦妇吟》延续了乐府"感于哀乐，缘事而发"的强烈现实主义精神，所以后人把它和《陌上桑》《孔雀东南飞》并称"乐府三绝"。韦庄擅长保护自己，他不以第一人称而假托秦妇来叙述，以免遭到当权者忌恨，这是非常明智的。因为在《秦妇吟》之中，他不仅对暴乱的一方感到义愤填膺，对官军也同样的痛恨，因为官军对老百姓也十分残暴。后来因为这首诗，韦庄还得了外号"《秦妇吟》秀才"。由于此诗写实性强烈，如"内府烧为锦绣灰，天街踏尽公卿骨"等句触及了长安贵族的敏感神经，他晚年编撰作品集就没有收入。二十世纪敦煌文献中发现了此诗的手抄本，王国维先生根据"内府""天街"这两句断定其为失传已久的《秦妇吟》。

数米而炊 "数米而炊"这个成语本来出自《庄子·庚桑楚》。《唐才子传》《太平广记》之中记载了韦庄节俭度日的故事。由于他年轻时候吃过苦头，所以成名之后还保持着勤俭节约的习惯。《太平广记》卷一百六十五："韦庄颇读书，数米而炊，称薪而爨（cuàn）。炙少一脔而觉之。"《唐才子传》卷十："性俭，称薪而爨，数米而炊，达人鄙之。"意思是说他家中数着米粒下锅做饭，称着柴火上灶烧火，烤肉少了一块都能被他发觉，因此遭到大家讥笑。

大器晚成 韦庄年轻时颠沛流离，而且屡试不第，年近六十方登进士第，授校书郎。乾宁四年（897），被宣谕和协使李洵聘为书记，同至西川，结识了西川节度使王建。回长安后，改任左补阙。天复元年（901），应王建之聘入川为掌书记。天佑四年（907）唐亡，韦庄力劝王建称帝，被任命为宰相，蜀之开国制度多出其手。后终身仕蜀，官至吏部侍郎兼平章事。七十五岁卒于成都花林坊，谥文靖。

隋唐五代·作品篇

题目▶ "西陆蝉声唱，南冠客思侵"，这是唐代诗人骆宾王的一句诗。请问，诗中的"南冠"指的是什么人？

答案▷ 囚犯

题解

作品原文

在狱咏蝉

骆宾王

西陆蝉声唱，南冠客思侵。

那堪玄鬓影，来对白头吟。

露重飞难进，风多响易沉。

无人信高洁，谁为表予心。

基本知识 西陆：指秋天。《隋书·天文志》："日循黄道东行，一日一夜行一度，三百六十五日有奇而周天。行东陆谓之春，行南陆谓之夏，行西陆谓之秋，行北陆谓之冬。"南冠：楚冠，指囚徒。用《左传·成公九年》楚人钟仪着南冠被囚于晋国军府的典故。玄鬓：本义指蝉的黑色翅膀，这里比喻自己正当盛年。白头吟：《白头吟》本来是乐府的歌曲。诗人感叹自己正当盛年，却吟诵《白头吟》那样哀怨的诗作。

背景故事 这首诗作于唐高宗仪凤三年（678）。屈居下僚十多年刚升为侍御史的骆宾王因上疏论事触忤武则天，遭诬贪赃下狱。此诗是骆宾王身陷囹圄之作。古人认为蝉栖高饮露，是高洁之物。作者因以自喻。

背景延伸　南冠　南冠典故的主人公叫钟仪，他是楚国琴师，因战败被郑国送到晋国囚禁。晋国国君巡查时，觉得这个犯人很奇特——尤其是他戴的帽子，于是就把他叫到近前询问。然后钟仪趁此机会诉说了自己的乡愁，还鼓琴一曲。钟仪着南冠操南声，使得晋国国君非常感动，并把这件事告诉了范文子，范文子称赞钟仪是仁、信、忠、敏的四德君子，建议君主把钟仪放归故里，使得两国之间达成友好和平协议。后人就经常用钟仪的典故，以"南冠"代指有节操的囚徒。例如，李白《万愤词投魏郎中》："南冠君子，呼天而啼。"明末夏完淳《别云间》："三年羁旅客，今日又南冠。"柳亚子《题曼殊·〈说部〉》："乌骓不逝山难拔，却戴南冠作楚囚。"

闻一多先生在《宫体诗的自赎》中说，骆宾王"天生一副侠骨，专喜欢管闲事，打抱不平，杀人报仇，革命，帮痴心女子打负心汉"。骆宾王一生不苟活于世，最出名的举动是跟随徐敬业起兵讨伐武则天，写出了著名的檄文《为徐敬业讨武曌檄》，几乎将侠气发挥到了极致。

题目▶　阳关和玉门关是古代丝绸之路的两个重要关隘，提到玉门关，大家自然会想到"羌笛何须怨杨柳，春风不度玉门关"这一名句。请问，这句诗出自哪位诗人的哪首诗？

答案▷　王之涣《凉州词》

题解

作品原文

凉州词

王之涣

黄河远上白云间，一片孤城万仞山。

羌笛何须怨杨柳，春风不度玉门关。

基本知识　玉门关是汉武帝时所建。因这里是古代我国通往西域的交通要道，从西域输入和阗（tián）玉石就从此入关，故名。用"玉门关"一语入诗也与征人离思有关。例如，《后汉书·班超传》记载班超上疏之言："臣不敢望到酒泉郡，但愿生入玉门关。"

背景故事 古今丝路 古代丝绸之路主要用于商品交流，我们运出去丝绸、瓷器、茶叶，运进来葡萄、胡萝卜、胡椒、菠菜等。

相比之下，今天我们国家提出的"一带一路"倡议的目的在于共同打造政治互信、经济融合、文化包容的利益共同体、责任共同体和命运共同体。在古代主要是简单物品贸易、互通有无，现在则是全面整体的资源配置、市场融合，涉及经济、政治、文化的方方面面，是国际合作以及全球治理新模式的积极探索，将为世界和平发展增添新的正能量。

玉门关曾为边塞荒凉之地，现已成为丝绸之路经济带上的重要经济区域，现在不再是"春风不度玉门关"而是"满园春色度玉关"。

题目 ▶ 有人赞美西湖，也有人赞美洞庭湖，《望洞庭湖赠张丞相》就是其中的名篇。但这首诗不光是为了赞美洞庭湖的美景，它实质上可以说是一封求职信。请问，是哪位诗人想做官又不肯直说，于是写这首诗呢？

选项：A.王维　B.孟浩然　C.李白

答案 ▷ B.孟浩然

题解

作品原文

望洞庭湖赠张丞相

孟浩然

八月湖水平，涵虚混太清。

气蒸云梦泽，波撼岳阳城。

欲济无舟楫，端居耻圣明。

坐观垂钓者，徒有羡鱼情。

背景延伸 这是一首干谒诗，是古代文人为推销自己而写的一种诗歌，类似于现代的自荐信。

有人常说文人矫情、酸腐。其实这是文人的一种含蓄委婉的表达，很多东西直白地说出来就不美了，也不礼貌。中国文化历来倡导含蓄委婉之美。孟浩然写这首诗其实也相当于把自己的才华以作品的形式直接拿给了张九龄。

题目 ▶ 请问，根据《芙蓉楼送辛渐》记载，王昌龄是在什么时间给辛渐送别的？

选项：A.早晨　B.中午　C.傍晚

答案 ▷ A.早晨

题解

作品原文

芙蓉楼送辛渐

王昌龄

寒雨连江夜入吴，平明送客楚山孤。

洛阳亲友如相问，一片冰心在玉壶。

基本知识　平明是天亮的时候。古人根据天色，将夜半以后分为三个阶段：鸡鸣、昧旦和平旦。平旦和平明是同义词。南朝诗人江淹《杂体诗·谢临川灵运游山》有"平明登云峰，杳与庐霍绝"之句。唐诗之中提到"平旦"，除了王昌龄这一首，还有卢纶的《塞下曲六首（其二）》中的"平明寻白羽，没在石棱中"。至于昧旦，指天将亮而未亮。

人文链接　"洛阳亲友如相问，一片冰心在玉壶"提到过去的一种生活习俗——捎口信。这是在过去电讯不发达的时代一种传递信息的重要途径。

中国古代乡里文化、乡约文化非常发达，来自同一个地方的人，虽然不相识，但都有相互帮助的责任感。帮人带口信就是彼此保有信赖感的一种体现。只要是同乡，或者对方到自己的家乡，一定能帮自己把口信带到。受人之托忠人之事，古人认为这属于做人的道义。这是传统式"乡土中国"重视地缘、看重人情的重要表现。当今对中国的建设和改造也应该顺着乡土中国的纹理。

题目▶ "复值接舆醉，狂歌五柳前"出自王维的《辋川闲居赠裴秀才迪》，这里的接舆，是春秋时期著名的隐士，请问他是用什么办法，来避开出世做官呢？

答案▷ 装疯（佯狂）

题解

作品原文

辋川闲居赠裴秀才迪

王维

寒山转苍翠，秋水日潺湲。

倚杖柴门外，临风听暮蝉。

渡头余落日，墟里上孤烟。

复值接舆醉，狂歌五柳前。

基本知识 潺湲：水流声，这里指水流缓慢的样子。五柳：指五柳先生陶渊明。这里诗人以陶渊明自比。

背景故事 裴迪是王维的好友，两人同隐终南山，《旧唐书·王维传》记载二人常常在辋川"浮舟往来，弹琴赋诗，啸咏终日"，此诗就是他们的彼此酬赠之作。辋川位于今陕西蓝田县，在历史上是达官贵人、文人骚客心醉神驰的风景胜地。王维的辋川别业原为宋之问所有。王维同孟浩然、裴迪、钱起等诗友泛舟往来、赋诗唱和，为辋川二十景写下了四十首五言绝句，合在一起取名《辋川集》。

背景延伸 接舆是春秋时期楚国的隐士，名陆通，字接舆。因为不满当时朝政，所以他剪发装疯，经常会说一些疯言疯语。后来楚王派人携重礼礼聘他出山，遭到了他的拒绝，随后他带着妻子跑到峨眉山去了。关于接舆最有名的典故是"凤歌笑孔丘"。《论语·微子》记载，他唱着"凤兮凤兮，何德之衰！往者不可谏，来者犹可追。已而，已而！今之从政者殆而"，从孔子身边经过，藐视孔子的积极进取之心。

题目 ▶ 王维的《使至塞上》描绘了塞外奇特壮丽的风光，请问诗人在诗中以哪种植物自比来表达内心的激愤和抑郁呢？

答案 ▷ 征蓬（蓬草）

题解

作品原文

使至塞上

王维

单车欲问边，属国过居延。

征蓬出汉塞，归雁入胡天。

大漠孤烟直，长河落日圆。

萧关逢候骑，都护在燕然。

基本知识 属国：有两种常见解释，一指少数民族附属于汉族朝廷而存其国号者；二指官名，即典属国。萧关：又名陇山关，故址在今宁夏固原东南。都护：唐朝在边疆设安西、北庭、安北、安南等大都护府，其长官称都护。这里指前敌统帅。燕然：即今蒙古国杭爱山。这里代指前线。

背景故事 **蓬草特性** 古代诗人很善于观察自然界的动植物。蓬草在风吹时，一根小须一根小须地四处飘，所以古人常用它来形容自己身世漂泊不定。但是蓬草有的时候又会聚集成球，滚着滚着，越滚球越大。

蓬草的这种特性到古典诗歌里面产生了不同的内涵。比如李商隐的"走马兰台类转蓬"，抒发了身不由己随风飘零的感慨；《诗经·卫风·伯兮》里面的"自伯之东，首如飞蓬"，则是说头发乱。

蓬草与蒿 《说文解字》里说"蓬者，蒿也"，和李白的"我辈岂是蓬蒿人"一样，把它们连在一起用。但"蒿"的种类非常多，屠呦呦发现青蒿素的"蒿"只是其中一种。北方不少地方有沙蒿，南北方很多省份都有茼蒿和芦蒿，这些都属于蒿类。"蒿"比"蓬"要高一点，像艾草一样。

唐传日本正仓院藏螺钿琵琶　　唐传日本正仓院藏螺钿　　唐传日本正仓院藏横抱琵琶所配拨子
　　　　　　　　　　　　　紫檀五弦琵琶

题目 ▶ 请问，"劝君更进一杯酒，西出阳关无故人"出自哪位诗人的哪首诗？

答案 ▷ 王维《送元二使安西》（《渭城曲》）

题解

作品原文

送元二使安西

王维

渭城朝雨浥轻尘，客舍青青柳色新。

劝君更尽一杯酒，西出阳关无故人。

　　背景故事　音乐促进了很多诗的流传，诗词谱上曲就成了"诗歌"。王维精通音乐。唐人薛用弱所著的《集异记》里记载了这样一个故事：王维进京赶考，在岐王的安排下，扮成演奏琵琶的伶人参加唐玄宗妹妹玉真公主举办的宴会，自弹自唱了一首《郁轮袍》，博得了公主的赞赏。岐王趁此说王维不只精通音乐，诗写得也好，献诗给公主一看，果真如此。于是公主推荐京兆府以第一名录取王维，后来王维果然考中了状元。对于这个故事是真是假有不同说法，但是王维擅诗文通乐理是真的，而且二十一岁就中了进士，在唐代人里算是少年得志的了。

题目 ▶　请问，高适的朋友董大是从事什么职业的？

　　　　选项：A.歌手　B.琴师　C.厨师

答案 ▷　B.琴师

题解

作品原文

别董大二首

高适

其一

千里黄云白日曛，北风吹雁雪纷纷。

莫愁前路无知己，天下谁人不识君。

其二

六翮飘飖私自怜，一离京洛十余年。

丈夫贫贱应未足，今日相逢无酒钱。

基本知识　"董大"指的是董庭兰，他在家排行老大，所以被称为"董大"。古代人们常常用排行称呼一个人，以表示尊重。例如，李白在家族中排行第十二，人称"李十二白"。杜甫则排行第二，高适给他写过《人日寄杜二拾遗》。董庭兰的职业是琴师。他年轻的时候狂放不羁，甚至还做过乞丐。学音乐时，他原本最擅长弹七弦琴，到后来改主攻筚篥。诗人戎昱在诗中赞美董庭兰："沈家祝家皆绝倒。"当时琴界盛行沈家声和祝家声。可见董庭兰的技艺极为高超。

背景故事　唐朝的一些音乐家有个特点——出入王侯贵族之门。比如李龟年是"岐王宅里寻常见，崔九堂前几度闻"。而董庭兰不但受到唐玄宗的喜爱，还是宰

唐·苏思勖墓乐舞壁画

唐传日本正仓院藏金银平文琴

相房琯在音乐方面最为喜爱的门客。高适的这首《别董大》可能作于宰相房琯被贬出长安，而董庭兰也不得不离开长安的时候。

各诗评集对高适的雄健诗风评价都很高，如《河岳英灵集》："常侍性拓落，不拘小节，耻预常科，隐迹博徒，才名自远。然适诗多胸臆语，兼有气骨，故朝野通赏其文。"《诗镜总论》："七言古，盛于开元以后，高适当属名手。调响气佚，颇得纵横；勾角廉折，立见涯涘。以是知李、杜之气局深矣。高达夫调响而急。"皆盛赞其诗之悲壮、刚健。

背景延伸　筚篥从龟兹国传到中原，形态短小，声音比较凄厉，有点像现在的唢呐。唐代有两个人吹筚篥特别有名，一位是董大，还有一位是张野狐。筚篥曲和一个词牌息息相关——《雨霖铃》。唐玄宗向蜀中逃难时一路苦雨霏霏，雨打在銮驾的铃铛上，唐玄宗心里特别难受，当时善于吹筚篥的张野狐在他身边，然后他们俩就琢磨出了《雨霖铃》这首曲子，以怀念贵妃，也怀念王朝逝去的荣光。后来柳永将《雨霖铃》发扬光大。

从初唐到盛唐，一些少数民族的音乐与中原的音乐相融合，形成了一种新的音乐的体式——宴乐，它是后来词形成的音乐土壤。很多词牌都来自唐代教坊曲。教坊本来属于太常寺，太常乐是雅乐，是朝廷祭祀用的。唐玄宗把教坊从太常寺独立出来，引用了大量的民乐、俗乐甚至胡乐，很多直接就变成了后来的词牌。太常乐也有演变成词牌的，但较少。一些词牌到中唐就基本定型了。

题目 ▶ 对于"男儿本自重横行，天子非常赐颜色"中"天子非常赐颜色"，理解正确的是哪项？

选项：A.天子大怒，要给你点颜色瞧瞧。

B.天子很高兴，要赐予你丰厚的奖赏。

C.天子要赏赐美人给你。

答案 ▷ B.天子很高兴，要赐予你丰厚的奖赏。

题解

作品原文

燕歌行

高适

汉家烟尘在东北，汉将辞家破残贼。

男儿本自重横行，天子非常赐颜色。

拟金伐鼓下榆关，旌旆逶迤碣石间。

校尉羽书飞瀚海，单于猎火照狼山。

山川萧条极边土，胡骑凭陵杂风雨。

战士军前半死生，美人帐下犹歌舞！

大漠穷秋塞草腓，孤城落日斗兵稀。

身当恩遇恒轻敌，力尽关山未解围。

铁衣远戍辛勤久，玉箸应啼别离后。

少妇城南欲断肠，征人蓟北空回首。

边庭飘飖那可度，绝域苍茫更何有！

杀气三时作阵云，寒声一夜传刁斗。

相看白刃血纷纷，死节从来岂顾勋。

君不见沙场征战苦，至今犹忆李将军！

基本知识 魏文帝曹丕的《燕歌行》写闺怨，后人如晋朝的陆机、南朝宋的谢惠连和南北朝后期的王褒亦效法。而高适的《燕歌行》以旧题写新事，将少妇的清愁怨曲一变成为将士的慷慨战歌。

"颜色"在这里倾向于正面的含义。"非常赐颜色"指超过平常的厚赐礼遇。从下文声威赫赫的出师可以看出，诗中的天子对将士的忠义是给予赞赏和鼓励的。

古代有用"颜色"来指脸色的，如《论语·泰伯》中的"正颜色"。这是颜色一词的本义。《说文解字》里记载"颜"是"眉间"，"色"是"颜气"，连在一起就是眉目之间的气色，即脸色。也有用"颜色"来指姿色的，如《长恨歌》"六宫粉黛无颜色"，明清时期很多章回体小说中提到美女也说"有几分颜色"等。当然，它在古代也有今天的含义——色彩，不过出现时间比较晚，主要见于明清小说。

背景延伸　丰厚的赏赐包含官职，这可能是对诗中"颜色"作为奖赏和礼遇的一种理解。《唐会要》记官员服制："三品以上服紫，四品、五品以上服绯，六品、七品以绿，八品、九品以青。"唐朝的官员，五品以上可以着"绯"——绛红色，三品以上可以着紫。随着官阶升高，官服的颜色也逐渐发生变化。由于唐宋官服的常服是用颜色表示官阶高低，所以当时人们很重视这一点，把官服颜色的变化视为荣辱标识。

唐人傅游艺得武则天赏识，官职升得很快："游艺期年之中历衣青、绿、朱、紫，时人谓之四时仕宦。"一年之中，他官服的颜色经历了青、绿、朱、紫四色，好像春夏秋冬四时更替一样。

唐·懿德太子墓壁画《仪仗图》（局部）

人文链接　唐人重视服章，南宋洪迈的《容斋随笔》即有"唐人重服章"的论述。

唐诗中多有官服颜色的描写，如"西屠石堡取紫袍"是李白羡慕哥舒翰因战功赫赫升为朝廷大员，得到天子赏赐的紫色官服。可以说"衣紫腰金"是唐代士大夫的至高荣耀、终极梦想。而"江州司马青衫湿"则是白居易伤感于自己被贬江州，沉沦为下僚。

初唐诗人沈佺期在皇家宴会上作有一首《回波词》，说到了自己对身世的感慨和对升官的渴望：

> 回波尔时佺期，流向岭外生归。
>
> 身名已蒙齿录，袍笏未复牙绯。

据说唐中宗听了之后，立刻就赐绯给他，满足了他的愿望。

唐代有一种流行食品——赐绯含香粽子，就是在粽子上浇蜂蜜。由于这样一来粽子显出绯红色，好像穿上红袍一样，人们为了讨个口彩，就给它取了这个名字。从这个有趣的小细节中，我们也可以领略到当时社会对诸如"赐绯"之类事情的关注。

题目▶　李白在《子夜吴歌》四首诗中，分别以春、夏、秋、冬四季的情景写了四件事。请问，"长安一片月，万户捣衣声"描写的是哪个季节的情景呢？

答案▷　秋季

题解

作品原文

子夜吴歌

李白

春歌

秦地罗敷女，采桑绿水边。

素手青条上，红妆白日鲜。

蚕饥妾欲去，五马莫留连。

夏歌

镜湖三百里，菡萏发荷花。

五月西施采，人看隘若耶。

回舟不待月，归去越王家。

秋歌

长安一片月，万户捣衣声。

秋风吹不尽，总是玉关情。

何日平胡虏，良人罢远征？

冬歌

明朝驿使发，一夜絮征袍。

素手抽针冷，那堪把剪刀。

裁缝寄远道，几日到临洮？

基本知识　五马：汉代四马载车为常礼，太守出行可增加一马。这里指达官贵人身份。汉乐府《陌上桑》有"五马立踟蹰"，讲太守看到了罗敷的美貌停步不前。这里反用其意，劝告贵人不要留恋，采桑女是有夫家的。菡萏：荷花的别称。古人多称未开的荷花为"菡萏"，即荷花的花苞。良人：含义很多，这里是古时妇女对丈夫的称呼。

背景故事　《子夜吴歌·秋歌》这首诗讲的是"七月流火，九月授衣"之时。"七月流火"不是形容夏天天热的意思，而是大火星西行，天气开始转凉。"九月授衣"表明就要开始做冬衣了，秋天开始做冬衣，以寄给远行的人。

人文链接　历史上有很多关于征衣的诗，如"寒衣处处催刀尺，白帝城高急暮砧""玉户帘中卷不去，捣衣砧上拂还来"等，都是当时制征衣活动的体现，更是亲人之间真情的体现。

题目 ▶ 看着古装宫廷剧里那些恃宠而骄的后宫嫔妃们，也许会有人说上一句"以色事他人，能得几时好"。请问，这句诗最初写的是古代哪位后宫美女的身世遭遇呢？

选项：A.班婕妤　B.赵飞燕　C.陈阿娇

答案 ▷ C.陈阿娇

题解

作品原文

妾薄命

李白

汉帝重阿娇，贮之黄金屋。

咳唾落九天，随风生珠玉。

宠极爱还歇，妒深情却疏。

长门一步地，不肯暂回车。

雨落不上天，水覆难再收。

君情与妾意，各自东西流。

昔日芙蓉花，今成断根草。

以色事他人，能得几时好？

背景故事　阿娇生平　早年的陈阿娇还是很受宠的，传说汉武帝要为她盖金屋，这就是"金屋藏娇"的由来。《汉武故事》载："数岁，长公主嫖抱置膝上，问曰：'儿欲得妇不？'长主指左右长御百余人，皆云'不用'。指其女曰：'阿娇好不？'笑对曰：'好，若得阿娇作妇，当作金屋贮之。'长主大悦。乃苦要上，遂成婚焉。"

可是后来境况发生了变化，陈皇后逐渐失宠。第一是由于她本人骄横嫉妒，而且又没有生育。第二是由于她母亲馆陶长公主刘嫖在汉武帝即位一事上有功，于是常常以恩人自居，向汉武帝无休止地索取。

后来陈皇后因为长期遭到冷落，就采取了非常手段——用巫术求得宠爱。汉

李夫人

明刻历代百美图之李夫人

武帝非常不满，令张汤深查，查出与此事牵连者三百余人，于是废陈皇后而立卫皇后。《史记·外戚世家》载："初，上为太子时，娶长公主女为妃。立为帝，妃立为皇后，姓陈氏，无子。上之得为嗣，大长公主有力焉，以故陈皇后骄贵。闻卫子夫大幸，恚，几死者数矣。上愈怒。陈皇后挟妇人媚道，其事颇觉，于是废陈皇后，而立卫子夫为皇后。"

咫尺长门 陈阿娇被废之后幽居在长安城南的别馆长门宫。《文选》之中的《长门赋》序言说，司马相如的《长门赋》就是应她要求而写。历史上，陈皇后并没有因为一篇赋就重新得到宠爱，所以这篇赋可能是他人假托司马相如作的，序中的故事也可能是编造的。不过这不妨碍《长门赋》成为一篇情辞兼美的佳作。后人往往用"长门"这个典故，指失宠或者失意，例如，王安石的《明妃曲》中的"君不见咫尺长门闭阿娇，人生失意无南北"，又如辛弃疾的《摸鱼儿》中的"长门事，准拟佳期又误"。

背景延伸 汉武帝所有的嫔妃中，能体悟到"以色事他人，能得几时好"的唯有李夫人，就是乐师李延年的妹妹。她临终的时候汉武帝想见她最后一面，结果她面向床里坚决不肯见。身边的姐妹都问她为什么，李夫人就讲，自己是为家人考虑，因为以色得宠很难长久，如今皇帝看到自己色衰，平时的宠爱就会荡然无存。现在不让他见自己，正是要在他心中留一个永恒的美好印象。果然，李夫人去世后，汉武帝思念她的美貌，就重重封赏了她的家人。

人文链接 皮影由来 李夫人去世以后，汉武帝茶不思饭不想。方士少翁为李夫人招魂，搭起的帷幕中出现了一个女子的身影，很像李夫人。汉武帝想进帐和她相见，可是走近一看里边空无一人，带着这求而不得的心情，汉武帝作诗道："是邪，非邪？立而望之，偏何姗姗其来迟！"这就是成语"姗姗来迟"的出处。传说少翁其实是剪了一个类似李夫人的形象，在帷幕上用火光一照，让汉武帝觉得李夫人又重现了。

这个形式后来发展成我们现在的皮影戏。皮影戏又称"影子戏"或"灯影戏"，是一种以兽皮或纸板做成的人物剪影来表演故事的民间艺术形式，流行范围很广。皮影戏历史悠久，源远流长，如今是我国的非物质文化遗产之一。

题目 ▶ "牧羊边地苦，落日归心绝。渴饮月窟冰，饥餐天上雪"出自李白笔下。请问，这几句诗描述的是哪位历史人物悲惨的生活境况？

答案 ▷ 苏武

题解

作品原文

苏武

李白

苏武在匈奴，十年持汉节。

白雁上林飞，空传一书札。

牧羊边地苦，落日归心绝。

渴饮月窟冰，饥餐天上雪。

东还沙塞远，北怆河梁别。

泣把李陵衣，相看泪成血。

基本知识 苏武（前140—前60），字子卿，杜陵（今陕西西安东南）人，西汉名臣，出使匈奴被扣留，坚贞不屈，十九年后终于回归。"渴饮月窟冰，饥餐天上雪"是由于匈奴人把苏武关进一个地窖。渴了，他就吃一把雪；饿了，就嚼身上穿的羊皮袄。

苏武被匈奴放逐到北海牧羊。北海就是今天的贝加尔湖。贝加尔湖是世界上最深的淡水湖，库容量占世界上淡水量总量的20%，它一个湖的蓄水量相当于北美五大湖的总和。

背景故事 苏武在西汉天汉元年（前100）奉命以中郎将的身份持节出使匈奴，出使期间由于匈奴贵族叛乱，苏武在叛乱中被单于扣留。匈奴贵族多次威胁利诱，但苏武始终没有屈服投降。后来匈奴人将他迁到北海边牧羊，扬言要公羊生子方可释放他回国，还断绝了苏武的粮食供应，苏武只能掘取野鼠所储藏的野果来吃。苏武拄着汉廷的符节牧羊，睡觉、醒时都拿着，直到符节上的毛都脱落了，他就坚持拿着柄。始元六年（前81），汉朝派使者到匈奴，苏武当年的部下常惠买通了单于的手下，与汉朝使者见了面。汉使问起苏武的下落，匈奴人谎称苏武已经去世，汉朝使者义正词严地回答："汉天子在长安的皇家园林上林苑射获一只大雁，大雁脚上系着苏武传回的信。"匈奴人以为苏武的气节感动了飞鸟，就召回了苏武，让他和汉朝使者一同回国了。

苏武出使匈奴时正值壮年，但获释归汉时已经白发苍苍。苏武回国之后京城百姓万人空巷迎接，人们看到苏武，都感动得流泪。之前派遣他出使的汉武帝已经去世，继任者汉昭帝授予他典属国职务，让他管理华夏之外的归化属国及民族。汉宣帝即位，苏武因为参与拥立有功，被赐爵关内侯。苏武死后，汉宣帝为了表彰他的气节，将他列为麒麟阁十一功臣之一。

背景延伸 后世题咏 苏武的故事被后世文人墨客多次题咏。除了这首李白的《苏武》之外，还有王维的《陇头吟》"苏武才为典属国，节旄落尽海西头"，温庭筠的《苏武庙》"苏武魂销汉使前，古祠高树两茫然。云边雁断胡天月，陇上羊归塞草烟。回日楼台非甲帐，去时冠剑是丁年。茂陵不见封侯印，空向秋波哭逝川"，等。另外，元代诗人杨维桢也作有五言律诗《题苏武牧羊图》，慷慨悲壮，寄托深远。

鸿雁传书 "鸿雁传书"的典故就是从苏武这里来的。汉朝使者到了匈奴得知苏武依然健在，便要求单于放了他，说汉朝的天子在上林苑中射到一只大雁，雁的脚上系着帛书，帛书中清楚地写着苏武在北方的沼泽之中。单于只好把苏武等九人送还。"鸿雁"于是成为书信的代称，有时亦指传递书信的人。

题目 ▶ 现代人劝酒的时候常说："感情深，一口闷；感情厚，喝不够。"这种劝酒词听起来不像古代的文人墨客们说的那样豪爽而文雅，比如李白在《将进酒》中就说道"人生得意须尽欢"，请接下一句。

答案 ▷ 莫使金樽空对月。

题目 ▶ "天生我材必有用"，请接下一句。

答案 ▷ 千金散尽还复来。

题目 ▶ "烹羊宰牛且为乐"，请接下一句。

答案 ▷ 会须一饮三百杯。

题目 ▶ "岑夫子，丹丘生"，请接下两句。

答案 ▷ 将进酒，杯莫停。

题解

作品原文

清·苏六朋《太白醉酒图》

将进酒

李白

君不见黄河之水天上来，奔流到海不复回。

君不见高堂明镜悲白发，朝如青丝暮成雪。

人生得意须尽欢，莫使金樽空对月。

天生我材必有用，千金散尽还复来。

烹羊宰牛且为乐，会须一饮三百杯。

岑夫子，丹丘生，将进酒，杯莫停。

与君歌一曲，请君为我倾耳听。

钟鼓馔玉不足贵，但愿长醉不复醒。

古来圣贤皆寂寞，惟有饮者留其名。

陈王昔时宴平乐，斗酒十千恣欢谑。

主人何为言少钱，径须沽取对君酌。

五花马，千金裘，呼儿将出换美酒，与尔同销万古愁。

基本知识　君不见：乐府中常用的一种夸语。高堂：房屋的正室厅堂。岑夫子：岑勋。丹丘生：元丹丘。岑、元二人均为李白的好友。钟鼓：富贵人家宴会中奏乐使用的乐器。馔玉：形容食物如玉一样精美。陈王：指陈思王曹植。平乐：观名，在洛阳西门外，为汉代富豪显贵的娱乐场所。五花马：指名贵的马。一说毛色作五花纹，一说颈上长毛修剪成五瓣。

背景故事　"将"字读音　大家一直认为"将"是读qiāng，"将"读qiāng是请的意思，但是现在有一种说法，以叶嘉莹先生为代表的一些学人认为这里应该读jiāng。因为《将进酒》是来自于乐府古题，并非李白的自创，所以它跟《诗经·郑风》的《将仲子》用"将"表示"请"的意思不一样。以后如果我们听到有人读"将（jiāng）进酒"，也许他认同的是乐府古题的说法，也不能算错。

成诗背景　天宝元年（742），李白由道士吴筠推荐，被唐玄宗召进京，任翰林供奉。天宝三年（744），李白遭谗言被排挤出京，唐玄宗对其赐金放还。此后，李白长期四处云游，心情极度烦闷。李白作《将进酒》时距离京已有八年之久。其间，李白多次与友人岑勋到嵩山另一好友元丹丘的颍阳山居做客，三人登高饮宴，抒怀放歌。李白在仕途上遭受打击，理想难以实现，常常借饮酒来发泄胸中的苦闷。人生快事莫若置酒会友，作者于是借酒兴诗情，来抒发心中不平。

背景延伸　五花马　什么是"五花马"？一说"马之鬃毛色作五花文"，即毛色呈现五花色纹的马。而另一种说法认为，唐人讲究马的装饰，常把马的鬃毛剪成花瓣形状，鬃毛被剪成五瓣的叫五花马。后来五花马逐渐演化为一般良骥的泛称。

人文链接　古代文人素有宦游之风，这种风气在唐宋尤盛。文士四处游历，或求显达，或排解内心苦闷，李白、杜甫、王维等著名诗人皆有此经历。除了这首《将进酒》之外，李白的《与韩荆州书》、范仲淹的《岳阳楼记》等作品皆是宦游之风的产物。

题目 ▶ 请问，是哪两位大诗人出现了心情不好吃不下饭的状况，并且分别写下
了"对岸不能食，拔剑击柱长叹息"和"停杯投箸不能食，拔剑四顾心
茫然"呢？

选项：A.鲍照和李白　B.陆游和鲍照　C.陆游和李白

答案 ▷ A.鲍照和李白

题解

基本知识

拟行路难

鲍照

对案不能食，拔剑击柱长叹息。

丈夫生世会几时？安能蹀躞垂羽翼！

弃置罢官去，还家自休息。

朝出与亲辞，暮还在亲侧。

弄儿床前戏，看妇机中织。

自古圣贤尽贫贱，何况我辈孤且直！

行路难三首

李白

其一

金樽清酒斗十千，玉盘珍羞直万钱。

停杯投箸不能食，拔剑四顾心茫然。

欲渡黄河冰塞川，将登太行雪满山。

闲来垂钓碧溪上，忽复乘舟梦日边。

行路难，行路难，多歧路，今安在？

长风破浪会有时，直挂云帆济沧海！

其二

大道如青天，我独不得出。

羞逐长安社中儿，赤鸡白狗赌梨栗。

弹剑作歌奏苦声，曳裾王门不称情。

淮阴市井笑韩信，汉朝公卿忌贾生。

君不见昔时燕家重郭隗，拥篲折节无嫌猜。

剧辛乐毅感恩分，输肝剖胆效英才。

昭王白骨萦蔓草，谁人更扫黄金台？

行路难，归去来！

其三

有耳莫洗颍川水，有口莫食首阳蕨。

含光混世贵无名，何用孤高比云月？

吾观自古贤达人，功成不退皆殒身。

子胥既弃吴江上，屈原终投湘水滨。

陆机雄才岂自保？李斯税驾苦不早。

华亭鹤唳讵可闻？上蔡苍鹰何足道？

君不见吴中张翰称达生，秋风忽忆江东行。

且乐生前一杯酒，何须身后千载名？

背景故事　"对岸不能食，拔剑击柱长叹息"和"停杯投箸不能食，拔剑四顾心茫然"，分别出自鲍照的《拟行路难》和李白的《行路难》。

杜甫在《春日忆李白》中评价李白："清新庾开府，俊逸鲍参军。"李白这句的思路是模仿鲍照的。

李白的《行路难》有三首，抒发了诗人在政治道路上遭遇艰难后的感慨，反映了诗人在思想上既不愿同流合污又不甘心独善一身的矛盾。"大道如青天，我独不得出""且乐生前一杯酒，何须身后千载名"都是其中的名句。

背景延伸 后人大多认为《行路难》是李白被赐金放还后所作。《唐宋诗醇》以为《行路难》三首均为天宝三年（744）李白离开长安时所作，詹锳《李白诗文系年》、裴斐《太白乐府举隅》也同意这种说法。

题目 ▶ 李白在《梦游天姥吟留别》中提到了谢灵运发明的一种"登山鞋"，请问，这种"登山鞋"的名称是什么？

答案 ▷ 谢公屐

题解

作品原文

梦游天姥吟留别

李白

海客谈瀛洲，烟涛微茫信难求。

越人语天姥，云霞明灭或可睹。

天姥连天向天横，势拔五岳掩赤城。

天台四万八千丈，对此欲倒东南倾。

我欲因之梦吴越，一夜飞度镜湖月。

湖月照我影，送我至剡溪。

谢公宿处今尚在，渌水荡漾清猿啼。

脚著谢公屐，身登青云梯。

半壁见海日，空中闻天鸡。

千岩万转路不定，迷花倚石忽已暝。

熊咆龙吟殷岩泉，栗深林兮惊层巅。

云青青兮欲雨，水澹澹兮生烟。

列缺霹雳，丘峦崩摧。

洞天石扉，訇然中开。

青冥浩荡不见底，日月照耀金银台。

霓为衣兮风为马，云之君兮纷纷而来下。

虎鼓瑟兮鸾回车，仙之人兮列如麻。

忽魂悸以魄动，恍惊起而长嗟。

惟觉时之枕席，失向来之烟霞。

世间行乐亦如此，古来万事东流水。

别君去兮何时还，且放白鹿青崖间。须行即骑访名山。

安能摧眉折腰事权贵，使我不得开心颜！

基本知识　天姥（mǔ）山：在浙江新昌县。传说登山的人能听到仙人天姥唱歌的声音，此山因此得名。瀛洲：古代传说中的东海三座仙山之一，另两座叫蓬莱和方丈。

背景故事　李白梦到天姥山，然后告别山东的亲友去天姥山。天姥山是谢灵运曾经登过的。谢灵运每到一个地方，一定把周围大大小小的山都游遍。他在浙江嵊州的时候，想去游南山，可当时南山还没有路，他就带领几百人拿着斧头、锄、刀，一路开山，一直到临海（在今浙江台州）。临海太守王秀以为是山贼来了，排兵布阵准备应对，后来发现是谢灵运来了，谢灵运和太守说："你不要这么紧张，我是看你们这里风景这么好，但是又没有路，帮你们开开山。"谢灵运因为酷爱登山，所以就发明了一种屐。就是在鞋底前后装上可以活动的齿，上山就卸掉前齿，下山就卸掉后齿，所以人穿上它上山下山都如履平地，能够行动自如。

人文链接　最初的拖鞋，木制的多，也称为"木屐""趿拉板儿"或"呱嗒板儿"，一般以质地坚硬的木板做成，多用帆布带、革带做脚襻，穿着走路时会发出"呱嗒、呱嗒"的声响，最早盛行于我国南北朝时期。谢灵运曾经对其进行过改造，故也称"谢公屐"。李白的"脚著谢公屐，身登青云梯"，说的就是这种木屐。《红楼梦》里贾宝玉在下小雨时也穿这种木质拖鞋。木屐如何漂洋过海流传到了日本，则不得其详。随着时代的发展，加上穿着不太舒适，现在这种木屐已经基本见不到了。不过值得庆幸的是，如今南京六朝博物馆陈列有古代木屐的标本残件，从中可以看到谢公屐的原形。

从南宋的名画《五百罗汉图》可以看出，在南宋时，"人字拖"是僧人们平时经常使用的，否则画家也不会将其绘入图画中。

这种"人字拖"可能起源于印度，然后传入越南，南宋人周去非在他的《岭外代答》一书中记载："交阯人足蹑皮履，正似今画罗汉所蹑者。以皮为底，而中施一小柱，长寸许，上有骨朵头，以足将指夹之而行。或以红皮如十字，倒置其三头于皮底之上，以足穿之而行。皆燕居之所履也。"

周去非记述的"皮履"，实际上就是"人字拖"。可以推断，这样的"皮履"当时已经随佛学传播与僧人往来传入了宋代中国。

题目 ▶ 李白在《侠客行》中写道："赵客缦胡缨，吴钩霜雪明。"请问，诗中的"吴钩"指的是什么？

选项：A.武器　B.美玉　C.装饰品

答案 ▷ A.武器

题解

作品原文

侠客行

李白

赵客缦胡缨，吴钩霜雪明。

银鞍照白马，飒沓如流星。

十步杀一人，千里不留行。

事了拂衣去，深藏身与名。

闲过信陵饮，脱剑膝前横。

将炙啖朱亥，持觞劝侯嬴。

三杯吐然诺，五岳倒为轻。

眼花耳热后，意气素霓生。

救赵挥金锤，邯郸先震惊。

千秋二壮士，烜赫大梁城。

纵死侠骨香，不惭世上英。

谁能书阁下，白首太玄经。

基本知识 缟：没有花纹的丝织品。缨：带子。飒沓：形容马速度快。十步杀一人，千里不留行：这是用了《庄子·说剑》中的典故："臣之剑，十步一人，千里不留行。"将炙啖朱亥，持觞劝侯嬴：朱亥、侯嬴都是战国侠士。朱亥是屠夫，侯嬴是魏都大梁东门的守门人，两人为信陵君门客。炙，烤肉。啖，食用。素霓：白虹，是古人观念之中不寻常的天象，标志着大事发生。

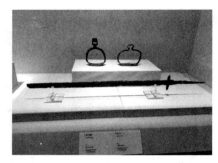

直刃唐刀 辽宁省博物馆藏

《战国策·魏策四》："聂政之刺韩傀也，白虹贯日。"《史记》也采用了这种说法。救赵挥金锤，邯郸先震惊：用信陵君窃符救赵的故事。秦军围攻赵都邯郸。赵国平原君向信陵君告急，信陵君用侯嬴计窃得魏王兵符，朱亥锤杀魏将晋鄙，自将魏军救赵，遂解邯郸之围。谁能书阁下，白首太玄经：扬雄曾在西汉皇家的天禄阁整理古籍，这部《太玄经》是他仿照《周易》写的。他同时还有一部《法言》仿照《论语》写的。这一句是说希望一生行侠仗义，不愿皓首穷经，做个书生。

背景故事 此诗约作于唐玄宗天宝三年（744）李白游齐州时。唐代游侠之风颇为盛行，这与当时全国经济繁荣、城市商业兴旺、交通发达有关。特别是关陇一带"融胡汉为一体，文武不殊途"的风习更促成了当时尚任侠的风气。这首《侠客行》就是在以任侠意识为尚的社会背景之下创作的，表达了李白的昂扬意气和渴望建功立业的心情。

背景延伸 吴钩 李贺有"男儿何不带吴钩"一句，辛弃疾也写道："把吴钩看了，栏杆拍遍。"吴越之地的刀与剑，是当时最锋利的兵器。据"吴钩"最早是一种弯钩型武器。《吴越春秋·阖闾内传》记载，吴地一工匠杀死了自己的两个儿子，把他们的血涂在钩上，于是他造的两把钩就能听人呼唤，此人因此得到吴王重赏。中古时期中原崇尚直刀。吴钩作为一种带弧度的兵器在当时是很新奇的。这种弧度能够更好地克服空气阻力，增加杀伤力，所以受到游侠喜爱。后来人们用吴钩泛指一切刀和剑。

历代文人咏吴钩者为数不少，除了李贺、辛弃疾，还有很多。例如，隋唐孔绍安《结客少年场行》中的"结客佩吴钩，横行度陇头"，王昌龄《九江口作》中的"鸷鸟立寒木，丈夫佩吴钩。何当报君恩，却系单于头"，杜甫《后出塞五首（其一）》中的"少年别有赠，含笑看吴钩"，以及《水浒传》中的"虚名薄利不关愁，裁冰及剪雪，谈笑看吴钩"。

唐·长乐公主墓壁画
由图可见，武士所持的刀也是直的。

题目 ▶ 唐代诗人李白的《早发白帝城》，"朝辞白帝彩云间"，请接下一句。

答案 ▷ 千里江陵一日还。

题目 ▶ "两岸猿声啼不住"，请接下一句。

答案 ▷ 轻舟已过万重山。

题解

作品原文

早发白帝城

李白

朝辞白帝彩云间，千里江陵一日还。

两岸猿声啼不住，轻舟已过万重山。

背景故事 李白的诗哪一首也不如这首来得开心。他年轻的时候是吃得开心，如"烹牛宰羊""玉盘珍馐"，喝得开心，如"金樽对月""一饮三百杯"。这首诗里的开心是李白晚年被流放遇赦后的开心，诗人心中的苦闷压抑得到了释放，身体得到了自由。当时李白参与到了永王李璘的"谋反"当中。永王失败了以后，朝堂上下对永王一党口喊杀伐。李白可能平常也得罪了不少人，杜甫曾经写了一首《不见》，说"不见李生久""世人皆欲杀"，形容当时他听到的——不少人都想借机置李白于死地。但是李白碰上了一件大好大好的事——当时已经年近花甲的李白从浔阳也就是今天的九江出发，一路到了白帝城，本来是要被流放夜郎，却突然收到消息说："你自由了。"想想突然听到官差说自己提前被无罪释放了能不开心吗，所以他返回的心情就跟回家过年一样。有人说如果涨水的话顺流而下，真的可能一天左右就能到达江陵。到底船有没有这么快不得而知，就像孟郊考中进士后的"一日看尽长安花"一样，夸张也好，真实也罢，重要的是这种喜悦的心情。另外，一般来说，"猿声"出现在古典诗词里面，往往象征悲凉的气氛，但是这种悲凉的气氛对于一个快乐的人来说完全不用在乎。"轻舟已过万重山"，这个"万重山"有李白式的夸张。所以这是一首写实和夸张组合起来的诗，来体现李白欣喜过望的心境。这一年李白已经五十九岁，在这个时候人生有这么一次大喜过望，我们还是为诗人感到庆幸。

背景延伸 夜郎、江陵和今天的三峡 "我寄愁心与明月，随君直到夜郎西。"关于夜郎的位置，专家并没有一致意见，一说是在贵州的桐梓，一说是在湖南的怀化。江陵在今天的湖北荆州，为古代楚国故地。

题目▶ 请问，关于下列诗文中的人物，说法不正确的是哪一项？

选项：A.醉翁之意不在酒，在乎山水之间也——"醉翁"是欧阳修

B.臣本布衣，躬耕于南阳——"臣"是诸葛亮

C.少陵野老吞声哭——"少陵野老"是杜牧

答案▷ C.少陵野老吞声哭——"少陵野老"是杜牧

题解

作品原文

哀江头

杜甫

少陵野老吞声哭，春日潜行曲江曲。

江头宫殿锁千门，细柳新蒲为谁绿？

忆昔霓旌下南苑，苑中万物生颜色。

昭阳殿里第一人，同辇随君侍君侧。

辇前才人带弓箭，白马嚼啮黄金勒。

翻身向天仰射云，一笑正坠双飞翼。

明眸皓齿今何在？血污游魂归不得。

清渭东流剑阁深，去住彼此无消息！

人生有情泪沾臆，江水江花岂终极？

黄昏胡骑尘满城，欲往城南望城北。

基本知识　江头，即长安城东南的曲江池，是当时贵族的游宴之地。这首诗作于至德二年（757）春。前一年的秋天，安禄山攻陷长安，杜甫去投奔刚即位的唐肃宗，却被叛军抓获，带到沦陷了的长安。第二年春天，杜甫身处沦陷中的长安，眼见昔日唐玄宗与杨贵妃的游乐之地已物是人非，感慨万千，《哀江头》就是他当时心情的真实记录。

背景故事　汉宣帝葬在杜陵，许皇后葬在杜陵南园，是小陵，又称少陵，杜甫曾经在这一带居住，自称"少陵野老"。杜牧号樊川，樊川就在少陵这个地方。李商隐号樊南生，这里的"樊"就是指樊川。因为这块地方最早封给汉初的樊哙，因此被称作"樊川"。后来高逸之士隐居都住在这一带，而且乐游原距离它也不远。

人文链接　诗歌中常见的"五陵"意象，原本是指西汉的五座皇陵，即汉高祖刘邦的长陵，汉惠帝刘盈的安陵，汉景帝刘启的阳陵，汉武帝刘彻的茂陵，汉昭帝刘弗陵的平陵。汉代皇帝在生前就营建自己的陵墓，同时将富人迁徙到自己陵寝附近居住，意在为自己守陵。于是"五陵"就成了当时的富人聚居区，成为繁华都市的代名词，如《琵琶行》中的"五陵年少争缠头"等。

题目 ▶ "露从今夜白，月是故乡明"是杜甫思人之作中的佳句。请问，这句诗是杜甫因思念谁而作？

　　　　选项：A.弟弟　　B.儿子　　C.父母

答案 ▷ A.弟弟

题解

作品原文

月夜忆舍弟

杜甫

戍鼓断人行，秋边一雁声。

露从今夜白，月是故乡明。

有弟皆分散，无家问死生。

寄书长不达，况乃未休兵。

　　基本知识 这首诗是杜甫在秦州（在今甘肃天水）所作。

安史之乱爆发后，乾元二年（759）九月，安禄山、史思明从范阳引兵南下，攻陷汴州，西进洛阳，山东、河南都处于战乱之中。杜甫的几位弟弟正分散在这一带。战事阻隔，音信不通。这首诗是他极端的忧虑和思念之情的真实写照。

题目 ▶ "此曲只应天上有，人间能得几回闻"是大诗人杜甫《赠花卿》之中的名句。请问，"花卿"的职业是什么？

　　　　选项：A.歌者　　B.乐师　　C.武将

答案 ▷ C.武将

题解

作品原文

赠花卿

杜甫

锦城丝管日纷纷，半入江风半入云。

此曲只应天上有，人间能得几回闻。

背景故事 花卿的名字叫花惊定，他是成都尹崔光远的部将，曾经平定段子章的叛乱，攻克了绵州，就是今天四川的绵阳一带。因为他平定了叛乱，所以杜甫写过《戏作花卿歌》，以"成都猛将有花卿，学语小儿知姓名"之句来歌颂他。但这首《赠花卿》却是讽刺他的，因为花惊定虽然平叛有功，但他狂妄自大。他攻克绵阳之后纵容部下烧杀抢掠，因此杜甫对他的印象就有了转变。有一次，花惊定在他的私人宅邸举行宴会，奏的是天子专用的礼乐。所以杜甫写了这首诗，委婉地进行批评。

背景延伸 《论语·八佾》中记载，季孙氏在家里用八佾之乐——每行每列八位舞者，八八六十四人，这是天子祭天地的时候才能用的乐舞。孔子说："八佾舞于庭，是可忍，孰不可忍也！"表明对于季孙氏大夫僭越、周天子王权衰微的愤慨。

另外，《赠花卿》的"卿"和"卿卿我我""卿本佳人"的"卿"含义都不一样。"卿"这个字从甲骨文和金文的字形来看，是两个人对坐而食。这是"卿"的本义，即飨食。卿、大夫、士，原来是周朝的身份等级。《礼记·王制》曰："诸侯之上大夫卿。"其注道："上大夫曰卿。"可见"卿"是比较尊贵的。

前文谈过，晋朝王戎的妻子非要称他为"卿"，"卿卿我我"这个成语就来自这里。王戎觉得不太合适，因为称呼体现了等级性，妻子这样称呼丈夫在礼法上是不敬的。当时称呼比较熟悉或亲昵的朋友，以及上级称呼下级才使用"卿"。不过他妻子觉得这样比较亲密，后来王戎就只好随她去了。

卿本佳人，指的是"你本来是好人，为什么从贼为寇"，表达对人的规劝。后来在实际应用中也有"卿本佳人，奈何从贼"一说。《晋书·陶侃传》中也有类似的句子："王贡复挑战，侃遥谓之曰：'杜弢为益州吏，盗用库钱，父死不奔丧。卿本佳人，何为随之也？天下宁有白头贼乎？'"

《南史·韦叡传》中附《韦鼎传》："开皇十三年，除光州刺史，以仁义教导，务弘清静。州中有土豪，外修边幅，而内行不轨，常为劫盗。鼎于都会时谓之曰：'卿是好人，那忽作贼？'因条其徒党奸谋逗遛，其人惊惧，即自首伏。"

题目 ▶ 相传，因为后蜀皇帝孟昶（chǎng）偏爱某种花，于是在成都的城墙上种满了这种花，成都因此得了个什么样的别称呢？

选项：A.兰城　B.桃城　C.芙蓉城

答案 ▷ C.芙蓉城

题解

作品原文

春夜喜雨

杜甫

好雨知时节，当春乃发生。

随风潜入夜，润物细无声。

野径云俱黑，江船火独明。

晓看红湿处，花重锦官城。

基本知识　潜：暗暗地，悄悄地。这里指春雨在夜里悄悄地随风而至。红湿处：指有带雨水的红花的地方。花重：花沾上雨水而变得沉重。

背景故事　五代时，后蜀皇帝孟昶偏爱芙蓉花，于是命百姓在城墙上遍植芙蓉树。花开时节，成都"四十里为锦绣"，故被称为"芙蓉城"，简称"蓉"。为什么孟昶喜欢芙蓉花呢？传说因为他的宠妃花蕊夫人喜欢芙蓉花。

花蕊夫人，生卒年不详，五代十国女诗人、后蜀后主孟昶妃子，姓徐（一说姓费），青城（在今四川都江堰）人。得幸蜀主孟昶，封慧妃，赐号花蕊夫人。幼能文，尤长于宫词，有代表作《述国亡诗》。

背景延伸　在五代十国时期，有好几位被称作花蕊夫人的女性，她们不仅容貌美丽，而且能诗善赋，多才多艺。有关她们的事迹，多散见于五代至两宋的各种史籍之中，因其所处时代相近，且又均被称为花蕊夫人，她们的身份、事迹至今仍有许多疑谜。

其一为前蜀主王建淑妃徐氏，成都人，宫中号为花蕊夫人。因其姐为王建贤妃，故她被称为小徐妃。姐妹皆受宠幸。后主王衍登基后封小徐妃为翊圣皇太妃。这位花蕊夫人与其姐交结幸臣，纳贿干政，后与王衍皆被后唐庄宗李存勖所杀。其二为本题所说的后蜀主孟昶的妃子。孟昶降宋后，她被掳入宋宫，为宋太祖宠爱。其三是南唐后主李煜的宫人，闽人之女，雅好赋诗。她于南唐亡后，被俘入宋宫，人称"小花蕊"，后为晋王所杀。

题目▶　《二十四孝》讲的是孝子们的故事。杜甫曾经写下"熟精文选理，休觅彩衣轻"的诗句。根据"休觅彩衣轻"分析，杜甫说的是《二十四孝》中的哪位孝子？

选项：A.黄香　　B.老莱子　　C.王祥

答案▷　B.老莱子

题解

作品原文

宗武生日

杜甫

小子何时见，高秋此日生。

自从都邑语，已伴老夫名。

诗是吾家事，人传世上情。

熟精文选理，休觅彩衣轻。

凋瘵筵初秩，欹斜坐不成。

流霞分片片，涓滴就徐倾。

基本知识　这是杜甫为勉励幼子杜宗武写的一首诗。杜甫要儿子继承和发扬写诗的家风，告诫儿子要趁青春年少及早努力。杜甫出身于名门大族京兆杜氏，祖父杜审言是初唐大诗人。杜甫自小好学，七岁能诗，因此他把子女的文化修养看得很重，说"诗是吾家事"，希望孩子们能将家族的优良传统继承下去。杜甫告诉他的儿子："不要像老莱子那样用耍滑稽的方式来奉承我，我们家都是读书人，你学好诗书就能让我开心。"

背景故事　老莱子是古代的孝子，他年纪一大把的时候，穿着五彩衣玩小鸟，来逗父母开心。有一次他还故意在父母面前摔倒，躺在地上装婴儿哭，以博得父母粲然一笑。西汉经学家刘向编辑的《孝子传》记载了老莱子彩衣娱亲的故事："老莱子至孝，奉二亲。行年七十，著五彩褊襕衣，弄雏鸟于亲侧。"不过二十四孝的故事在元代才最终成型。《红楼梦》中"史太君破陈腐旧套　王熙凤效戏彩斑衣"一回就用了这个典故，指王熙凤说笑话来逗贾母开心。

背景延伸　杜宗武后来在诗歌上也有所成就，可惜他的诗都失传了。后唐冯贽的《云仙杂记》记载了这样一个故事：杜宗武曾经赠诗给一位姓阮的朋友，朋友回赠他一把斧子。杜宗武猜测："斧子的'斧'是一个'父'加上一个'斤'，难道他是让我更正我父亲的作品吗？"因为古时"斤"和"斧子"意思差不多，指专门用来砍木头的工具。请人更正自己的作品称"斧正"就是这个意思。朋友说："不是，我是让你'剁手'。你们杜家从杜审言开始就是大诗人，到你这都四代了，上天多么不公啊，真是让人羡慕嫉妒恨。所以你赶快把手'剁'了吧，别再写诗了。"当然，他的朋友在和他开玩笑。不过这个故事说明杜宗武的诗写得相当不错，果然虎父无犬子。

题目▶　词牌名的由来有很多，下面三个词牌名中，相传有一个的由来和唐玄宗与梅妃的故事有关，请问是哪个呢？

选项：A.点绛唇　B.菩萨蛮　C.一斛珠

答案▷　C.一斛珠

题解

作品原文

谢赐珍珠

江采苹

柳叶双眉久不描,残妆和泪污红绡。

长门自是无梳洗,何必珍珠慰寂寥。

背景知识　点绛唇:此调因南朝江淹《咏美人春游》诗中"白雪凝琼貌,明珠点绛唇"之句而得名。菩萨蛮:原为唐教坊曲。唐代苏鹗《杜阳杂编》载:"大中初,女蛮国贡双龙犀……其国人危髻金冠,璎络被体,故谓之菩萨蛮。当时倡优遂制《菩萨蛮曲》,文士亦往往声其词。"一斛珠:相传,唐玄宗封珍珠一斛密赐梅妃江采苹。妃不受,以诗谢,于是有"长门自是无梳洗,何必珍珠慰寂寥"之句。唐玄宗览诗不乐,令乐府以新声度之,名《一斛珠》,曲名始此。另外,"梅妃"不见于正史,只是一个传说人物。

题目 ▶　"伏波惟愿裹尸还,定远何须生入关。莫遣只轮归海窟,仍留一箭射天山"引用了三位名将的典故。下面哪位是诗中提到的三位名将之一?

选项:A.薛仁贵　B.霍去病　C.李广

答案 ▷　A.薛仁贵

题解

作品原文

塞下曲

李益

伏波惟愿裹尸还,定远何须生入关。

莫遣只轮归海窟,仍留一箭射天山。

基本知识　"伏波惟愿裹尸还",用的是东汉马援的典故。马援屡立战功,被封为伏波将军。他曾经说:"男儿当战死在边疆,以马革裹尸还葬。"《后汉书·马援传》："援曰：'方今匈奴、乌桓尚扰北边，欲自请击之。男儿要当死于边野，以马革裹尸还葬耳，何能卧床上在儿女子手中邪！'冀曰：'谅为烈士，当如此矣。'"

"定远何须生入关"，用的是班超的典故。东汉班超投笔从戎，平定西域叛乱，封定远侯，居西域三十一年。汉和帝永元十二年（100），时任西域都护的班超年老思乡，上疏乞归，有"臣不敢望到酒泉郡，但愿生入玉门关"之言。

"莫遣只轮归海窟"，"只轮"就是"一只车轮"，语出《春秋公羊传》："僖公三十三年……夏，四月，辛巳，晋人及姜戎败秦于殽……然而晋人与姜戎，要之殽而击之，匹马只轮无反者。""海窟"本来指海中动物的巢穴，这里指敌人所居住的沙漠地方。

"仍留一箭射天山"，即指唐初薛仁贵西征突厥的史事。《旧唐书·薛仁贵传》记载，唐高宗时，薛仁贵领兵在天山迎击九姓突厥军队十余万人，连发三箭，射杀敌方的三人，其余敌人都下马投降。薛仁贵率兵乘胜前进。凯旋时，军中歌道："将军三箭定天山，战士长歌入汉关。"

背景延伸 蔡锷将军去世后，孙中山先生写了一副挽联"平生慷慨班都护，万里间关马伏波"，就用了班超和马援两位名将的典故。

题目 ▶ 《枫桥夜泊》这首诗是安史之乱之后，张继写下的羁旅诗。那么这首诗是作者游走至哪座寺庙写下的愁思呢？

答案 ▷ 寒山寺

题解

作品原文

枫桥夜泊

张继

月落乌啼霜满天，江枫渔火对愁眠。

姑苏城外寒山寺，夜半钟声到客船。

基本知识 这首诗不仅被中国历代唐诗选本选入，也被亚洲一些国家的小学课本收录。寒山寺也因此诗广为流传而成为游览胜地。

寒山寺始建于南朝梁代，在今苏州市西枫桥镇。本名妙利普明塔院，又名枫桥寺。相传因唐代僧人寒山、拾得曾住此而得名。也有另一种说法，认为"寒山"乃泛指肃寒之山，非寺名。

现如今寒山寺里的古钟已非唐代真品。明代嘉靖年间补铸的一口钟也已不知下落——一说抗日战争中被销熔改铸成大炮；一说已流入日本。对此，康有为还有诗："钟声已渡海云东，冷尽寒山古寺枫。"为此日本国内还曾大力搜寻，但徒劳无获。如今寺里的大钟为清光绪三十二年（1906）江苏巡抚陈夔龙督造，高如一人，重达两吨，外围需三人合抱。钟声洪亮悠扬，和庄严的千年古寺相得益彰。

张继生平资料较少，根据他的七绝《阊门即事》可知他在安史之乱后到过吴中一带，《枫桥夜泊》大概也作于这一时期。在诗中，诗人精确而细腻地描摹了一系列客中所见的景象，同时将强烈的漂泊无依之感通过含蓄的语言表达出来，使该诗成为唐诗中的精品。

背景故事 名诗碑刻 《枫桥夜泊》一诗多次被刻成石碑。最早的刻于北宋，书刻这块碑的人是翰林院大学士郇国公王珪。第二位书写者是明代"吴门四家"之一的文徵明。第三位则是清末学问大师俞樾。国民党元老、和诗作者同名的张继也书写过。除王珪、文徵明、俞樾、张继之外，李大钊、刘海粟、陈云都有书碑，可见此诗受到众多名流喜爱。另外，如今南京总统府内也有《枫桥夜泊》诗碑的复制品。

夜半钟声 诗中提到夜半钟声，关于这一点历史上曾经众说纷纭。北宋欧阳修认为寺庙三更时分不会撞钟。南宋范成大的《吴郡志》考证吴中地区的僧寺确有半夜鸣钟的习俗，谓之"定夜钟"。例如，白居易的"新秋松影下，半夜钟声后"、于鹄的"定知别后宫中伴，应听缑山半夜钟"、温庭筠的"悠然旅思频回首，无复松窗半夜钟"，都是唐代诗人在各地听到的半夜钟声的写照。

题目 ▶ 某位红极一时的宫廷乐师因为高超的演奏水平，拥有了很多的"真爱粉"，有诗为证："天子一日一回见，王侯将相立马迎。"请问，这位人气堪比"小鲜肉"的宫廷乐师是谁？

选项：A.董庭兰　B.李龟年　C.李凭

答案 ▷ C.李凭

题解

作品原文

李供奉弹箜篌歌

顾况

国府乐手弹箜篌，赤黄绦索金镣头。

早晨有敕鸳鸯殿，夜静遂歌明月楼。

起坐可怜能抱撮，大指调弦中指拨。

腕头花落舞制裂，手下乌惊飞拨剌。

珊瑚席，一声一声鸣锡锡；罗绮屏，一弦一弦如撼铃。

急弹好，迟亦好；宜远听，宜近听。

左手低，右手举，易调移音天赐与。

大弦似秋雁，联联度陇关；小弦似春燕，喃喃向人语。

手头疾，腕头软，来来去去如风卷。

声清泠泠鸣索索，垂珠碎玉空中落。

美女争窥玳瑁帘，圣人卷上真珠箔。

大弦长，小弦短，小弦紧快大弦缓。

初调锵锵似鸳鸯水上弄新声，入深似太清仙鹤游秘馆。

李供奉，仪容质，身才稍稍六尺一。

在外不曾辄教人，内里声声不遣出。

指剥葱，腕削玉，饶盐饶酱五味足。

弄调人间不识名，弹尽天下崛奇曲。

胡曲汉曲声皆好，弹著曲髓曲肝脑。

往往从空入户来，瞥瞥随风落春草。

草头只觉风吹入，风来草即随风立。

草亦不知风到来，风亦不知声缓急。

爇玉烛，点银灯；光照手，实可憎。

只照箜篌弦上手，不照箜篌声里能。

驰凤阙，拜鸾殿，天子一日一回见。

王侯将相立马迎，巧声一日一回变。

实可重，不惜千金买一弄。

银器胡瓶马上驮，瑞锦轻罗满车送。

此州好手非一国，一国东西尽南北。

除却天上化下来，若向人间实难得。

基本知识　李凭是唐宪宗时期名噪一时的宫廷乐师。李贺的《李凭箜篌引》也是歌咏李凭的箜篌技艺之作。

《李供奉弹箜篌歌》作者顾况，字逋翁，号华阳真逸（一说华阳真隐），晚年自号悲翁，海盐（在今浙江海宁）人，唐代诗人、画家、鉴赏家。他一生官位不高，曾任著作郎，后被贬为饶州司户参军。顾况生平的两大事迹，一是红叶题诗，一是赏识白居易。

背景延伸　《孔雀东南飞》中的刘兰芝学的也是箜篌。最早箜篌属于祭祀时候雅乐的体系，因此学会演奏它代表其人知书达理，能够体现贵族阶层的文化修养。

选项中的董庭兰原来是弹古琴的，但是古琴的声音不是很响，适合独奏，不适合做背景音乐。董

唐传日本正仓院藏漆箜篌残件

庭兰弹古琴的时候没有多少人欣赏他，后来他改学了筚篥，得到唐玄宗的喜欢，他也因此名扬天下。

人文链接 箜篌是中国古代的传统弹拨乐器，最初称"空侯"或"坎侯"，在古代除宫廷演奏使用外，在民间也广泛流传，主要有卧箜篌、竖箜篌、凤首箜篌三种形制。

箜篌在明代以后失传，但我们仍然能从古代大量演奏图像中看到它的样子，和西洋乐器竖琴有点儿像。日本奈良正仓院保存有我国唐代漆箜篌和螺箜篌残件。

题目 ▶ "长女当及事，谁助出帨缡"出自韩愈笔下。请问，诗中的"帨缡"代指的是什么？

选项：A.聘礼　B.份子钱　C.嫁妆

答案 ▷ C.嫁妆

题解

作品原文

寄崔二十六立之（节选）

韩愈

西城员外丞，心迹两屈奇。往岁战词赋，不将势力随。

下驴入省门，左右惊纷披。傲兀坐试席，深丛见孤罴。

文如翻水成，初不用意为。四座各低面，不敢捰眼窥。

升阶揖侍郎，归舍日未欹。佳句喧众口，考官敢瑕疵。

连年收科第，若摘颔底髭。回首卿相位，通途无他歧。

岂论校书郎，袍笏光参差。……

怜我还好古，宦途同险巇。每旬遗我书，竟岁无差池。

新篇奚其思，风幡肆逶迤。又论诸毛功，劈水看蛟螭。

雷电生睒睗，角鬣相撑披。属我感穷景，抱华不能摛。

唱来和相报，愧叹俾我疵。又寄百尺彩，绯红相盛衰。

巧能喻其诚，深浅抽肝脾。开展放我侧，方餐涕垂匙。

朋交日凋谢，存者逐利移。子宁独迷误，缀缀意益弥。

举头庭树翯，狂飙卷寒曦。迢递山水隔，何由应埙篪。

别来就十年，君马记骊骓。长女当及事，谁助出悦缡。

诸男皆秀朗，几能守家规。文字锐气在，辉辉见旌麾。

摧肠与戚容，能复持酒卮。我虽未耋老，发秃骨力羸。

所馀十九齿，飘飘尽浮危。玄花著两眼，视物隔褵祎。

燕席谢不诣，游鞍悬莫骑。敦敦凭书案，譬彼乌黏黐。

且吾闻之师，不以物自隳。……

基本知识 帨（shuì）：佩巾。《诗经·召南·野有死麕》："舒而脱脱兮，无感我帨兮，无使尨也吠。"这是一位女子在叮嘱心上人，不要摇动她的佩巾。后来也泛指手巾、手帕之类的物品。缡：佩巾。一说是古时鞋上的装饰丝带，一说是女子用的香缨。

背景故事 结缡 "悦缡"的本义不是嫁妆，而是结婚时用于装饰的佩巾。《诗经·豳风·东山》："亲结其缡，九十其仪。"古代女子出嫁时，需要由娘家的女性亲眷亲自为她结上佩巾，因此结婚也被称为"结缡"。据推测，可能由于佩巾是娘家在婚礼时送给新娘的，系佩巾又是婚礼上的一个重要环节，所以后世文人用它来代指娘家所出的嫁妆。

施衿结缡 比喻父母对子女的教训。本指上古女子出嫁时母亲将佩巾结于其身的礼俗。《仪礼·士昏礼》记载："母施衿结帨，曰：'勉之敬之，夙夜无违宫事。'"古代女子出嫁时，由母亲将佩巾系上女儿领衿，并且叮嘱她到了婆家要尊敬老人，注重礼法，勤劳肯干。

题目▶ "傅粉何郎"这个成语泛指哪一类人？

答案▷ 美男子

题解

作品原文

赠郭驸马·郭令公子暧尚升平公主令于席上成此诗

李端

青春都尉最风流，二十功成便拜侯。

金距斗鸡过上苑，玉鞭骑马出长楸。

熏香荀令偏怜少，傅粉何郎不解愁。

日暮吹箫杨柳陌，路人遥指凤凰楼。

方塘似镜草芊芊，初月如钩未上弦。

新开金坼看调马，旧赐铜山许铸钱。

杨柳入楼吹玉笛，芙蓉出水妒花钿。

今朝都尉如相顾，原脱长裾学少年。

基本知识　诗中的"熏香荀令""傅粉何郎"以及人们常说的"掷果潘安""偷香韩寿"指的都是美男子，分别是东汉末年曹操的谋士荀彧（因其生前担任尚书令，所以被人尊称"荀令君"）、三国曹魏经学家何晏、西晋文学家潘岳和西晋大臣韩寿。

背景故事　何晏是三国时期曹魏的美男子，其肤色格外白皙。魏明帝怀疑他涂了粉，于是就在一个大热天赏他吃热汤面。何晏不敢拒绝，直吃得汗流浃背，不停用红色的朝服擦脸上的汗，脸却越擦越白。后来人们便用"傅粉何郎"作为美男子的别称，有时候也用来形容一些洁白的事物如花朵等。例如，黄庭坚就用何晏的典故赞美荼蘼花：

观王主簿家酴醾

肌肤冰雪薰沈水，百草千花莫比芳。

露湿何郎试汤饼，日烘荀令炷炉香。

风流彻骨成春酒，梦寐宜人入枕囊。

输与能诗王主簿，瑶台影里据胡床。

背景延伸　魏晋时期玄学盛行，士人追求飘逸绝伦，美容是当时的名士风尚。何晏在平常也是粉白不离手，随时随地给自己补妆，并且服用各种美容药和补药保证皮肤的白皙。而竹林名士王戎的弟弟王衍长得则比何晏更为白皙。据《世说新语》记载，当他手上拿着拂尘的玉柄时，人们甚至分不清哪里是手，哪里是玉。

题目▶　"千寻铁锁沉江底，一片降幡出石头"出自刘禹锡的《西塞山怀古》。请问，这句诗描写了哪位末代君主战败投降的过程？

选项：A.东吴末帝孙皓　B.南唐后主李煜　C.蜀汉后主刘禅

答案▷　A.东吴末帝孙皓

题解

作品原文

西塞山怀古

刘禹锡

王濬楼船下益州，金陵王气黯然收。

千寻铁锁沉江底，一片降幡出石头。

人世几回伤往事，山形依旧枕寒流。

今逢四海为家日，故垒萧萧芦荻秋。

基本知识　西塞山：位于今湖北黄石，山体突出入长江，人站在山顶犹如身临江中。楼船：古代的一种大船，船上以木起楼，每船可容上千人。王气：帝王之气。古人认为大圣大贤活动有无形的"气"相随，如《史记·项羽本纪》里范增说刘邦："吾令人望其气，皆为龙虎，成五采，此天子气也。"千寻铁锁：东吴末帝孙皓命人用大铁索横于江面拦截晋船。"寻"是一种长度单位，唐宋时期诗文中常见，如"千寻塔"等。

背景故事　这首诗作于唐穆宗长庆四年（824）。刘禹锡由夔州（今重庆奉节）刺史调任和州（今安徽和县）刺史，沿江东下赴任途经西塞山时，触景生情，抚今追昔而作此诗。本诗虽然题目是怀古，但由其内容可见诗人对于中唐藩镇割据形势的感叹。

背景延伸　刘禹锡就像关汉卿笔下那粒蒸不烂、煮不熟、锤不扁的铜豌豆，在人生的所有命运打击面前，他永远都不低头，他的豪放是真正的本色的豪放。刘禹锡写了不少关于南京城的诗，乌衣巷、朱雀桥、旧时王谢宅邸还有石头城都被他写进了诗里。

"人世几回伤往事，山形依旧枕寒流"很出彩，现在地形都没变，长江依旧流淌，但早已物是人非。我们现在在南京看到的凤凰台和白鹭洲都已不再是李白笔下的景色。但石头城、驻马坡、清凉寺、清凉山这些刘禹锡写过的历史遗迹都还在，而且还保留着原来的风貌。

人文链接　南京是很特殊的一座城市，历史上既受益又罹祸于其得天独厚的地理位置和气度不凡的风水佳境，曾多次遭受兵燹之灾，但亦屡屡从瓦砾荒烟中重整繁华。从术士望气到始皇瘗金，从东吴建都到衣冠南渡，从宋金烽火到靖难之役，从中华民国建立到日军投降，南京史几乎就是半部中华史。

题目 ▶ 刘禹锡的《竹枝词二首（其一）》中写道"杨柳青青江水平"，请接下一句。

答案 ▷ 闻郎江上踏歌声。

题目 ▶ "东边日出西边雨"，请接下一句。

答案 ▷ 道是无晴却有晴。

题解

基本知识　这首《竹枝词》是描写青年男女爱情的诗作。它描写了一个怀春的少女在杨柳青翠、江平如镜的美丽春日里，听到情郎的歌声所产生的内心活动。

背景故事　竹枝词是古代巴东一带的一种民歌，人们边舞边唱，用鼓和短笛伴奏。赛歌时，谁唱得最多，谁就是优胜者。

刘禹锡任夔州刺史时，非常喜爱这种民歌形式，他学习屈原作《九歌》的精神，采用当地民歌的曲谱，制成新的《竹枝词》，主要描写当地山水风俗和男女爱情，生活气息浓厚。在写作上，多用白描手法，少有用典，诗风清新活泼，民歌色彩突出。

题目 ▶ 背诵刘禹锡《赏牡丹》全诗。

答案 ▷ 庭前芍药妖无格，池上芙蕖净少情。唯有牡丹真国色，花开时节动京城。

题解

背景故事 牡丹之所以叫"牡丹"，是因为它是从根上长出花苗，而不像很多别的植物是靠种子生殖繁衍。这种无性繁殖使得人们给了它一个表示雄性的字眼——牡。而根是红色的所以叫"丹"。

李时珍《本草纲目》："牡丹虽结籽而根上生苗，故谓'牡'，其花红故谓'丹'。"牡丹的根是一味药，叫丹皮，又叫丹根，越红的越值钱。

人文链接 唐人非常喜欢牡丹花。周敦颐《爱莲说》中说："自李唐来，世人甚爱牡丹。"与刘禹锡同时代的李肇在《唐国史补》里面说："京城贵游，尚牡丹三十余年矣。每春暮，车马若狂，以不耽玩为耻。执金吾铺官围外寺观种以求利，一本有直数万者。"京城富贵人家都争相买牡丹花，白居易的《买花》中便有讽刺："一丛深色花，十户中人赋。"

说到牡丹，宋朝有一位年老醉归，把牡丹花簪在头上的大诗人——苏轼，他在《吉祥寺赏牡丹》中写道："人老簪花不自羞，花应羞上老人头。醉归扶路人应笑，十里珠帘半上钩。"

题目 ▶ "到乡翻似烂柯人"中的"柯"指的是什么？

选项：A.船　B.锄柄　C.斧柄

答案 ▷ C.斧柄

题解

作品原文

酬乐天扬州初逢席上见赠

刘禹锡

巴山楚水凄凉地，二十三年弃置身。

怀旧空吟闻笛赋，到乡翻似烂柯人。

沉舟侧畔千帆过，病树前头万木春。

今日听君歌一曲，暂凭杯酒长精神。

基本知识　　"柯"是斧头的柄。《诗经·豳风》有《伐柯》一篇："伐柯伐柯，其则不远。"《周礼·考工记》："柯长三尺。"

"烂柯人"典出南朝梁任昉《述异记》："信安郡石室山，晋时王质伐木至，见童子数人棋而歌，质因听之。童子以一物与质，如枣核，质含之而不觉饥。俄顷，童子谓曰：'何不去？'质起视，斧柯尽烂。既归，无复时人。"王质去山中打柴，看到神仙在下棋，他站在旁边观看。神仙给了他一样东西，他吃下去就不饿了。过一会儿，神仙说："你怎么还不回去呀？"他一看，自己斧头的把儿都朽烂了。回到人间，世界已经发生了巨大的变化。他再去找同时代的人，居然全都已经不在人世了。

后以"烂柯人"的故事来形容人世间的翻天覆地的变化，形容游子久离故乡，或者形容人历经沧桑。相似的例子还有晋干宝《搜神记》、南朝刘义庆《幽明录》等记载的刘晨、阮肇成仙的故事。

背景故事　　刘禹锡借这个故事表达自己被贬二十三年，人事全非、恍如隔世的心情。宝历二年（826），同为五十五岁的白居易和刘禹锡在扬州会面。此前二人虽然神交已久，但由于长年在不同的地方为官，此次是第一次相见。此前，刘禹锡已连续遭贬二十三年，白居易深感痛惜，为之写下了《醉赠刘二十八使君》：

为我引杯添酒饮，与君把箸击盘歌。

诗称国手徒为尔，命压人头不奈何。

举眼风光长寂寞，满朝官职独蹉跎。

亦知合被才名折，二十三年折太多。

于是，刘禹锡便写下了这首《酬乐天扬州初逢席上见赠》回赠白居易。"沉舟侧畔千帆过，病树前头万木春"，已届暮年的诗人并未完全消沉，而是依然斗志昂扬。也难怪尽管二人分属不同的政治阵营，白居易仍然称赞刘禹锡为"诗豪"，并评价他"其锋森然，少敢当者"。

题目▶ "满目山河空念远，落花风雨更伤春。不如怜取眼前人"出自晏殊的《浣溪沙》。请问"不如怜取眼前人"化用自元稹的哪部作品？

答案▷ 《莺莺传》（《会真记》）

题解

作品原文

莺莺传（节选）

后岁余，崔已委身于人，张亦有所娶。适经所居，乃因其夫言于崔，求以外兄见。夫语之，而崔终不为出。张怨念之诚，动于颜色，崔知之，潜赋一章词曰："自从消瘦减容光，万转千回懒下床。不为旁人羞不起，为郎憔悴却羞郎。"竟不之见。后数日，张生将行，又赋一章以谢绝云："弃置今何道，当时且自亲。还将旧时意，怜取眼前人。"自是绝不复知矣。

浣溪沙

晏殊

一向年光有限身，等闲离别易销魂。酒筵歌席莫辞频。

满目山河空念远，落花风雨更伤春。不如怜取眼前人。

背景故事 《莺莺传》又叫《会真记》，意为"和仙人相会"。但是唐传奇之中的"仙""真"，往往指风流放诞的女子，如传奇《游仙窟》即如此。谈及这篇传奇的原型，包括史学大家陈寅恪先生在内的很多学者都认为，男主人公张生就是元稹自己，元稹写《莺莺传》是来纪念自己的初恋。崔莺莺的原型，南宋王铚认为是元稹姨母郑氏与永年县尉崔鹏之女，即元稹的表妹。陈寅恪根据元稹《曹十九舞绿钿》一诗，认为"曹十九"是"曹九九"的讹误，认为崔莺莺应是名叫"曹九九"的酒家胡女。

元代王实甫的《西厢记》改编自《莺莺传》。《西厢记》里面，张生和崔莺莺有情人终成眷属。但是在《莺莺传》里面，张生其实是一个始乱终弃之徒。张生考上进士为官之后，就另娶了别人，莺莺也嫁了别人。但张生还想去再见一见莺莺，便自称是莺莺的表兄，托人去传达他的意思。崔莺莺很有气节，拒绝见面，然后写了首诗和他一刀两断。

背景延伸　对于张生的原型是否是元稹本人，学术界还是有不同意见的，如吴伟斌先生认为这就是一部虚构的小说，张生不等于元稹本人。陈寅恪先生的结论影响很大，他从书中引出关于唐代婚姻的门第对等关系的探讨。张生抛弃莺莺很可能是由于她的原型"曹九九"地位低下，而元稹后来娶的韦丛则出身高门大族。

《莺莺传》的故事广泛流传，士大夫"无不举此以为美谈，至于倡优女子，皆能调说大略"。中唐李绅写了《莺莺歌》，宋代有赵令畤《商调蝶恋花》鼓子词、《莺莺传》话本、《莺莺六幺》杂剧，金代有董解元《西厢记诸宫调》，元代有王实甫《西厢记》杂剧，明代有李日华《南调西厢记》、陆采《南西厢记》，清代有查继祖《续西厢》杂剧、沈谦《翻西厢》传奇等。

《莺莺传》的故事发生在山西永济，在蒲州古城东六公里，鹳雀楼向东约六公里的普救寺。传说在普救寺塔下面某些位置敲击还能听到类似蛙鸣的声音，即"普救蟾声"，其名列中国四大回音名胜之一。科学家解释那里是一个独特的声音磁场。

题目▶　"蛾眉"在诗作中经常被用到，唐代诗人张祜就曾写到"却嫌脂粉污颜色，淡扫蛾眉朝至尊"。请问，诗中化了淡妆去拜见皇帝的女人是谁？

选项：A.赵飞燕　B.杨贵妃　C.虢国夫人

答案▶　C.虢国夫人

题解

作品原文

集灵台二首

张祜

其一

日光斜照集灵台，红树花迎晓露开。

昨夜上皇新授箓，太真含笑入帘来。

其二

虢国夫人承主恩，平明骑马入宫门。

却嫌脂粉污颜色，淡扫蛾眉朝至尊。

基本知识　据《旧唐书》记载，杨贵妃"有姊三人，皆有才貌，玄宗并封国夫人之号：长曰大姨，封韩国；三姨，封虢国；八姨，封秦国。并承恩泽，出入宫掖，势倾天下。"虢国夫人是杨贵妃的三姐。

杜甫的《丽人行》里描写杨氏兄妹在曲江春游的情景，暗讽他们作威作福。

"平明骑马入宫门"是生动的细节描写。平明时分，百官朝见皇帝的仪式已经结束，而虢国夫人却能骑马直入，这正显示出她享有自由出入皇宫的特权，而且像这样如入无人之地似的进入宫廷对她而言已经是家常便饭。森严的宫禁和朝廷的礼仪于她没有任何约束力。这生动地表现了虢国夫人的恃宠骄纵之态。

北宋乐史《杨太真外传》说："虢国不施妆粉，自炫美艳，常素面朝天。"表面上看，虢国夫人此举似乎表明她和那些浓妆艳抹、献媚邀宠的贵女们不同，实际上她却是因为怕脂粉污损了自己的天生丽质，反而使出众的容貌达不到出众的效

唐·张萱《虢国夫人游春图》

141

果，从而不为皇帝所特别垂青。对她来说，素颜乃是一种比浓妆艳抹更加着意的献媚邀宠的举动。

背景延伸 虢国夫人非常嚣张，一是因为其妹杨贵妃得宠，还有另外一个更深刻的原因：唐代是讲究门第的时代，门阀氏族的势力非常强大。唐太宗登基之后，所做的一件重要事情就是派人修订《氏族志》，将皇室位置提到大贵族之前。唐代有著名的"五姓七家"之说。虢国夫人嫁给了河东裴氏，裴氏非常兴旺，是河东第一大家族，中唐名相裴度即来自河东裴氏。她生有一子一女，儿子娶了唐肃宗的女儿，女儿嫁给了宁王李宪的儿子，而且都是皇家主动向她求亲的，所以世家大族的背景也是她硬气的原因。

题目▶ 请问，以下诗句当中哪一项描写的是杨贵妃？

选项：A.清水出芙蓉，天然去雕饰。

B.玉容寂寞泪阑干，梨花一枝春带雨。

C.荷叶罗裙一色裁，芙蓉向脸两边开。

答案▷ B.玉容寂寞泪阑干，梨花一枝春带雨。

题解

杨贵妃像（明·仇英《千秋绝艳图》局部）

作品原文

经乱离后天恩流夜郎忆旧游书怀赠江夏韦太守良宰（节选）

李白

天上白玉京，十二楼五城。仙人抚我顶，结发受长生。

误逐世间乐，颇穷理乱情。九十六圣君，浮云挂空名。

天地赌一掷，未能忘战争。试涉霸王略，将期轩冕荣。

时命乃大谬，弃之海上行。学剑翻自哂，为文竟何成。

剑非万人敌，文窃四海声。……

一忝青云客，三登黄鹤楼。顾惭祢处士，虚对鹦鹉洲。

樊山霸气尽，寥落天地秋。江带峨眉雪，川横三峡流。

万舸此中来，连帆过扬州。送此万里目，旷然散我愁。

纱窗倚天开，水树绿如发。窥日畏衔山，促酒喜得月。

吴娃与越艳，窈窕夸铅红。呼来上云梯，含笑出帘栊。

对客小垂手，罗衣舞春风。宾跪请休息，主人情未极。

览君荆山作，江鲍堪动色。清水出芙蓉，天然去雕饰。

逸兴横素襟，无时不招寻。朱门拥虎士，列戟何森森。

剪凿竹石开，萦流涨清深。登台坐水阁，吐论多英音。

片辞贵白璧，一诺轻黄金。……

长恨歌（节选）

白居易

……

忽闻海上有仙山，山在虚无缥缈间。

楼阁玲珑五云起，其中绰约多仙子。

中有一人字太真，雪肤花貌参差是。

金阙西厢叩玉扃，转教小玉报双成。

闻道汉家天子使，九华帐里梦魂惊。

揽衣推枕起徘徊，珠箔银屏迤逦开。

云鬓半偏新睡觉，花冠不整下堂来。

风吹仙袂飘飘举，犹似霓裳羽衣舞。

玉容寂寞泪阑干，梨花一枝春带雨。

含情凝睇谢君王，一别音容两渺茫。

昭阳殿里恩爱绝，蓬莱宫中日月长。

回头下望人寰处，不见长安见尘雾。

唯将旧物表深情，钿合金钗寄将去。

钗留一股合一扇，钗擘黄金合分钿。

但教心似金钿坚，天上人间会相见。

临别殷勤重寄词，词中有誓两心知。

七月七日长生殿，夜半无人私语时。

在天愿作比翼鸟，在地愿为连理枝。

天长地久有时尽，此恨绵绵无绝期。

采莲曲

王昌龄

荷叶罗裙一色裁，芙蓉向脸两边开。

乱入池中看不见，闻歌始觉有人来。

基本知识　“清水出芙蓉，天然去雕饰”出自李白《经乱离后天恩流夜郎忆旧游书怀赠江夏韦太守良宰》，形容文章有质朴自然之美。“玉容寂寞泪阑干，梨花一枝春带雨”出自白居易《长恨歌》，将含泪的杨贵妃比作春雨淋润过的梨花，以描绘其优雅明净的美态。“荷叶罗裙一色裁，芙蓉向脸两边开”出自王昌龄《采莲曲》，描写少女在荷塘中采莲，绿色的罗裙融入田田荷叶中，少女的脸庞掩映在盛开的荷花间的情景。

背景故事　长恨传奇　唐宪宗元和元年（806），三十五岁的白居易任盩厔（zhōu zhì）（今陕西周至）县尉。一日，他与友人陈鸿、王质夫到安史之乱时杨贵妃被迫自尽的马嵬驿附近的仙游寺游览。谈及唐玄宗与杨贵妃旧事，王质夫认为，像这样名动天下的故事，如无大手笔来书写和讲述，就会随着时间的推移而消没。他动员白居易：“乐天深于诗，多于情者也，试为歌之，何如？”于是，白居易创作出这首长诗。陈鸿同时写了一篇传奇小说《长恨歌传》。

明·郭栩《琵琶行图》

白居易在世时，这首诗便已家喻户晓。

甚至有歌女在别人面前自夸说："我能诵白学士《长恨歌》，岂与他妓等哉！"就连唐宣宗都在写给白居易的悼念诗中说"童子解吟长恨曲"。

清代学者赵翼在《瓯北诗话》中说："香山诗名最著，及身已风行海内，李谪仙后一人而已……盖其得名，在《长恨歌》一篇。"赵翼认为，白居易在诗坛的声望仅次于李白，他的成名作便是《长恨歌》。

背景延伸 长恨之恨 白居易创作《长恨歌》的初衷是讽刺唐玄宗荒淫误国，最终却将《长恨歌》写成了对唐玄宗和杨贵妃爱情的赞歌，这或许与白居易自己的感情经历紧密相关。

白居易与其初恋陈湘灵之间有一段曲折的爱情经历。白居易少年时与陈湘灵在符离（在今安徽宿州）相识并双双坠入爱河。然而，由于湘灵出身平民，白居易与她的爱情遭到了母亲的坚决反对。在与陈湘灵分别的日子里，白居易忍受着刻骨的思念，写下了许多哀愁的诗篇。例如，《独眠吟》："夜长无睡起阶前，寥落星河欲曙天。十五年来明月夜，何曾一夜不孤眠。"《冬至夜怀湘灵》："艳质无由见，寒衾不可亲。何堪最长夜，俱作独眠人。"《寒闺夜》："夜半衾裯冷，孤眠懒未能。笼香销尽火，巾泪滴成冰。为惜影相伴，通宵不灭灯。"

与陈湘灵未能成为夫妻，成了白居易终始一生的伤痛。相传白居易初识陈湘灵时九岁，五十三路过湘灵旧居时，心中仍念念不忘。可见，白居易对陈湘灵爱得深挚而恒久，甚至在心中成为一种情结。这一情结伴随着白居易走过无数个春夏秋冬，必然影响到他的情感态度和诗歌创作。从某种程度上说，《长恨歌》的主人公虽是帝王与贵妃，却折射出白居易自己和挚爱陈湘灵的影子。

相传白居易曾回到符离寻找陈湘灵，最终也没能找到。一些学者认为，白居易晚年招募众多歌伎，过着"樱桃樊素口，杨柳小蛮腰"的放荡生活，正是失去陈湘灵之后的自我放逐。

题目 ▶　下面哪句描写的是杨贵妃？

　　　选项：A.掌中舞罢箫声绝，三十六宫秋夜长。

　　　　　　B.千载琵琶作胡语，分明怨恨曲中论。

　　　　　　C.马嵬坡下泥土中，不见玉颜空死处。

答案 ▷　C.马嵬坡下泥土中，不见玉颜空死处。

题解

赵飞燕像（明·仇英《千秋绝艳图》局部）

基本知识　A项形容的是赵飞燕，出自徐凝的《汉宫曲》："水色帘前流玉霜，赵家飞燕侍昭阳。掌中舞罢箫声绝，三十六宫秋夜长。"据说汉成帝的宠妃赵飞燕体态轻盈，仿佛能于掌中起舞。这首诗描写是她恩宠一时而后失宠的情景。

B项"千载琵琶作胡语，分明怨恨曲中论"出自杜甫的《咏怀古迹五首（其三）》，这两句写昭君出塞。

C项"马嵬坡下泥土中，不见玉颜空死处"出自白居易的《长恨歌》，咏唐玄宗与杨贵妃的悲欢离合。

背景延伸　关于杨贵妃的死，诗人李商隐也有过感慨，感叹唐玄宗做了几十年的天子，还不如平凡百姓，能和爱人一起过着安静幸福的生活：

马嵬

海外徒闻更九州，他生未卜此生休。

空闻虎旅传宵柝，无复鸡人报晓筹。

此日六军同驻马，当时七夕笑牵牛。

如何四纪为天子，不及卢家有莫愁。

诗人郑畋对此也有感慨：

马嵬坡

玄宗回马杨妃死，云雨难忘日月新。

终是圣明天子事，景阳宫井又何人。

清代袁枚的《马嵬》则别有见识：

> 莫唱当年长恨歌，人间亦自有银河。
>
> 石壕村里夫妻别，泪比长生殿上多。

像《石壕吏》那样的夫妻诀别数也数不清，老百姓的泪水比长生殿上洒的那点泪水多得多了。

题目 ▶ 古代的诗人当中有这么一个热衷植树的"绿化迷"，他官做到哪里，就把树种到哪里，而且还留下很多关于植树的诗作，比如《东坡种花》《种柳三咏》等。请问他是谁呢？

选项：A.苏轼　　B.柳宗元　　C.白居易

答案 ▷ C.白居易

题解

作品原文

东坡种花二首

白居易

其一

持钱买花树，城东坡上栽。

但购有花者，不限桃杏梅。

百果参杂种，千枝次第开。

天时有早晚，地力无高低。

红者霞艳艳，白者雪皑皑。

游蜂逐不去，好鸟亦来栖。

前有长流水，下有小平台。

时拂台上石，一举风前杯。

花枝荫我头，花蕊落我怀。

独酌复独咏，不觉月平西。

巴俗不爱花，竟春无人来。

唯此醉太守，尽日不能回。

其二

东坡春向暮，树木今何如。

漠漠花落尽，翳翳叶生初。

每日领童仆，荷锄仍决渠。

划土壅其本，引泉溉其枯。

小树低数尺，大树长丈馀。

封植来几时，高下随扶疏。

养树既如此，养民亦何殊。

将欲茂枝叶，必先救根株。

云何救根株，劝农均赋租。

云何茂枝叶，省事宽刑书。

移此为郡政，庶几眊俗苏。

种柳三咏

白居易

白头种松桂，早晚见成林。

不及栽杨柳，明年便有阴。

春风为催促，副取老人心。

从君种杨柳，夹水意如何。

准拟三年后，青丝拂绿波。

仍教小楼上，对唱柳枝歌。

更想五年后，千千条鞠尘。

路傍深映月，楼上暗藏春。

愁杀闲游客，闻歌不见人。

背景故事 白居易堪称"种树迷"，他做过多处的地方官，每到一处都要栽花种树。任忠州（今重庆忠县）刺史时，他掏钱买花树，并率领童仆等在城东坡挖沟引水，培土栽种了桃、李、杏、梅等各种果树，改善环境，乐在其中。在忠州，白居易写了二十多首种植花木的诗，最有代表性的要算《东坡种花二首》。而"东坡种花"是在忠州城东坡上种树的意思，跟"东坡居士"苏轼并没有关系。

背景延伸 唐宋八大家之一的柳宗元，本身姓柳，更痴爱柳树。说来也巧，他又到柳州任刺史，带领百姓在柳江西岸大面积种植柳树，于是作了一首含有很多"柳"字的《种柳戏题》诗："柳州柳刺史，种柳柳江边。"但是他并不是单单因为爱柳而种柳，诗的下半部分说出了他的目的是为民造福："垂荫当覆地，耸干会参天。好作思人树，惭无惠化传。"

另外，虽然这道题答案不是苏轼，但是苏轼少年时曾种松树数万株，并有诗写道："我昔少年日，种松满东岗。初移一寸根，琐细如插秧。"现在杭州西湖著名景点"苏堤春晓"，就是苏轼任杭州刺史时带领百姓修浚西湖、在湖堤上种树留下的。

题目 ▶ 白居易曾写过"人非木石皆有情，不如不遇倾城色"。请问他悼念的这位后宫佳丽是谁？

选项：A.卫子夫　B.杨玉环　C.李夫人

答案 ▷ C.李夫人

题解

作品原文

李夫人

白居易

汉武帝，初丧李夫人。

夫人病时不肯别，死后留得生前恩。

君恩不尽念未已，甘泉殿里令写真。

丹青画出竟何益，不言不笑愁杀人。

又令方士合灵药，玉釜煎炼金炉焚。

九华帐中夜悄悄，反魂香降夫人魂。

夫人之魂在何许？香烟引到焚香处。

既来何苦不须臾，缥缈悠扬还灭去。

去何速兮来何迟，是耶非耶两不知。

翠蛾仿佛平生貌，不似昭阳寝疾时。

魂之不来君心苦，魂之来兮君亦悲。

背灯隔帐不得语，安用暂来还见违。

伤心不独汉武帝，自古及今皆若斯。

君不见穆王三日哭，重璧台前伤盛姬。

又不见泰陵一掬泪，马嵬坡下念杨妃。

纵令妍姿艳质化为土，此恨长在无销期。

生亦惑，死亦惑，尤物惑人忘不得。

人非木石皆有情，不如不遇倾城色。

基本知识 盛姬：周穆王的宠妃。泰陵：唐玄宗陵寝，代指唐玄宗。古人经常用陵墓的名号来代指某位皇帝。

背景故事 《长恨歌》的"汉皇重色思倾国"有"倾国"，容易与这里的"倾城"混淆。白居易的这首《李夫人》较少被提起。我们可以把《李夫人》和《长恨歌》看作是姐妹篇。这两首诗都应该算是白居易借他人酒杯浇自己块垒，通过写汉武帝和李夫人、唐玄宗和杨贵妃的故事，来表达自己关于男女恋情的观念。

背景延伸 像"人非木石皆有情，不如不遇倾城色"，还有"生亦惑，死亦惑，尤物惑人忘不得"，都是古代写男女恋情的绝唱。当经历过一往情深的爱情，我们往往会发现这种牵系能持续一辈子，连死亡都不可能把它中断。生为之痴迷，死为之牵系，所以白居易笔下的爱情和汤显祖的《牡丹亭》一样感天动地。白居易的朋友王质夫评价他是"深于诗，多于情者"。有的诗人虽有高明的技巧，但写情诗不一定写得好，写好情诗还要有一往情深的爱情意识。

题目 ▶ "九华帐深夜悄悄，反魂香降夫人魂"出自白居易笔下，这句诗讲的是哪个痴情男子和去世的恋人的故事？

选项：A.楚文王和息夫人　B.汉武帝和李夫人　C.汉文帝和慎夫人

答案 ▷ B.汉武帝和李夫人

题解

背景故事　我们在前文讲到李夫人以及皮影的由来。李夫人病逝后，汉武帝思念不已。忽然有一天汉武帝梦到李夫人后，想和李夫人再见一面，就找来了方士少翁设坛作法。汉武帝在帐帷里看到烛影摇晃，隐约见一身影翩然而至，却又徐徐离去，便凄然写下："是邪，非邪？立而望之，偏何姗姗其来迟！"

敦煌莫高窟壁画《婚礼图》

题目 ▶ 《近试上张水部》中写道"洞房昨夜停红烛"，请接下一句。

答案 ▷ 待晓堂前拜舅姑。

题目 ▶ "妆罢低声问夫婿"，请接下一句。

答案 ▷ 画眉深浅入时无。

题解

作品原文

近试上张水部

朱庆馀

洞房昨夜停红烛，待晓堂前拜舅姑。

妆罢低声问夫婿，画眉深浅入时无。

背景延伸　这首诗是一首行卷诗。唐代许多考生在参加考试之前，将自己的文学作品加以编辑整理，送交有名望有地位的人或者主考官，希望提高被录取的可能性，这种做法叫"行卷"，被用来行卷的诗就叫作"行卷诗"。

此诗为宝历年间朱庆馀参加进士考试前夕所作。朱庆馀此诗投赠的对象是时任水部郎中的张籍。张籍当时以擅长文学而乐于提拔后进著称。朱庆馀平日向他行卷，已经得到他的赏识，临到要考试了，还怕自己的作品不一定符合主考的要求，因此写下此诗，看看是否投合主考官的心意。

其实朱庆馀那次考试的主考官并不是张籍，但是张籍已经是当时朝野有名的官员和诗人。现代人可能觉得他的名气好像没有白居易和韩愈大，其实当时连韩愈写诗都是恭恭敬敬地呈给他，我们熟悉的那首《早春呈水部十八员外》，就是韩愈呈给张籍的。其实韩愈跟张籍年龄差不多，后来官职高低也差不多，但是他仍然对张籍尊崇有加。

以夫妻或男女爱情关系比拟君臣、朋友、师生等其他社会关系，是中国古典诗歌中从《楚辞》就开始出现并在其后得到发展的一种表现手法。朱庆馀这首诗就是用这种手法写的。

朱庆馀的这首诗得到张籍的回应，张籍写了《酬朱庆馀》："越女新妆出镜心，自知明艳更沉吟。齐纨未足时人贵，一曲菱歌敌万金。"将朱庆馀比喻为长得美、歌喉好的越女，意思是说朱庆馀条件这么好，必然会有很多人赞赏，考试结果自然就不用担心了。

题目 ▶ 孟郊的《登科后》，"昔日龌龊不足夸"，请接下一句。

答案 ▷ 今朝放荡思无涯。

题解

作品原文

登科后

孟郊

昔日龌龊不足夸，今朝放荡思无涯。

春风得意马蹄疾，一日看尽长安花。

基本知识 登科：唐朝实行科举考试制度，考中进士称及第，经吏部复试取中后授予官职称登科。龌龊：原意是肮脏，这里指不如意的处境。

背景故事　唐贞元十二年（796），年届四十六岁的孟郊又奉母命第三次赴京科考，终于登上了进士第。放榜之日，孟郊喜不自胜，当即写下了生平第一快诗《登科后》。

背景延伸　孟郊四十六岁中进士，但是后来到五十岁左右才求得一个小官——溧阳尉，这个时候他的生活才稍微改善了一点点。到了五十一岁的时候，他把老母接到溧阳来，在河边看到小船上母亲的身影，写下了著名的《游子吟》，此诗题下孟郊自注"迎母溧上作"。

题目▶　科举制是我国古代通过考试选拔官吏的制度。请问，下列哪句诗的创作背景与科举制的实行无关？

选项：A.太宗皇帝真长策，赚得英雄尽白头。

B.黑发不知勤学早，白首方悔读书迟。

C.春风得意马蹄疾，一日看尽长安花。

答案▷　B.黑发不知勤学早，白首方悔读书迟。

题解

作品原文　A项出自王定保的《唐摭言》，为晚唐诗人赵嘏所作。《唐摭言》载：进士科始于隋大业中，盛于贞观、永徽之际；缙绅虽位极人臣，不由进士者，终不为美，以至岁贡常不减八九百人。其推重谓之"白衣公卿"，又曰"一品白衫"，其艰难谓之"三十老明经，五十少进士"，其负偶傥之才，变通之术，苏、张之辩说，荆、聂之胆气，仲由之武勇，子房之筹画，弘羊之书算，方朔之诙谐，咸以是而晦之。修身慎行，虽处子之不若。其有老死于文场者，亦无所恨。故有诗云："太宗皇帝真长策，赚得英雄尽白头！"

B项为颜真卿的《劝学诗》：

三更灯火五更鸡，正是男儿读书时。

黑发不知勤学早，白首方悔读书迟。

C项原诗前文已有介绍。

唐·颜真卿楷书《多宝塔碑》（局部）　　唐·颜真卿行书《祭侄文稿》

基本知识　A项出自晚唐诗人赵嘏的残句，见五代王定保的笔记《唐摭言》，感叹科举制让天下士子奋斗一生。B项出自中唐颜真卿的《劝学诗》，劝人趁年轻抓紧时间读书。C项出自孟郊的《登科后》，抒发他考中进士之后欣喜若狂之情。所以B项和科举制度无关。

背景故事　科举制度　赵嘏诗中的"长策"是指科举制度，唐太宗是完善科举制的关键人物之一。科举制度实行后受益最大的是最高统治者。科举制度创立于隋炀帝时期，唐朝时逐渐完善。武则天开创殿试和武举。唐玄宗时杂文一场考诗赋，推动了唐诗和唐文的发展。唐朝时科举考试最重要的科目是明经、进士两科。明经要求考生熟记儒家经典和重要解释。进士则要求考生能为国家建设献计献策。由于难度不同，人们普遍推崇进士科，有"三十老明经，五十少进士"的说法，意思是说，三十岁考中明经就太老了，五十岁考中进士还算年轻。明朝时，科举考试内容基本以《四书》《五经》为准，以《四书》文句为题，规定文章格式为八股文。八股取士束缚了士人思想，一定程度上导致了科举制度的僵化。清朝戊戌变法时期，光绪帝废除了八股取士。光绪三十一年（1905），科举制被正式废除。

唐朝时的科举制改善了用人制度，便于在全社会范围内选拔人才，为人们创造了相对平等的竞争机会，给社会带来了新气象与精神。

忠臣书家　颜真卿是我国古代一流的书法家之一，同时他还是一位忠君爱国的烈士。他是京兆万年（今陕西西安）人，字清臣，别号应方，开元二十二年（734）进士，历任监察御史、殿中侍御史。安史之乱时任平原郡太守，在河北举兵抗敌。由于弟弟和侄子被叛军所害，他写下了著名的《祭侄文稿》，文稿感情沉痛，书法精妙，被元人鲜于枢誉为"天下行书第二"（行书第一指的是王羲之的《兰亭序》）。唐代宗时官至吏部尚书、太子太师，封鲁郡公，所以人称"颜鲁公"。兴元元年（784），他被派去劝降叛将李希烈，遭到迫害，凛然不屈，终被缢杀。身后赠司徒，谥号"文忠"。颜真卿最大的贡献在书法方面，他擅长行书、楷书，楷书独创"颜体"，与赵孟頫、柳公权、欧阳询并称为"楷书四大家"。他又与柳公权并称为"颜柳"，他们的书法风格被称为"颜筋柳骨"。

题目 ▶

请问这张图片中隐含了哪句诗呢？

答案 ▷ 僧敲月下门。

题解

作品原文

题李凝幽居

贾岛

闲居少邻并，草径入荒园。

鸟宿池边树，僧敲月下门。

过桥分野色，移石动云根。

暂去还来此，幽期不负言。

基本知识 云根：古人认为"云触石而生"，故称石为云根。北京故宫御花园里的假山上面也题有"云根"二字。幽期：幽，隐居。期，约定。指隐居的约定。负言：指食言，失信。

背景故事 推敲炼字 贾岛某一日骑在驴上，得了"鸟宿池边树，僧敲月下门"两句，就在路上斟酌是"僧推月下门"还是"僧敲月下门"更好，于是在驴上做"推"字手势，又做"敲"字手势，由于过于投入，不知不觉地撞上了韩愈的仪仗队。那时候韩愈已经是京兆尹了。而贾岛仍是一介平民。韩愈便责问他为什么不看路，而在贾岛将原委一一道来后，韩愈不仅没有责罚他，反而立马沉思良久，最终表示他认为"僧敲月下门"更好。"敲"内含僧人在寂静夜色中的空灵感。后来两人"同入府署，共论诗道，数日不厌"，成为好友。从这件事上，可以看韩愈作为文坛盟主的大气，以及他包容的胸怀。

背景延伸　冲撞京兆　贾岛不止冲撞过韩愈的车队。一日，秋风正厉，黄叶可扫，贾岛骑着小毛驴，信口吟出一句"落叶满长安"。然而他苦苦寻思上联，久久不得，突然得了一句"秋风吹渭水"，喜不自胜，却唐突了大京兆刘栖楚，被拘留了一晚上，第二日清晨才得释。晚唐诗人安锜《题贾岛墓》有句"骑驴冲大尹"，就指的这件事。

苦心为诗　贾岛对诗作有着独一无二的敬重。"二句三年得，一吟双泪流"便出自贾岛的《题诗后》。相传每到除夕夜，贾岛就会把一年里所写的诗都拿出来，供奉在神龛前，摆上酒菜，焚香磕头，默默祷告："此吾终年苦心也。"明代诗人文徵明很欣赏贾岛的做法，便也效仿。

题目▶　"长安回望绣成堆，山顶千门次第开"出自杜牧笔下。请问，是因为发生了什么大事，千重宫门都打开了呢？

答案▷　荔枝到了

题解

作品原文

过华清宫绝句三首

杜牧

其一

长安回望绣成堆，山顶千门次第开。

一骑红尘妃子笑，无人知是荔枝来。

其二

新丰绿树起黄埃，数骑渔阳探使回。

霓裳一曲千峰上，舞破中原始下来。

其三

万国笙歌醉太平，倚天楼殿月分明。

云中乱拍禄山舞，风过重峦下笑声。

基本知识 华清宫，《元和郡县志》载："华清宫，在骊山上，开元十一年，初置温泉官。天宝六年改为华清宫。又造长生殿，名为集灵台，以祀神也。"妃子：指杨贵妃。《新唐书·杨贵妃传》："妃嗜荔枝，必欲生致之，乃置骑传送，走数千里，味未变已至京师。"渔阳探使：安禄山的驻地在渔阳（今北京及附近）一带。太子和宰相杨国忠屡次奏陈安禄山有反意，唐玄宗遂派人前去探听。结果派去的宦官由于收受贿赂说了假话，唐玄宗信以为真。霓裳：即《霓裳羽衣曲》，开元年间节度使杨敬述进献印度《婆罗门曲》，唐玄宗亲自改编成《霓裳羽衣曲》。乱拍：安禄山在唐玄宗面前表演胡旋舞，快如风。旁边的宫人拍掌击节，因为速度太快节拍都乱了。

背景延伸 荔枝产地 杨贵妃吃的荔枝是从哪儿运过来的？从四川。有一条著名的"荔枝古道"，其实就是川陕要道，从涪陵一直到长安，后来也是经商要道。但最初它是一条重要的驿道，并不是专门送荔枝的。宋代的乐史写《太平寰宇记》时，把这条川陕要道命名为"荔枝道"。杨贵妃虽出身弘农（属陕西）杨氏，但父亲任蜀州司户，所以童年长期在四川生活。川中的荔枝可以保证三天之内送到长安，即使这样，每个驿站还是跑死大量的驿马，所以杜牧才有那样的感慨。

广东也是荔枝的重要产地，有著名品种"妃子笑"，苏东坡写道："日啖荔枝三百颗，不辞长作岭南人。"但是按照当时的驿站发达程度，从广东跑到长安，至少要五六天，荔枝放这么久已经不可能保鲜了。

题目 ▶ "尘世难逢开口笑，菊花须插满头归"是杜牧的名句，根据诗句提供的信息分析，杜牧是在什么节日作的这首诗？

答案 ▷ 重阳节

题解

　　作品原文

九日齐山登高

杜牧

江涵秋影雁初飞，与客携壶上翠微。

尘世难逢开口笑，菊花须插满头归。

但将酩酊酬佳节，不用登临恨落晖。

古往今来只如此，牛山何必独沾衣。

　　基本知识　重阳节已有两千多年的历史。但"重阳节"的名称开始见于记载在三国时代。魏晋时期有了赏菊、饮酒的习俗。唐朝时，重阳节被定为正式节日。从此以后，官廷、民间一起庆祝重阳节，并且在节日期间进行各种各样的活动，包括出游赏景、登高远眺、观赏菊花、遍插茱萸、吃重阳糕、饮菊花酒等。

　　背景故事　此诗作于杜牧在池州任职期间。会昌五年（845），张祜来池州拜访杜牧，因二人都怀才不遇，同病相怜，故九日登齐山时，感慨万千，杜牧遂作此诗。全诗格调旷达真率，广受好评。例如，《瀛奎律髓》说它开合抑扬，没有斧凿痕迹，是"变体之俊者"；《唐诗笺注》说它通篇"气体豪迈，直逼少陵"。

　　背景延伸　据曹丕《九日与钟繇书》中载："岁往月来，忽复九月九日。九为阳数，而日月并应，俗嘉其名，以为宜于长久，故以享宴高会。"重阳的名字源于《易经》中九为至阳的观念，因为九月九日是两个阳数重合，所以称为重阳节。金庸小说之中有《九阳真经》《九阴真经》，但后一个名字值得商榷，因为九是阳数，阴数至极是六，《六阴真经》似乎更合理一些。端午为正阳，是五月初五，五也是一个阳数。皇帝被称为"九五之尊"，这种说法来源于《易经》，"九五"是《易经》中卦爻位名，卦辞为"飞龙在天，利见大人"。孔颖达注解说："九五阳气盛至于天，故飞龙在天……犹若圣人有龙德，飞腾而居天位。"所以皇帝被称为"九五之尊"。

人文链接 九九重阳，"九九"与"久久"同音，九在数字中又是最大数，所以重阳节有长久、长寿的寓意。在《易经》中，九已经到"老阳"了，就是到达阳的极致了，相当于人类的老年，所以后人将重阳节作为老人节。1989年，我国定每年农历九月九日为老人节。

题目 ▶ 纪晓岚才思过人。据说，有一次乾隆皇帝让他把《清明》一诗改成五言诗，他改成了"清明时节雨，行人欲断魂。酒家何处有，遥指杏花村"。请背诵原诗。

答案 ▷ 清明时节雨纷纷，路上行人欲断魂。借问酒家何处有，牧童遥指杏花村。

题解

背景故事 明清以后很多唐诗的选本都把《清明》的署名权算到了杜牧的身上。但是根据学者的考证，《清明》这首诗最早出现在南宋。因为在唐代诗集包括杜牧本人的诗集里面，都没有出现过《清明》。而且以杜牧的名气，从晚唐到北宋，应该不断有人去化用或者引用他的作品，但都没有涉及这一首。由于学术界没有完全统一的说法，所以《清明》这首诗的作者目前只好存疑。

人文链接 清明节 二十四节气之一，又叫踏青节，在仲春与暮春之交，一般为冬至后的第108天，阳历4月5日前后，是我国最重要的祭祀节日之一。旧俗当天有扫墓、踏青、插柳、荡秋千等活动。我国传统的清明节大约始于周代，距今已有二千五百多年的历史。

题目 ▶ 在唐朝，乐游原是一个著名的旅游景点，请问这个景点位于现在的哪个城市？

选项：A.洛阳　B.西安　C.杭州

答案 ▷ B.西安

题解

作品原文

登乐游原

李商隐

向晚意不适，驱车登古原。

夕阳无限好，只是近黄昏。

基本知识 乐游原在汉唐长安城南，是长安城地势最高的地方。汉代时候，汉宣帝就已经建了乐游苑，后来延伸出"乐游原"这个名字。三月三日上巳节、九月九日重阳节时，乐游原都是长安人登高望远、踏春赏秋的风光胜地。

背景故事 关于乐游原，我们最熟悉的诗大概要数李商隐的《登乐游原》。

"夕阳无限好，只是近黄昏"，我们一般都认为是表现对夕阳的一种留恋和惋惜，然后引申出对于生命、对于时代的一种遗憾之情。但是现在的学者也提出另外一种解释，把"只是"理解为"正是""因为"。这两句诗也就是"夕阳那么好，正好是在黄昏这个时候，是一天最美的时候"的意思。

李商隐在离开长安的时候，心情其实不好，他的仕途不太如意，在那之前一年，提拔赏识他的恩人也就是他的岳父王茂元去世，他不得不携家带口迁出长安。迁出长安之前登上乐游原回望长安城，看到夕阳西下，心情肯定是不好的。但这个时候李商隐才三十来岁，他的人生其实也刚刚才开始没多久。所以可以把这两句诗理解成为："虽然人生各种不如意，虽然夕阳已经开始西下，但这毕竟是特别美的时光，不是吗？"李商隐也有可能会用一种乐观的亮色，为自己失意的人生增添一点希望。"只是近黄昏"或"正是近黄昏"，其实都可以解释得通。

背景延伸 李白《忆秦娥》词也写到过乐游原："乐游原上清秋节，咸阳古道音尘绝。"杜牧也有两首关于乐游原的诗：

登乐游原

长空澹澹孤鸟没，万古销沉向此中。

看取汉家何事业，五陵无树起秋风。

将赴吴兴登乐游原一绝

清时有味是无能，闲爱孤云静爱僧。

欲把一麾江海去，乐游原上望昭陵。

题目 ▶　李商隐《无题二首（其二）》："岂知一夜秦楼客，偷看吴王苑内花。""吴
王苑内花"指的是什么？

选项：A.名花　　B.美人　　C.美玉

答案 ▷　B.美人

题解

作品原文

无题二首

李商隐

其一

昨夜星辰昨夜风，画楼西畔桂堂东。

身无彩凤双飞翼，心有灵犀一点通。

隔座送钩春酒暖，分曹射覆蜡灯红。

嗟余听鼓应官去，走马兰台类转蓬。

其二

闻道阊门萼绿华，昔年相望抵天涯。

岂知一夜秦楼客，偷看吴王苑内花。

基本知识　《无题二首》我们更了解其一"昨夜星辰昨夜风"，这里看第二
首。李商隐的诗素以意蕴朦胧、晦涩难解著称，该诗可能和李商隐与某位女子的情
感有关，但女子的具体身份无从考据。"秦楼客"即萧史，汉朝刘向《列仙传》中
记载："萧史者，秦穆公时人也，善吹箫，能致孔雀白鹤于庭。秦穆公有女字弄
玉，好之。公遂以女妻焉，日教弄玉作凤鸣，居数年，吹似凤声，凤凰来止其屋。

公为作凤台。夫妇止其上，不下数年。一旦，皆随凤凰飞去。""吴王苑内花"指嫁给吴王夫差的西施，用来指代美貌的女子。

题目 ▶ 对于"小山重叠金明灭"中的"小山"理解最可能正确的是哪一项？

选项：A.一种眉形　B.窗外的山峦　C.一种香料

答案 ▷ A.一种眉形

题解

作品原文

菩萨蛮

温庭筠

小山重叠金明灭，鬓云欲度香腮雪。懒起画蛾眉，弄妆梳洗迟。

照花前后镜，花面交相映。新贴绣罗襦，双双金鹧鸪。

基本知识　《菩萨蛮》亦作《菩萨鬘》，又名《子夜歌》《重叠金》等。唐宣宗大中年间，女蛮国派遣使者进贡，她们身上披挂着珠宝，头上戴着金冠，梳着高高的发髻，号称菩萨蛮队，当时教坊就因此制成《菩萨蛮曲》，于是后来有了词牌名《菩萨蛮》。

一般认为"小山"为一种眉妆，唐朝时盛行。传说唐明皇令画工作《十眉图》。南宋叶廷珪的《海录碎事》、明朝杨慎的《丹铅续录》等都有记载。杨慎《丹铅续录》的说法是："一曰鸳鸯眉，又名八字眉；二曰小山眉，又名远山眉；三曰五岳眉；四曰三峰眉；五曰垂珠眉；六曰月棱眉，又名却月眉；七曰分梢眉；八曰涵烟眉；九曰拂云眉，又名横烟眉；十曰倒晕眉。"清代钱增《牧斋初学集》注引："川画《十眉图序》：'蛾眉、翠黛、卧蚕、捧心、偃月、复月、筋点、柳叶、远山、八字'，是为十眉。"无论"远山"还是"小山"，都是同一类眉形，似远山云雾缭绕，淡烟水墨匀染。

背景延伸　关于"小山"另有其他说法，如沈从文先生在《中国古代服饰研究》之中解释其为头上插戴的梳子，用金、银、犀、玉、牙等材料制成，插在头上

唐·瑞兽葡萄纹铜镜

唐·周昉《挥扇仕女图》（局部）

露出半月形梳背，有人用得多到十来把。"小山重叠金明灭"即对于当时妇女发间小梳而咏。但此说很难成立，因为"鬓云欲度香腮雪"一句表明了女主人公发髻散乱在脸颊边，这样一来梳子就必然滑落，不可能还停留在头上。

俞平伯、唐圭璋、叶嘉莹等学者认为"小山"指室内家具——屏风，刘永济、扬之水等学者则认为"小山"指屏风上所绘的金碧山水图案。这两种说法都抓住了"重叠"这一关键，屏风正是折叠的器具。至于"金明灭"，要么指屏风本身镶金嵌玉，要么指山水画金碧流转。晚唐五代词中也常常出现先写屏风后写人物的例子。

至于较为常见的"眉形说"，从逻辑上来讲可通：女主人公晨间醒来，眉黛残褪，花黄若隐若现（这种说法认为"金"指女子额上贴的花黄装饰），乌发披散在白皙的脸庞周边。而且古人也有用"小山"形容眉毛的例子。词学大师夏承焘就持这种观点。

人文链接　这首词将美女富丽堂皇的生活环境和慵懒娇憨的生活情态描写得淋漓尽致，实为佳作。除了人物外表和器物描写，更精妙处在于通过象征手法含而不露地点出了主人公哀怨的心情，这就超出了花间词文采富丽的基本水平，而达到了更高的境界。

唐圭璋先生的《唐宋词简释》论此词曰："末句，言更换新绣之罗衣，忽睹衣上有鹧鸪双双，遂兴孤独之哀与膏沐谁容之感。有此收束，振起全篇。上文之所以懒画眉、迟梳洗者，皆因有此一段怨情蕴蓄于中也。"

另外，清代词人、评论家张惠言在他的《词选》卷一中还读出了一段更深层的含义："此感士不遇也。"接续了"香草美人"的传统，使得这首词境界加深。

由于这首词的创作背景不可考，不论它是寄托了作者的不遇之感，还是说只是一首写给歌姬的唱词，都不妨碍它成为一首典丽精工、流传千古的佳作。

题目▶ "易求无价宝，难得有心郎"出自鱼玄机的笔下，这两句佳句是鱼玄机写给谁的？

选项：A.温庭筠　B.李亿　C.李亿妻子

答案▷ B.李亿

题解

作品原文

赠邻女（一作《寄李亿员外》）

鱼玄机

羞日遮罗袖，愁春懒起妆。

易求无价宝，难得有心郎。

枕上潜垂泪，花间暗断肠。

自能窥宋玉，何必恨王昌。

基本知识　晚唐女诗人鱼玄机十五六岁时被李亿纳为妾室，原先甚得宠爱。后李亿将鱼玄机冷落，并送她到京郊咸宜观为道士。据五代孙光宪的《北梦琐言》记载，此诗作于此时。诗人从自己的切身经历出发，总结出了当时女子的婚恋悲情，全诗是对古代社会中女子婚姻不幸的高度概括。颔联言辞虽然通俗，但意味深长，内涵丰富，成为千古名言。

背景故事　《春草堂诗话》说："此诗系和东邻姊妹威、光、褒韵也。"可知东邻几位姐妹的名字是"威""光""褒",但姓什么不清楚。

"自能窥宋玉,何必恨王昌",宋玉是战国楚辞赋家,屈原弟子,《汉书·艺文志》载其有赋十六篇,但多数失传了。不过《九辩》《风赋》《高唐赋》《神女赋》《登徒子好色赋》等篇今天还能见到。传说他容貌英俊。他的《登徒子好色赋》提到东邻有一位美女,常常攀到墙头来窥视他,但他毫不动心。鱼玄机诗中"窥宋玉"就出自《登徒子好色赋》。

王昌也是人名,唐人诗中常见,如崔颢早年的作品中有"十五嫁王昌,盈盈入画堂",又如李商隐《代应》:"谁与王昌报消息,尽知三十六鸳鸯。"但其人并没有突出事迹流传,我们仅仅知道他是古代贵族,容貌俊美。冯浩在《玉谿生诗集笺注》中提到,《襄阳耆旧传》记载:"王昌字公伯,为东平相、散骑常侍,早卒。"又钱希言《桐薪》:"意其人,身为贵戚,则姿仪儇美,为世所共赏共知。"鱼玄机这里用王昌代指抛弃自己的李亿。

题目 ▶ "偷得浮生半日闲"是展现悠闲心态的佳句,这样充满禅意的一句诗出自唐代诗人李涉笔下。请问,当时诗人把这句诗写在了哪里?

选项:A.扇面上　B.墙壁上　C.手绢上

答案 ▷ B.墙壁上

题解

作品原文　李涉的《题鹤林寺壁》又称《题鹤林寺僧舍》:"终日昏昏醉梦间,忽闻春尽强登山。因过竹院逢僧话,偷得浮生半日闲。"

背景故事　李涉自号清溪子,中唐时期洛阳人。早岁客梁园,逢兵乱,避地南方,与弟李渤同隐庐山香炉峰下。后出山做幕僚。唐宪宗时,曾任太子通事舍人。不久,贬为峡州(今湖北宜昌)司仓参军,在峡中蹭蹬十年,遇赦放还,复归洛阳,隐于少室。文宗大和(827—835)中,任国子博士,世称"李博士"。作品六首传世。传说他曾经在过江的时候遇上强盗,他自报姓名说是太学博士李涉,强盗不但没有抢劫,还请求他题诗一首,他就题写了《井栏砂宿遇夜客》:"暮雨潇潇江上村，绿林豪客夜知闻。他时不用逃名姓，世上于今半是君。"盗寇得诗大喜，还送了许多财物给他。此事记载在宋代计有功编写的《唐诗纪事》上，生动地反映出唐代诗人在社会上的广泛影响和所受到的普遍尊重。另外，此诗不仅适用于江湖豪客，还巧妙地运用曲笔对世风进行了点到为止的讽刺，可谓寓庄于谐，诗人的心机和聪明可见一斑。

背景延伸 古代的诗人喜欢"到此一游"地写题壁诗，如《题西林壁》，这样也是为了诗的广泛传播。很多寺庙、园林、楼阁，会准备墙面专门供过往的文人墨客题词，管理人员会不断地把之前题写的内容的覆盖掉。但是杰出作品可以保留，比如说李白的《梁园吟》就被框起来不许粉刷。另外有一件事很著名，就是"碧纱笼"的典故。这体现了中唐王播作品的命运浮沉，从中也可以看出几分世态炎凉的意味。王播年轻的时候在惠照寺木兰院读书，时间长了僧人嫌弃他吃白饭。本来寺院都是先敲钟再开饭的，这样一来就改成了先吃饭再敲钟。王播饥肠辘辘地来到斋堂，结果大失所望。于是在墙上题了诗就搬走了。三十年后，已经身居高位的王播故地重游，发现自己当年题的诗已经被僧人们用绿色的纱罩了起来，防止落灰。满腔感慨的王播于是赋诗两首，后一首特别著名："上堂已了各西东，惭愧阇梨饭后钟。三十年来尘扑面，而今始得碧纱笼。"不知道当年的僧人们看到这一情况，作何感想呢？

题目 ▶ 《菩萨蛮·平林漠漠烟如织》是唐五代词中最为脍炙人口的作品之一，"平林漠漠烟如织"，请接下一句。

答案 ▷ 寒山一带伤心碧。

题目 ▶ "暝色入高楼"，请接下一句。

答案 ▷ 有人楼上愁。

题目 ▶ "玉阶空伫立"，请接下一句。

答案 ▷ 宿鸟归飞急。

题目 ► "何处是归程"，请接下一句。

答案 ▷ 长亭连短亭。

题解

作品原文

菩萨蛮

李白

平林漠漠烟如织，寒山一带伤心碧。暝色入高楼，有人楼上愁。

玉阶空伫立，宿鸟归飞急。何处是归程，长亭连短亭。

基本知识 宋初《尊前集》及杨绘《时贤本事曲子集》都载有这首《菩萨蛮》，并标明作者为李太白。《唐宋诸贤绝妙词选》将此词推为"百代词曲之祖"。但是，自明胡应麟以来，不断有人提出质疑，认为它是晚唐五代人假托李白之名作的。由于证据不足，所以一时难以下定论。学界将其姑且归于李白名下。

今人周汝昌先生考察"伤心碧"这个词，发现其中透露出一点信息——"伤心"作为形容程度的词，在蜀地方言之中常见。现在四川话里还有"甜得伤心"（特别甜）之类的表达。杜甫的《滕王亭子》有"清江锦石伤心丽，嫩蕊浓花满目班"之句，把四川方言写进诗，证明诗人长期在那里居住，受到了方言的影响。李白早年也恰好在蜀地生活过。因此，周先生倾向于此词著作权属于李白。在我们看来，此词的作者即便不是李白，也很可能是一位四川籍或者长期在四川生活过的诗人。

题目 ► 唐代诗人李白的《忆秦娥·箫声咽》中，"箫声咽"，请接下一句。

答案 ▷ 秦娥梦断秦楼月。

题目 ► "秦楼月，年年柳色"，请接下一句。

答案 ▷ 灞陵伤别。

题目 ▶ "乐游原上清秋节"，请接下一句。

答案 ▷ 咸阳古道音尘绝。

题目 ▶ "音尘绝，西风残照"，请接下一句。

答案 ▷ 汉家陵阙。

题解

附作品全文

忆秦娥

李白

箫声咽，秦娥梦断秦楼月。秦楼月。年年柳色，灞陵伤别。

乐游原上清秋节。咸阳古道音尘绝。音尘绝。西风残照，汉家陵阙。

基本知识 这首词被人认为是伪作，即作者并非李白。由于资料不足，暂且归于李白名下。北宋李之仪有和词：

忆秦娥·用太白韵

清溪咽，霜风洗出山头月。山头月，迎得云归，还送云别。

不知今是何时节，凌歊望断音尘绝。音尘绝，帆来帆去，天际双阙。

词题明确提出"用太白韵"，是为和李白《忆秦娥》而作。李之仪是北宋人，与苏轼同时代，写这首词的时候，大概是崇宁三年（1104）前后。可见北宋文人认为这首词是李白的作品。

题目 ▶ 冯延巳的《蝶恋花·庭院深深深几许》描写闺中少妇的伤春之情，请问，"庭院深深深几许"的下一句是什么？

答案 ▷ 杨柳堆烟，帘幕无重数。

题目 ▶ "玉勒雕鞍游冶处"，请接下一句。

答案 ▷ 楼高不见章台路。

题目 ▶　　"雨横风狂三月暮，门掩黄昏"，请接下一句。

答案 ▷　　无计留春住。

题目 ▶　　"泪眼问花花不语"，请接下一句。

答案 ▷　　乱红飞过秋千去。

题解

作品原文

蝶恋花

冯延巳

庭院深深深几许？杨柳堆烟，帘幕无重数。玉勒雕鞍游冶处，楼高不见章台路。

雨横风狂三月暮。门掩黄昏，无计留春住。泪眼问花花不语，乱红飞过秋千去。

　　背景延伸　　《蝶恋花》这个词牌又作《鹊踏枝》。会有很多人对本词的作者署名提出异议，我们读的很多选本，包括《宋词三百首》等比较经典的，都把作者标为欧阳修。确实，在传世的冯延巳的词集《阳春集》和欧阳修的《近体乐府》当中，都收录了这首《蝶恋花》。而且从宋朝到现在大家公认的是，在北宋的著名词人当中，晏殊、欧阳修是学冯延巳学得最像的，他们三个的词集里面经常会有相同作品出现。晚清的评论家刘熙载在《艺概》里说："冯延巳词，晏同叔得其俊，欧阳永叔得其深。"就是说晏殊学到了冯延巳的言辞婉约，而欧阳修学到了他的意境深远。王国维先生也说："余谓冯正中《玉楼春》词：'芳菲次第长相续，自是情多无处足。尊前百计得春归，莫为伤春眉黛促。'永叔一生似专学此种。"

　　为什么有人会误认为这首词是欧阳修所作呢？这要从李清照说起，她曾经说欧阳修作《蝶恋花》有"庭院深深深几许"之语，自己非常喜欢，所以她模仿欧阳修也写了几篇以"庭院深深深几许"开头的词。李清照《临江仙》的序云："欧阳公作《蝶恋花》，有'深深深几许'之语，予酷爱之。用其语作'庭院深深'数阕，其声即旧《临江仙》也。"可见人们误将此词当作欧阳修之作的情况，在北宋后期已十分普遍。以李清照的文学地位之高，其产生的误导也影响深远，《乐府雅集》

《绝妙词选》《草堂诗余》《诗余图谱》《花草粹编》《古今诗余醉》《宋四家词选》《词选》等都信以为真。

现在学术界通过文献考辨，已经确认这首词的著作权应该归属于冯延巳，其中重要的依据之一就是欧阳修学习冯延巳词时候的特殊习惯。欧阳修崇拜冯延巳，他经常会先写一首冯延巳的词，下面再写一首自己模仿的作品。后人在收集的时候往往会混淆。我们今天看到的流传下来的冯延巳的《阳春集》，是北宋时陈世修编纂的。他编纂的时候欧阳修还在世，他看到过这个版本。如果这首词是欧阳修写的，那么他一定会提出异议，但他没有。王国维之子王仲闻先生也认定这首词是冯延巳的作品。他发现欧阳修《近体乐府》的罗泌校刊按语提到，崔公度跋冯延巳《阳春集》，称《蝶恋花》为冯延巳亲笔，因此王仲闻先生认为这首词的作者是冯延巳，前人之所以认为是欧阳修所作，多半是没有看到崔公度的跋语。崔公度是欧阳修的后辈和朋友，和欧阳修关系密切，他的话可信度很高。所以现在词学界已经形成公论——这首词的著作权还是归属为冯延巳比较妥当。

宋

宋·人物篇

题目 ▶ 《木兰花·东城渐觉风光好》是宋代词人宋祁的作品，请问，"东城渐觉风光好"的下一句是什么？

答案 ▷ 縠皱波纹迎客棹。

题目 ▶ "绿杨烟外晓寒轻"，请接下一句。

答案 ▷ 红杏枝头春意闹。

题目 ▶ "浮生长恨欢娱少"，请接下一句。

答案 ▷ 肯爱千金轻一笑。

题目 ▶ "为君持酒劝斜阳"，请接下一句。

答案 ▷ 且向花间留晚照。

题解

人物简介 宋祁（998—1061），字子京，小字选郎，雍丘（今河南杞县）人，北宋官员，著名文学家、史学家、词人。

代表作 《新唐书》《木兰花·东城渐觉风光好》等。

文学史贡献 宋祁的诗在前期被称为"西昆余绪"，到后期则自成一家，推动了诗从韩愈倡导的"以文为诗"向江西诗派过渡。

宋祁的词沿袭花间遗风，用词典雅优美，对后世影响很大。

人物故事 弟不过兄 宋祁号称"红杏尚书"，在宋朝非常有名。他哥哥叫宋庠，和他齐名。考进士的时候，本来宋祁是状元，但章献刘太后说弟弟不能压过哥哥，就让哥哥做了状元。

赐婚佳话　宋祁相貌英俊，而且文采出众。有一天他走在路上，刚好遇到皇家车队，就站到路边。车里帘子一卷，有个非常漂亮的宫女喊了他一声"小宋"。后来宋祁回去写了一首《鹧鸪天》，把"心有灵犀一点通"等前人诗句化用在里头："画毂（gǔ）雕鞍狭路逢，一声肠断绣帘中。身无彩凤双飞翼，心有灵犀一点通。金作屋，玉为笼，车如流水马如龙。刘郎已恨蓬山远，更隔蓬山几万重。"由于宋祁诗名远扬，满城都在传说此事，连皇帝宋仁宗都知道了，就问宫女们到底是谁叫了一声"小宋"。后来有一个美丽的女孩子承认了。宋仁宗请来宋祁，问他有没有这回事，宋祁很惶恐地承认说确实是因为此事而写的这首词。宋仁宗笑着说"蓬山不远"，于是把这个姑娘许配给了宋祁，成就了一段人间佳话。

仁宗皇帝秉性仁慈，"仁"这个庙号说明他虽然贵为天子，但同时也是非常好的一个人。北宋时不少高官、文人脾气很大，像包拯、王安石等等，宋仁宗却都能容纳他们。据传，一次包拯进谏反对任人唯亲，说得慷慨激昂，唾沫星子都溅到宋仁宗脸上，宋仁宗当时很难堪，但后来也没有处罚他。

高尚情操　宋祁曾自为墓志铭及《治戒》，自称"学不名家，文章仅及中人"，非常谦虚。另外，他在临终时要求薄葬自己，连封土高度和墓旁松柏数量都一一交代清楚，可以看出他高尚的情操。

题目 ▶　请问，是谁称宋祁为"红杏尚书"，而使得这一雅称得以流传？

选项：A.苏轼　B.张先　C.秦观

答案 ▷　B.张先

题解

基本知识　张先（990—1078），字子野，乌程（今浙江湖州）人，北宋著名词人。

代表作　《天仙子·水调数声持酒听》《千秋岁·数声鶗鴂（tí jué）》等。

文学史贡献 张先的词意韵恬淡，意象繁富，内在凝练，于两宋婉约词史上影响巨大，他是使词由小令向慢词过渡过程中的一个不能忽视的功臣。张先词在艺术上的一个重要特征是，善于以工巧之笔表现一种朦胧的美。

史评 宋祁很赞赏张先《天仙子》中的"云破月来花弄影"，称他为"云破月来花弄影郎中"。清末词学理论家陈廷焯评张先词云："才不大而情有余，别于秦、柳、晏、欧诸家，独开妙境，词坛中不可无此一家。"

人物故事 张先晚年的时候到了京城，宋祁听说了这事，就去拜访他，请人通报说求见"云破月来花弄影郎中"。因为"云破月来花弄影"是张先的名句，张先听了非常开心，回答道："难道是'红杏枝头春意闹尚书'来了吗？"然后两人把酒言谈，相见甚欢。

张先是北宋初年知名的词人，除了宋祁，很多大人物也都特别仰慕他。苏轼在写词方面也可以说是张先的学生。张先来到京城之后，去拜见欧阳修，欧阳修听说是张先来了，鞋子都来不及穿好，就去迎接他，说："是'桃杏嫁东风郎中'来了吗？""沉恨细思，不如桃杏，犹解嫁东风"也是张先的名句。

张先高寿，八十多岁的时候，仍耳聪目明，能填词，还能听歌女们唱曲。他娶了位十八岁的小妾，之后他又活了八年，但是让人惊讶的是，小妾八年为他生了两男两女。张先一生共有十子两女，其年纪最大的大儿子和年纪最小的小女儿相差六十岁。

题目 ▶ 这是一道联想题，通过给出的五个关键词，能联想到哪个人物？

关键词：独生子、爱酒、画地学书、六一、醉翁

答案 ▷ 欧阳修

题解

人物简介 欧阳修（1007—1072），字永叔，号醉翁，晚号六一居士，吉州永丰（今江西永丰）人，北宋政治家、文学家。官至翰林学士、枢密副使、参知政事，谥号文忠，世称欧阳文忠公，累赠太师、楚国公。

代表作 《新唐书》《新五代史》等。

文学史贡献 欧阳修是"唐宋八大家"之一，与韩愈、柳宗元、苏轼被后人合称"千古文章四大家"（张鹏翮撰苏姓宗祠用联"一门父子三词客，千古文章四大家"。除了韩柳欧苏这种说法，一说千古文章四大家是指欧阳修、苏轼、王安石、黄庭坚，一说是指欧阳修和三苏，一说是指苏洵的散文、苏辙的散文、苏轼的散文和苏轼的词，至今仍没有确切答案）。 欧阳修是在宋代文学史上开创一代文风的文坛领袖，他领导了北宋诗文革新运动，继承并发展了韩愈的古文理论。

史评 《宋史·欧阳修传》："挽百川之颓波，息千古之邪说，使斯文之正气，可以羽翼大道，扶持人心，此两人（韩愈与欧阳修）之力也。"

人物故事 画荻教子 欧阳修的家教非常好，他的《泷冈阡表》里边写到他的童年经历：欧阳修四岁丧父，他的母亲郑氏想让他读书，但是付不起学费，于是就在地上用荻草秆教他识字写字，同时还讲他父亲的事迹来激励他。欧阳修的父亲有两点使人尊敬：一是孝心，他的父亲每到他祖母祭日就痛哭于坟前，几十年如一日。第二，他父亲有一次晚上秉烛写批文时抚案叹息，说有一个死刑犯，自己想让他生，但是没有办法，他非死不可，如果自己想尽了办法也无法让他活下来，那死者和他自己也皆无恨意了。郑氏觉得这样宅心仁厚、为政勤俭的一个官员，必定要有出类拔萃的后人。经过母亲的悉心教导，欧阳修后来也成了一代名臣——他从家庭中得到了滋养。

"画荻教子"有的时候也称作"画荻丸熊"，用来称赞母亲教子有方。"丸熊"用了《新唐书》记载的柳仲郢的故事。柳仲郢的母亲韩氏拿熊苦胆做成丸子给他嚼，这样他熬夜读书的时候就会精神百倍。

《泷冈阡表》是中国古代三篇著名祭文之一，另两篇是韩愈的《祭十二郎文》和袁枚的《祭妹文》。

题目 ▶ 根据提示词猜一诗人：才子、吃货、豪放派、河东狮吼。

答案 ▷ 苏轼

题解

元·赵孟頫绘苏轼像

  人物简介 苏轼（1037—1101），字子瞻，又字和仲，号铁冠道人、东坡居士，世称苏东坡、苏仙，眉州眉山（今四川眉山）人，北宋文学家、书法家、画家。嘉祐二年（1057）进士及第，元丰三年（1080）因"乌台诗案"被贬为黄州团练副使，晚年因新党执政被贬惠州、儋州。宋徽宗时获大赦北还，途中于常州病逝。宋高宗时追赠太师，谥号"文忠"。

  代表作 《东坡乐府》《东坡易传》《赤壁赋》《江城子·乙卯正月二十日夜记梦》《定风波·三月七日沙湖道中遇雨》等。

  文学史贡献 在文学创作上，苏轼变革词风，提倡"以诗为词"的创作手法，突破了词为"艳科"的传统格局，开创了所谓的"豪放派"词，提高了词的文学地位，从根本上改变了词史的发展方向。

  史评 黄庭坚作为苏门四学士之一，评价与自己亦师亦友的苏轼："人谓东坡作此文，因难以见巧，故极工。余则以为不然。彼其老于文章，故落笔皆超逸绝尘耳。""真神仙中人。"

  王士祯评苏轼："汉魏以来，二千余年间，以诗名其家者众矣。顾所号为仙才者，唯曹子建、李太白、苏子瞻三人而已。"

  兄弟之间手足情深，苏辙对哥哥的评价自然也是非常高："其于人，见善称之，如恐不及；见不善斥之，如恐不尽；见义勇于敢为，而不顾其害。用此数困于世，然终不以为恨。"

  人物故事 河东狮吼 陈慥，字季常，为人十分好客，家里养了不少歌姬，每有客人来了，就以歌舞宴客。不过他的妻子柳氏对此非常不满，每当陈慥宴客，席上有歌女陪酒时，柳氏就会醋意大发，用木棍敲打墙壁，客人尴尬不已，只好散去。

  由于陈慥平时喜欢谈论佛法，苏轼作了一首题为《寄吴德仁兼简陈季常》的长诗，借用佛教中振聋发聩的狮子吼戏喻其妻的怒骂："龙丘居士亦可怜，谈空说有夜不眠。忽闻河东狮子吼，拄杖落手心茫然。"

河东是柳氏的郡望，狮子吼指如来正声，佛教经典称"狮子吼则百兽伏"，所以佛家用狮子吼来比喻佛祖讲经声震寰宇的威严。当然苏轼是在和陈慥开一个善意的玩笑。

"方山子" "方山子"是陈慥的别号。苏轼和陈慥是故交。苏轼初入官场的第一个职位是签书凤翔府判官，彼时陈慥的父亲、后来的太常少卿陈希亮主政凤翔，是苏轼的顶头上司。苏轼当时便认识了陈季常。后来苏轼因"乌台诗案"被贬为黄州团练副史，又遇到了隐居在这一带的陈慥，于是写下了名篇《方山子传》。

根据《方山子传》记述，陈慥放弃家财隐居于光州、黄州之间，颇有侠士之风。"弃车马，毁冠服，徒步往来山中，人莫识也。见其所著帽，方屋而高，曰：'此岂古方山冠之遗象乎？'因谓之方山子。" 此文也记述了陈慥精湛的射箭技艺和豪侠之风："独念方山子少时，使酒好剑，用财如粪土。前十有九年，余在岐山，见方山子从两骑，挟二矢，游西山。鹊起于前，使骑逐而射之，不获。方山子怒马独出，一发得之。因与余马上论用兵及古今成败，自谓一世豪士。"

"苏贤良" 陈慥的父亲陈希亮是苏轼初入官场时的第一位上司。他对苏轼要求非常严格，是苏轼又敬又畏的长辈。当时苏轼在制举考试中"贤良方正能直言极谏科"被皇帝点为最上等，因此有吏员称呼他"苏贤良"。陈希亮大怒说"府判官，何贤良也"，觉得这个称呼会助长苏轼的傲气，所以下令杖责吏员。当时苏轼颇不服气，但后来随着年龄增长、阅历加深，他很钦佩陈希亮的为人。苏轼自称平生不为人作行状、墓碑文，但他担心陈希亮的事迹失传，所以就破例为陈希亮写了传记。

题目 ▶ 苏轼因其爱吃、善做美食被网友戏称为"千古第一吃货"。请问下面哪本关于美食的著作出自他之手？

选项：A.《酒经》 B.《随园食单》 C.《调鼎集》

答案 ▷ A.《酒经》

题解

人物故事 拼死吃河豚 相传常州有户人家擅长烹制河豚，想邀请苏轼来品尝，以此扩大名声。本以为名满天下的苏大学士未必愿意赏光，不料苏轼一听有美食，立刻就跑来了。主人为他摆上了一桌河豚，在座上陪他，全家男女老少都躲在屏风后面偷听他的评价，从头到尾只见苏轼吧唧吧唧地在吃，一句话也没有。苏轼吃完站起身来，一抹嘴，

宋·苏轼《寒食帖》（局部）
《寒食帖》作于黄州，是苏轼书法的顶峰，被誉为中国古代行书第三。

终于说了一句话："也值一死啊！""拼死吃河豚"的典故便由此而来。

美食相伴 苏轼一生命运坎坷，多次被贬，却一直潇洒达观。他到哪里都寻找美食，最著名事例的就是发明了"东坡肉"。被贬广东惠州期间，他写下了"日啖荔枝三百颗，不辞长作岭南人""报道先生春睡美，道人轻打五更钟"等诗句。相传政敌见到了他的这些诗，认为苏轼的生活过于从容自在，便将其贬往更为偏远的海南儋州。

苏轼还自己酿酒，发明了一种"蜜酒"，并且为它作了《蜜酒歌》。除《酒经》外，他还撰写过《浊醪有妙理赋》《酒子赋》《洞庭春色赋》《中山松醪赋》等。

题目 ▶ "不思量，自难相忘"出自哪位词人的哪部作品？

答案 ▷ 苏轼 《江城子》

题目 ▶ 苏轼这首词是写给谁的？

答案 ▷ 亡妻（王弗）

题目 ▶ "十年生死两茫茫。不思量，自难忘"，请接下两句。

答案 ▷ 千里孤坟，无处话凄凉。

题目 ▶ "纵使相逢应不识",请接下两句。

答案 ▷ 尘满面,鬓如霜。

题目 ▶ "夜来幽梦忽还乡,小轩窗,正梳妆",请接下两句。

答案 ▷ 相顾无言,唯有泪千行。

题目 ▶ "料得年年肠断处",请接下句。

答案 ▷ 明月夜,短松冈。

题解

人物故事 古代诗人、词人的文学创作往往和他们的行踪和经历有关。苏轼是伟大的诗人和词人,但是在他熙宁四年(1071)从京城自请外放做官以前,几乎不写词。熙宁四年到了杭州做通判之后,一方面因为杭州风光秀丽,另外一方面因为结识了当时的大词人张先,受到其启发和影响,苏轼才开始慢慢地去关注当时作为娱乐产品的词。后来他从杭州调到密州,很多经典的词作都是写在这一时期,比如"十年生死两茫茫",比如"老夫聊发少年狂",还有"明月几时有,把酒问青天",这可以说是苏轼词创作的第一次井喷时期。

题目 ▶ 从《破阵子·为陈同甫赋壮词以寄之》这首词中不难看出,辛弃疾词风潇洒大气,恢宏雄放。请问,以下几位词人与辛弃疾词风明显不同的是?

选项:A.苏轼　B.秦观　C.陈与义

答案 ▷ B.秦观

题解

人物简介 秦观(1049—1100),淮南东路高邮(今江苏高邮)人,字少游,一字太虚,别号邗沟居士,学者称其淮海居士,被尊为婉约派一代词宗。苏轼给他取了"山抹微云秦学士"的雅号。官至太学博士,国史馆编修。

代表作　有文集四十卷，七言诗《春日》，词《满庭芳·山抹微云》《鹊桥仙》《浣溪沙·漠漠轻寒上小楼》《踏莎行·雾失楼台》等。

史评　苏轼："有屈、宋才。"

王安石："清新似鲍、谢。"

冯煦《蒿庵论词》："淮海、小山真古之伤心人也。""他人之词，词才也；少游，词心也。"

人物故事　以后世的标准来看，苏轼、辛弃疾、陈与义等都是豪放派词人；秦观、柳永、晏几道等都是婉约派词人。选项中秦观是婉约派代表词人，词风和辛弃疾不同，但是在这里我们也要为秦观正一下名。元好问评价秦观的诗作"拈出退之山石句，始知渠是女郎诗"，像是说他娘娘腔，其实是指秦观的词确实婉约。但是关于他的诗和他的性格，《宋史》的记载是"少豪隽，慷慨溢于文词……强志盛气，好大而见奇"。秦观特别好读兵书，常常想象自己出将入相，所以他的诗歌的风格也有豪放慷慨的一面。另外，秦观的策论写得也非常好，"长于议论，文丽而思深"。他对军事很有研究，熟读《孙子兵法》，论兵水平堪与杜牧媲美。总之，秦观是一位多方面的优秀文学家。

题目▶　根据关键词猜一位诗人：爱国诗人、名门望族、抗金、沈园、唐琬。

答案▷　陆游

题解

人物简介　陆游（1125—1210），字务观，号放翁，越州山阴（今浙江绍兴）人，尚书右丞陆佃之孙，南宋文学家、史学家、爱国诗人。宋高宗时参加礼部考试，因受秦桧排斥而仕途不畅。宋孝宗即位后，赐进士出身，因坚持抗金，屡遭主和派排斥。嘉定三年（1210）与世长辞，留绝笔《示儿》。

代表作　《游山西村》《临安春雨初霁》《冬夜读书示子聿》《书愤》《示儿》《沈园二首》《钗头凤·红酥手》《卜算子·咏梅》等。

文学史贡献　陆游在生前即有"小李白"之称，不仅成为南宋一代诗坛领袖，而且在中国文学史上享有崇高地位，是我国伟大的爱国诗人。陆游诗歌创作数量多，存世的诗有九千三百余首。陆游的诗歌成就很高，语言平易晓畅、章法整饬谨严，兼具李白的雄奇奔放与杜甫的沉郁悲凉。陆游振作了南宋萎靡的诗坛，对南宋后期诗歌产生了积极的影响。另外陆诗中对仗工丽的联句也常被用作书斋或亭台的楹联，深受读者喜爱。

陆游西安石刻像

史评 宋以来对陆游的评价都非常高，朱熹言："放翁老笔尤健，在当今推为第一流。"

杨万里曰："君诗如精金，入手知价重。"

梁启超说："诗界千年靡靡风，兵魂销尽国魂空。集中什九从军乐，亘古男儿一放翁。"他认为陆游能文能武，一扫当年柔靡不振的诗坛之风，给诗歌界带来了新鲜的气息。

有不少人认为陆游的文学地位在苏轼之上，如赵翼说："宋诗以苏、陆为两大家。后人震于东坡之名，往往谓苏胜于陆，而不知陆实胜苏也……其时朝廷之上，无不已划疆守盟、息事宁人为上策，而放翁独以复仇雪耻，长篇短咏，寓其悲愤。"

人物故事 陆游的父亲是陆宰，祖父是陆佃。陆佃是王安石的学生，是北宋新党的重要成员，苏轼则是北宋旧党中苏党的领袖。陈寅恪先生认为，中国古代文化的巅峰其实不是唐代，而是北宋——"华夏文明造极于赵宋之世"。但是北宋大好局面为什么最后会丧失殆尽呢？正史里总结经验，认为北宋的大好局面沦丧于那一场文人党争。北宋的仁人志士都有理想也不缺智慧，但缺的是什么呢？胸怀、包容。旧党中最具包容精神的就是苏轼，新党之中最具包容精神的就是陆游的祖父陆佃。苏东坡和陆佃的经历有相似的地方，所以他们能够理性地去看待两派的党争。他们也因此不仅受对方一派的攻击，也受自己同党中人的攻击。其实北宋文人党争发展到后面完全是意气之争、情绪之争。

题目 ▷ 陆游在《示儿》中说"死去元知万事空"，下一句是什么？

答案 ▷ 但悲不见九州同。

题目 ▷ "王师北定中原日"的下一句是什么？

答案 ▷ 家祭无忘告乃翁。

题解

　　人物故事　陆游、唐琬与沈园　陆游年轻时曾和表妹唐琬结婚，因母亲不满被迫离婚。后来唐琬再嫁同郡赵士程。陆、唐二人曾在沈园留下唱和辞章——陆游的《钗头凤》："红酥手，黄滕酒。满城春色宫墙柳。东风恶，欢情薄。一怀愁绪，几年离索。错，错，错。春如旧，人空瘦。泪痕红浥鲛绡透。桃花落，闲池阁。山盟虽在，锦书难托。莫，莫，莫！"唐琬的《钗头凤》："世情薄，人情恶，雨送黄昏花易落。晓风干，泪痕残。欲笺心事，独语斜阑。难，难，难！人成各，今非昨，病魂常似秋千索。角声寒，夜阑珊。怕人寻问，咽泪装欢。瞒，瞒，瞒！"在唐琬去世后，陆游重游绍兴沈园，写下了这样的诗句："城上斜阳画角哀，沈园非复旧池台。伤心桥下春波绿，曾是惊鸿照影来。"表达了他对前妻唐琬的深切怀念。

宋·陆游《自书诗卷》（局部）

《示儿》的一系列仿作　《示儿》很有影响力，后人仿作不少，如南宋刘克庄《端嘉杂诗二十首》其一：

> 不及生前见虏亡，放翁易箦愤堂堂。
>
> 遥知小陆羞时荐，定告王师入洛阳。

南宋遗民林景熙《书陆放翁诗卷后》：

> 青山一发愁蒙蒙，干戈况满天南东。
>
> 来孙却见九州同，家祭如何告乃翁。

毛泽东主席《七绝》：

> 人类而今上太空，但悲不见五洲同。
>
> 愚公尽扫饕蚊日，公祭毋忘告马翁。

题目 ▶　"诸公可叹善谋身，误国当时岂一秦"出自陆游的《追感往事》，痛斥了昏庸的南宋统治集团。请问，诗中的"一秦"指的是历史上哪位著名的奸臣？

答案 ▷　秦桧

题解

人物故事　黜落风波　秦桧是南宋初年最著名的主和派首领之一，陆游却是主战派的代表人物。他们中间最激烈的一次交锋，是绍兴二十四年（1154）陆游第三次参加科举的时候。本来他一路过关斩将，以连续第一名的成绩到了最后一关——殿试。可是那一年正好秦桧的孙子秦埙也参加考试，而且已经被内定为第一名。秦桧在宋高宗面前进谗言，说陆游这个人一天到晚都说北伐恢复中原的事情，不可取，还给他安了个罪名叫"喜论恢复"。宋高宗本来就不喜听北伐言论，所以那一年陆游就被黜落。陆游的进士出身，是宋孝宗即位之后破格赐予他的。他真正的出仕，是在秦桧去世以后。

风波后续　虽然绍兴二十四年的科举考试中陆游虽然没有拿到第一名，但宋高宗在阅卷时看到第一名是秦桧的孙子秦埙，也感到很不愉快。他不愿意成为秦桧手中的玩物，就把秦埙从第一名的位子上拉下来，另换了一位状元。这位被换上的状元就是我们熟知的爱国词人张孝祥。结果宋高宗没有想到，张孝祥也是非常激烈的主战派人士，而且一入仕就上书为岳飞鸣冤。

李清照与秦桧一家　李清照是秦桧之妻王氏的亲表妹，不过李清照从来没有巴结过他们。当秦桧权倾天下的时候，李清照流落江南，处境艰难，四处漂泊。但她宁可向赵明诚的远房亲戚求助，也不向自己的表姐和表姐夫求助。由此可以看出李清照的崇高气节。

题目 ▶　《西江月·夜行黄沙道中》这首词记录了辛弃疾夜游乡村所见到的夏夜美景。请问，其中"旧时茅店社林边"中的"茅店"指的是什么？

　　　　选项：A.驿站　B.旅店　C.祠堂

答案 ▷　B.旅店

题解

人物简介　辛弃疾（1140—1207），原字坦夫，后改字幼安，号稼轩，山东东路济南府（今山东济南）人，南宋豪放派词人、爱国将领，有"词中之龙"之称，与苏轼合称"苏辛"，与李清照并称"济南二安"。

代表作　《水龙吟·登建康赏心亭》《永遇乐·京口北固亭怀古》《美芹十论》等。

文学史贡献　辛弃疾词艺术风格多样，以豪放为主，风格沉雄豪迈又不乏细腻柔媚之处。其词题材广阔又善化用典故入词，抒写力图恢复国家统一的爱国热情，倾诉壮志难酬的悲愤，对当时执政者的屈辱求和颇多谴责；也有不少吟咏祖国河山的作品。现存词六百多首，有词集《稼轩长短句》等传世。辛词以其内容上的爱国思想，艺术上的创新精神，在文学史上产生了巨大影响。与辛弃疾以词唱和的陈亮、刘过等，以及稍后的刘克庄、刘辰翁等，都与他的创作倾向相近，形成了南宋中叶以后声势浩大的爱国词派。后世每当国家、民族危急之时，不少人便从辛词中汲取精神上的鼓舞力量。

史评　陆游《送辛幼安殿撰造朝》："大材小用古所叹，管仲萧何实流亚。"

白寿彝："辛弃疾一生以恢复为志，以功业自许，可是命运多舛，备受排挤，壮志难酬。然而，他恢复中原的爱国信念始终没有动摇，而把满腔激情和对国家兴亡、民族命运的关切、忧虑，全部寄寓于词作之中。"

人物故事 双星闪耀 辛弃疾与理学家朱熹是有名的莫逆之交。理学家陈亮称他们一个是"人中之龙"，一个是"文中之虎"，二人堪称南宋的"双子星座"。辛弃疾与朱熹的相知，始于南宋淳熙年间。淳熙七年（1180）冬，辛弃疾调任隆兴知府兼江西安抚使，时值旱灾，辛弃疾在大街上贴出赈济榜文，只八字："劫禾者斩，闭粜者配！"朱熹称赞："这便见得他有才。"

淳熙九年（1182），辛弃疾被罢官，闲居上饶，朱熹为之愤愤不平。绍熙二年（1191）冬，在家闲居十年之久的辛弃疾被朝廷起用为福建提刑。第二年六月，辛弃疾亲往在建阳考亭闲居的朱熹处问政，朱熹赠他三句话："临民以宽，待士以礼，驭吏以严。"辛弃疾虚心听从他的忠告，在福建做了许多于民有利的事。

绍熙四年（1193），辛弃疾再次到建阳会见朱熹，两人同游武夷，泛舟九曲，诗兴大发，当即各自吟赋了《武夷棹歌》，除了朱熹唱出的脍炙人口的十首《武夷棹歌》外，辛弃疾亦作棹歌十首。

辛弃疾认为自唐尧以来的几千年中，能与朱熹相比的仅有两三人。他所作的《寿朱晦翁》诗曰：

> 西风卷尽护霜筠，碧玉壶天月色新。
>
> 风历半千开诞日，龙山重九逼佳辰。
>
> 先心坐使鬼神伏，一笑能回宇宙春。
>
> 历数唐尧千载下，如公仅有两三人。

庆元六年（1200）三月，朱熹溘然长逝，时年七十一岁。辛弃疾痛苦万分，在给朱熹的祭文中写道："所不朽者，垂万世名。孰谓公死，凛凛犹生！"此外，他还写下一阕词《感皇恩》以悼念：

案上数篇书，非庄即老。会说忘言始知道；万言千语，不自能忘堪笑。今朝梅雨霁，青天好。

一壑一丘，轻衫短帽。白发多时故人少。子云何在，应有玄经遗草。江河流日夜，何时了。

辛弃疾以汉代扬雄所作《太玄》比拟朱熹的著作，为朋友遭受的不公平待遇鸣不平。可见辛弃疾对朋友朱熹肝胆相照的真挚友谊。日本学者村上哲见评价说："一个善于思维的人与一个敢作敢为的人能结交厚谊，令人钦佩，令人深思。"

"稼轩"来历　淳熙八年（1181）春，辛弃疾兴建带湖新居和庄园，将带湖庄园取名为"稼轩"，并以此自号"稼轩居士"。同年十一月，辛弃疾再度被罢官，正值带湖新居落成，于是他回到上饶，开始了中年以后的闲居生活。此后二十年间，他大部分时间都在乡闲居。在此期间，他创作了《丑奴儿·书博山道中壁》《西江月·夜行黄沙道中》《破阵子·为陈同甫赋壮词以寄之》等名作。从这几首词中我们可以看出，这一阶段的辛弃疾时而壮怀激烈，时而超达通脱，时而痛苦抑郁。但无论如何，处于困境中的辛弃疾都从未放弃北伐中原、为国尽忠的理想。左手《破阵子》，右手《西江月》，既坚持追求理想，又能与自我和解，这或许正是辛弃疾独特的魅力和境界所在。

黄沙道　这首《西江月》的题目叫《夜行黄沙道中》，黄沙道在江西上饶城西四十里左右，因为旁边有黄沙岭，所以叫黄沙道。它是辛弃疾在上饶定居之后经常走的。为什么突然看到这个"旧时茅店"会那么惊喜呢？学者考证这首词应该作于他四十一岁到四十六岁之间。辛弃疾一心要杀敌报国，到了南宋，志向反而不能实现。他练飞虎军，还被投降派、主和派弹劾，以致被罢官，所以他内心是非常沉痛的。但是这个夏夜，人到中年的辛弃疾满腔的郁闷突然和所有的景物都融合在一起，这便是清空自我的一种人生境界。

题目 ▶　联想题，通过给出的五个关键词，你能联想到哪个人物？
　　　　关键词：美男子、鬼城墙、状元、抗元、正气歌
答案 ▷　文天祥

题解

人物简介　文天祥（1236—1283），初名云孙，字宋瑞，一字履善，道号浮休道人、文山。南宋末年的爱国诗人、抗元英雄，与陆秀夫、张世杰并称"宋末三杰"，被后人视为楷模。

文天祥像（清·《吴郡名贤图传赞》卷三）

代表作　《过零丁洋》《正气歌》等。

文学史贡献　文天祥一生写了大量的诗文，其中包括序言、墓志铭、寿序、赞、颂、祝词、书、启、跋等各种不同形式的文体。其中诗、词最多，除了《指南录》《指南后录》和《吟啸集》外，还有《集杜诗》二百首以及《十八拍》和少量的词等。

史评　明代于谦赞曰："呜呼文山，遭宋之季。殉国亡身，舍生取义。气吞寰宇，诚感天地。陵谷变迁，世殊事异。坐卧小阁，困于羁系。正色直词，久而愈厉。难欺者心，可畏者天。宁正而毙，弗苟而全。南向再拜，含笑九泉。孤忠大节，万古攸传。载瞻遗像，清风凛然。"

人物故事　少有大志　文天祥是江西庐陵人，他小的时候最喜欢两个人，一是欧阳修，一是胡铨，这两人都是他的"乡贤"。胡铨是"南宋四杰"（"南宋四杰"又称"南宋四名臣"，另三位是李纲、赵鼎、李光）之一，也是抗金名士。他小的时候常去这两个人的祠堂里去拜祭。榜样的作用是巨大的，潜移默化间文天祥也具备了文学词臣和民族英雄的双重气质。后来，于谦、王阳明等又把文天祥当作榜样。这种精神传承在中国文化史上是一种伟大的存在。

相貌堂堂　皇帝看到文天祥，说他是大宋的祥瑞。史书对文天祥外貌的记载是："美兮如玉，秀眉而长目，顾盼烨然。"意思是说文天祥眼睛长，眉毛特别秀气，顾盼生辉。所以他中状元之后取字"宋瑞"。

棋坛高手　据说文天祥还是下盲棋的高手。他曾和朋友在洗澡的时候下盲棋，棋艺无人可敌。

鬼城墙　元军南下以后，文天祥在南建州（今福建南平）组织军民抗元，修筑了一道城墙抵挡敌人南侵。一般情况下修城墙耗时很久，但他们几天几夜的工夫就筑成了。由此可以看出当时军民抗元气势的高涨。后来人们缅怀文天祥惊天地泣鬼神的抗元正气，就把这道城墙称为"鬼城墙"。

毁家纾难　文天祥本身既是官二代，又是富二代，前期生活很奢华，但是元军入侵之后，他捐出了全部家财用于抗元斗争。

宋·作品篇

题目 ▶ 北宋词人宋祁被称为"红杏尚书"，请问，宋祁凭借哪句诗得到了这一雅称？

选项：A.一枝红杏出墙来　B.红杏枝头春意闹　C.日边红杏倚云栽

答案 ▷ B.红杏枝头春意闹

题解

作品原文

玉楼春

宋祁

东城渐觉风光好，縠皱波纹迎客棹。

绿杨烟外晓寒轻，红杏枝头春意闹。

浮生长恨欢娱少，肯爱千金轻一笑。

为君持酒劝斜阳，且向花间留晚照。

基本知识　A项出自南宋叶绍翁的《游园不值》："春色满园关不住，一枝红杏出墙来。"C项出自晚唐高蟾《下第后上永崇高侍郎》："天上碧桃和露种，日边红杏倚云栽。芙蓉生在秋江上，不向东风怨未开。"

题目 ▶ "先天下之忧而忧，后天下之乐而乐"出自哪位文学家的哪篇作品？

答案 ▷ 范仲淹《岳阳楼记》

题目 ▶ 范仲淹是登临岳阳楼时写的这篇《岳阳楼记》吗？

答案 ▷ 不是

题解

作品原文

岳阳楼记

范仲淹

庆历四年春，滕子京谪守巴陵郡。越明年，政通人和，百废具兴。乃重修岳阳楼，增其旧制，刻唐贤今人诗赋于其上。属予作文以记之。

予观夫巴陵胜状，在洞庭一湖。衔远山，吞长江，浩浩汤汤，横无际涯；朝晖夕阴，气象万千。此则岳阳楼之大观也，前人之述备矣。然则北通巫峡，南极潇湘，迁客骚人，多会于此，览物之情，得无异乎？

若夫淫雨霏霏，连月不开，阴风怒号，浊浪排空；日星隐曜，山岳潜形；商旅不行，樯倾楫摧；薄暮冥冥，虎啸猿啼。登斯楼也，则有去国怀乡，忧谗畏讥，满目萧然，感极而悲者矣。

明·安正文《岳阳楼图》

至若春和景明，波澜不惊，上下天光，一碧万顷；沙鸥翔集，锦鳞游泳；岸芷汀兰，郁郁青青。而或长烟一空，皓月千里，浮光跃金，静影沉璧，渔歌互答，此乐何极！登斯楼也，则有心旷神怡，宠辱偕忘，把酒临风，其喜洋洋者矣。

嗟夫！予尝求古仁人之心，或异二者之为。何哉？不以物喜，不以己悲；居庙堂之高则忧其民，处江湖之远则忧其君。是进亦忧，退亦忧。然则何时而乐耶？其必曰"先天下之忧而忧，后天下之乐而乐"乎。噫！微斯人，吾谁与归？

时六年九月十五日。

基本知识　属（zhǔ）：通"嘱"，嘱托、嘱咐。日星隐曜：太阳和星星隐藏了光辉。樯：桅杆。楫：船桨。岸芷汀兰：岸上的小草和小洲上的兰花。

背景故事　子京约稿　范仲淹的好友滕子京被贬到巴陵郡，求范仲淹给重修后的岳阳楼写一篇记。但是范仲淹在河南做官来不了。不要紧，滕子京借了一幅洞庭的图画给他，他就照着图写了。范仲淹当时没看到岳阳楼，但是洞庭湖的景观他很可能看到过，因为他幼时曾经在湖南安乡读书。

志同道合 范仲淹为什么就答应了滕子京呢？因为这个时候庆历新政改革失败了，而范仲淹是当年庆历新政的领袖，滕子京是他手下一员干将。所以，他写出了"噫！微斯人，吾谁与归？"意思是说，没有你我之人，天下之大又向何去？这篇文章也见证了他们的志同道合、意气相投。

背景延伸 气贯古今 范仲淹这篇文章可以说雄贯古今，写完以后历朝历代没有一个人对这篇文章提出疑义，因为它太正气凛然了。知识分子的"先天下之忧而忧，后天下之乐而乐""居庙堂之高则忧其民，处江湖之远则忧其君"，教诲了我们千秋万代的人，包括作者本人。他并没有说"我已经做到了"，他说"吾谁与归"，把一篇写景的文章提到人文的最高境界。

所以这涉及了我们经常探讨的一个话题，到底是人因物而成名，还是物因人而成名。李白、杜甫都咏过岳阳楼，但岳阳楼更可能是因为这篇文章而名垂千古。我们现在看到的岳阳楼不知被重修了多少次，早已非北宋原貌。但是只要大家看到岳阳楼，脑海中就会浮现出这篇《岳阳楼记》，岳阳楼还是那座岳阳楼。

人文链接 岳阳楼位于湖南省岳阳市古城西门城墙之上，下瞰洞庭，前望君山，与湖北武汉黄鹤楼、江西南昌滕王阁并称为"江南三大名楼"，还有一种说法是加上安徽宣州谢朓楼，它们并称为"江南四大名楼"。岳阳楼的前身相传为三国时期东吴都督鲁肃的岳俊楼，此后成为历代文人墨客登临的风景名胜。

原始的野景无论多么漂亮，没有人文景观，没有名人来临，景观意义就不大。如果有名人来过，为它写了文章或诗歌，那么原始的景观就能锦上添花，甚至名垂千古。比如说中国很多的楼都是有诗有记的，王勃写了《滕王阁序》使得滕王阁流芳千载，李白多次提到谢朓楼为它增色不少，李清照题八咏楼则在沈约之后又一次将它刻在千万读者的心中。

题目 ▶　下列诗句与传统节日对应不正确的是哪一项？

　　　　选项：A.火树银花合，星桥铁锁开——元宵节

　　　　　　　B.遥知兄弟登高处，遍插茱萸少一人——重阳节

　　　　　　　C.月上柳梢头，人约黄昏后——七夕

答案 ▷　　C.月上柳梢头，人约黄昏后——七夕

题解

　　作品原文

正月十五夜

苏味道

火树银花合，星桥铁锁开。

暗尘随马去，明月逐人来。

游伎皆秾李，行歌尽落梅。

金吾不禁夜，玉漏莫相催。

九月九日忆山东兄弟

王维

独在异乡为异客，每逢佳节倍思亲。

遥知兄弟登高处，遍插茱萸少一人。

生查子·元夕

欧阳修（一说朱淑真）

去年元夜时，花市灯如昼。

月上柳梢头，人约黄昏后。

今年元夜时，月与灯依旧。

不见去年人，泪湿春衫袖。

　　基本知识　　"火树银花合，星桥铁锁开"出自苏味道《正月十五夜》，描写的

是神龙元年（705）上元夜神都洛阳观灯的景象。"遥知兄弟登高处，遍插茱萸少一人"出自王维《九月九日忆山东兄弟》，登高、插茱萸、与家人团聚都是重阳节的习俗。"月上柳梢头，人约黄昏后"出自《生查子·元夕》，描写的是元宵夜的场景。

背景故事　中国古代并没有"情人节"的概念，与现代的情人节较为相似的是正月十五上元节以及三月三上巳节，在这两天男女可以出门相会。而农历七月初七的七夕节（乞巧节）其实相当于"劳动节"，该节日起源于汉代，《西京杂记》记载道："汉彩女常以七月七日穿七孔针于开襟楼。俱以习之。"在这一天，女孩子们在葡萄藤下向织女乞巧，用多孔针穿多种颜色的线，相互比拼女红技艺。民间也有女孩子们特意捕捉蜘蛛，将其放在盒子里，比较谁的蜘蛛吐丝最多、结网最密，以期盼自己有更高的纺织能力。

题目▶　晏殊《浣溪沙》"一曲新词酒一杯，去年天气旧亭台"，请接下一句。

答案▷　夕阳西下几时回。

题目▶　"无可奈何花落去，似曾相识燕归来"，请接下一句。

答案▷　小园香径独徘徊。

题解

作品原文

浣溪沙

晏殊

一曲新词酒一杯，去年天气旧亭台。夕阳西下几时回？

无可奈何花落去，似曾相识燕归来。小园香径独徘徊。

背景故事　宋人吴曾的笔记小说《能改斋漫录》记载了这样一个故事：晏殊当年要去杭州，经过扬州在大明寺休息时，他让身边的随从把诗板上的题诗逐一念过，念到一诗觉得不错，就把作者请了来。作者王琪当时任江都主簿，官职卑微，但是晏殊礼贤下士，和他很愉快地交谈。席间晏殊说起想到一佳句"无可奈何花落去"，但没想出来下一句该对什么。王琪反应很快，接了一句："似曾相识燕归来。"晏殊对王琪极为赞赏，就把他留在自己身边任用，后来又一手提拔王琪，调入京城任馆阁校勘。王琪最后官至礼部侍郎，正四品上，进入中高级官员行列。

背景延伸 晏殊对于这一联非常喜爱，后来又把它用在了自己的诗作《示张寺丞王校勘》中，全诗如下：

> 元巳清明假未开，小园幽径独徘徊。
>
> 春寒不定斑斑雨，宿醉难禁滟滟杯。
>
> 无可奈何花落去，似曾相识燕归来。
>
> 游梁赋客多风味，莫惜青钱万选才。

王琪的词有一定水平，我们今天可以看到他流传下来的词十一首，都保留在《全宋词》中。他还为杜甫诗歌的流传做出了贡献。嘉祐四年（1059），王琪在苏州增订刊刻王洙编定的《杜工部集》，并为之撰写后记。他主持刊刻的《杜工部集》一次印一万部，每一部售价高达千钱，但是读书人仍争先恐后购买，家中富有的甚至会买上十几部。可见其书精良，也可见宋人对于杜甫诗歌的推崇和喜爱。

人文链接 古今对于佳句的观念不一样。我们现在有强烈的著作权意识，但在古代，后来者再创作的时候，也可以将前人的诗句采入自己的作品，这是"化用"手法。如果能够推陈出新，当时的人还会夸赞后来者"点铁成金"。

例如，晏几道的名句"落花人独立，微雨燕双飞"原是唐末五代的诗人翁宏所作，诗题《春残》："又是春残也，如何出翠帏？落花人独立，微雨燕双飞。寓目魂将断，经年梦亦非。那堪向愁夕，萧飒暮蝉辉。"这两句在原诗里不显眼，晏几道放在他的词里，立刻大放异彩。

纳兰性德名句"一生一代一双人"，出自骆宾王《代女道士王灵妃赠道士李荣》中的"相怜相念倍相亲，一生一代一双人"。骆宾王原诗篇幅很长，这两句在其中不显眼，然而在纳兰性德词里大放异彩。

另外，有很多不知名的作者为了让自己的文章能千古流传，就假托名人著书立说，宁可埋没自己的"冠名权"。这种现象在古代屡见不鲜。很多"伪书"都是这样产生的，但它们的内容也自有其价值。

题目 ▶ 　下面哪句诗反映了和"门前流水尚能西，休将白发唱黄鸡"同样的哲理？

选项：A.白发催年老，青阳逼岁除。

　　　 B.老当益壮，宁移白首之心。

　　　 C.花有重开日，人无再少时。

答案 ▷ 　B.老当益壮，宁移白首之心。

题解

作品原文

浣溪沙

苏轼

序：游蕲水清泉寺，寺临兰溪，溪水西流。

山下兰芽短浸溪，松间沙路净无泥，潇潇暮雨子规啼。

谁道人生无再少？门前流水尚能西，休将白发唱黄鸡。

基本知识　蕲水：黄州旁边的蕲水县，今湖北浠水县。黄鸡："黄鸡"的典故出自白居易。白居易有一首诗《醉歌示妓人商玲珑》，其中"黄鸡催晓丑时鸣"就用到了"黄鸡"，黄鸡报晓代表着时光的飞逝，苏轼反用了白居易的意思：不要觉得我头发白了、年纪大了，就害怕时光的飞速流逝。

A项出自孟浩然的《岁暮归南山》，B项出自王勃的《滕王阁序》，C项出自关汉卿的杂剧《窦娥冤》。A项和C项都是感叹时光流逝，人生易老。B项却乐观地说年纪大了也要奋发有为，充满积极向上的正能量。

背景故事　苏轼于元丰三年（1080）春因"乌台诗案"被贬为黄州团练副使，此后至元丰七年（1084）离开黄州，在黄州度过了近四年的时光。这一时期是苏轼人生态度、文学观念的大转折时期，也是他的众多名篇诞生的时期。除了题目与讲解中提到的词作，著名的《前后赤壁赋》《临江仙·夜饮东坡醒复醉》《卜算子·缺月挂疏桐》都是这一时期的作品。题中这首词适合和苏轼的一首《定风波》一起读。《定风波》的序说："三月七日，沙湖道中遇雨。"词中说："竹杖芒鞋轻胜马，谁怕？一蓑烟雨任平生。"又说"也无风雨也无晴"。这两首词基本作于同时，都是在元丰五年，一首感叹经历磨难，另一首表达昂扬向上的追求。

题目 ▶ 下列哪一个作品出自苏轼之手？

A.《食珍录》　　B.《烧尾宴食单》　　C.《老饕赋》

答案 ▷ C.《老饕赋》

题解

附作品全文

老饕赋

苏轼

庖丁鼓刀，易牙烹熬。水欲新而釜欲洁，火恶陈而薪恶劳。九蒸暴而日燥，百上下而汤鏖。尝项上之一脔，嚼霜前之两螯。烂樱珠之煎蜜，滃杏酪之蒸羔。蛤半熟而含酒，蟹微生而带糟。盖聚物之天美，以养吾之老饕。婉彼姬姜，颜如李桃。弹湘妃之玉瑟，鼓帝子之云璈。命仙人之萼绿华，舞古曲之郁轮袍。引南海之玻黎，酌凉州之蒲萄。愿先生之耆寿，分余沥于两髦。候红潮于玉颊，惊暖响于檀槽。忽累珠之妙唱，抽独茧之长缲。闵手倦而少休，疑吻燥而当膏。倒一缸之雪乳，列百柂之琼艘。各眼滟于秋水，咸骨醉于春醪。美人告去已而云散，先生方兀然而禅逃。响松风于蟹眼，浮雪花于兔毫。先生一笑而起，渺海阔而天高。

背景故事　《食珍录》是我国古代饮食类专著之一，写于南北朝时期，作者是虞悰。《烧尾宴食单》的作者是唐人韦巨源，"烧尾宴"是唐代习俗，有时指官员遇到升迁等喜事时宴请同僚，有时指大臣升迁之后进献菜肴向皇上谢恩。"饕"是贪食之意，饕餮是中国古代传说中贪食的恶兽，古代钟鼎彝器上多刻其头部形状作为装饰。苏轼在此借"老饕"自比为"吃货"。《老饕赋》可以说是他这位美食家的心得，把美食的制作和享用过程描绘得有声有色，令人神往。其中提到了嫩猪肉、螃蟹、樱桃、杏仁浆蒸成的糕点和蛤蜊等等，还说开宴的时候要有仙人起舞、仙乐伴奏，生动幽默的笔调读来使人仿佛身临其境，同时又忍俊不禁。

题目 ▶ 苏轼曾饶有兴味地写下一句诗："人老簪花不自羞，花应羞上老人头。"请问，这是苏轼在观赏什么花时发出的感叹？

选项：A.月季花　B.菊花　C.牡丹

答案 ▷ C.牡丹

题解

清·钱慧安《四相簪花图》

作品原文

吉祥寺赏牡丹

苏轼

人老簪花不自羞，花应羞上老人头。

醉归扶路人应笑，十里珠帘半上钩。

背景故事　簪花是指将花朵插戴在发髻或冠帽上的一种装饰方式。作为一种民俗现象，簪花早在汉代就已经出现，唐宋时期最为盛行。我国古代男子簪花也常见，而且是一种时尚。

男子簪花的形象被文人墨客们频繁地采撷于诗词之中，比如杜牧在重阳节和朋友"菊花须插满头归"，又如戴复古在《村景》中生动地描绘出乡村老者们簪花时的欢乐场景："坐中翁姬鬓如雪，也把山花插满颠。"

用北宋欧阳修《洛阳牡丹记》里的记载来概括古时的簪花风俗再恰当不过了："春时，城中无贵

清·苏六朋《簪花进爵图》

贱，皆插花，虽负担者亦然。"宋代皇帝举行宴会，要求大臣戴花。司马光思想比较保守，曾经拒绝在御宴上戴花，同僚劝他还是要顺从皇帝旨意，他才勉强戴上。

传说北宋名臣韩琦在扬州做官的时候，家中养了一棵名贵的芍药。某一年这棵芍药一枝上开了四朵花，韩琦就请王安石、王珪和陈升之来赏花饮酒，一人一朵芍药簪在头上。没想到，三十年间，这四位先后成了宰相。这就是"四相簪花"的故事。

《水浒传》里描写梁山好汉们头上簪花的情景也着实不少，好汉蔡庆更是与簪花结下了不解之缘。平日他不仅爱戴一枝花，绰号也唤作"一枝花"。由此可想而知，宋时男子是多么喜爱簪花。

背景延伸　关于男子簪花的记录，在正史中大多和礼制有关。皇帝为大臣簪花始自唐代，发展到宋时，逐渐形成了一套完善的礼仪制度。另外，皇帝为了笼络臣子，常会在节日宴请中大量分发簪花，以示恩泽。

题目 ▶　"玉台弄粉花应妒，飘到眉心住"出自黄庭坚的《虞美人》，请问，句中"飘到眉心住"的是哪种花呢？

　　　　A.樱花　　B.桃花　　C.梅花

答案 ▷　C.梅花

题解

作品原文

虞美人·宜州见梅作

黄庭坚

天涯也有江南信，梅破知春近。夜阑风细得香迟，不道晓来开遍向南枝。

玉台弄粉花应妒，飘到眉心住。平生个里愿杯深。去国十年老尽少年心。

基本知识　黄庭坚（1045—1105），字鲁直，洪州分宁（今江西修水）人，"苏门四学士"之一，北宋著名的文学家、书法家。他构建并提出了"点铁成金"和"夺胎换骨"等诗学理论，被后人尊为"江西诗派"的一代宗师，被誉为书法"宋四家"之一，善行书和草书。

"眉心花一朵"是说梅花妆,又叫梅妆。相传,南朝宋武帝的寿阳公主卧睡殿下时,梅花飘到她的眉心,后来洗都洗不掉,于是就此衍生出特别时兴的梅花妆。在后世描写女子妆容的作品里面,"梅妆""梅花妆"都经常出现,像欧阳修的"清晨帘幕卷轻霜,呵手试梅妆"等。

唐·张萱《捣练图》

背景故事 首句"天涯也有江南信"化用自南北朝陆凯的"江南无所有,聊赠一枝春"。作者在蛮荒之地看到了梅花,就知道自己的故乡也迎来了春天。

宜州位于今天的广西,宋徽宗即位之后不久,崇宁党禁就开始了。黄庭坚在崇宁二年(1103)被送往偏远的宜州编管。他于绍圣(1094—1098)初年离开都城开封,漂泊江湖之间已多年,故末句有"去国十年老尽少年心"之语。黄庭坚最终在宜州去世,再也没有回到内地。

题目 ▶ "八百里分麾下炙,五十弦翻塞外声"表现了将军及士兵们高昂的战斗情绪,其中的"五十弦"泛指各种乐器。请问,"五十弦"最初指的是什么乐器?

选项:A.筝　B.瑟　C.琵琶

答案 ▷ B.瑟

题解

作品原文

破阵子·为陈同甫赋壮词以寄之

辛弃疾

醉里挑灯看剑,梦回吹角连营。八百里分麾下炙,五十弦翻塞外声,沙场秋点兵。马作的卢飞快,弓如霹雳弦惊。了却君王天下事,赢得生前身后名。可怜白发生!

基本知识 瑟,汉族拨弦乐器,形状似琴,多为二十五弦,也有二十七弦、二十三弦、十五弦的,弦的粗细不同,每弦瑟有一柱。传说瑟是人文始祖伏羲所创造的。《说文解字》："瑟，庖牺所作弦乐也。从珡，必声。"最早的瑟弦有五十根，故称"五十弦"。关于五十弦是如何变成二十五弦的，《史记·封禅书》之中有记载："太帝使素女鼓五十弦瑟，悲，帝禁不止，故破其瑟为二十五弦。"我们所熟悉的《史记·廉颇蔺相如列传》中就出现了瑟，渑池之会中，出现了秦王要求赵王鼓瑟的一段插曲。另外，李商隐有名篇《锦瑟》："锦瑟无端五十弦，一弦一柱思华年。"韦庄《章台夜思》也提到这种乐器："清瑟怨遥夜，绕弦风雨哀。孤灯闻楚角，残月下章台。芳草已云暮，故人殊未来。乡书不可寄，秋雁又南回。"

背景延伸 瑟与琴 瑟和琴形状类似，但比琴体积要大一些，共振腔也比琴大。琴和瑟经常并称，如琴瑟之好、琴瑟和鸣等。传说是人文始祖伏羲订婚嫁，制琴瑟。所以琴和瑟可能是我们的祖先最早创制的两种乐器。传说琴最初只有五根弦，所以载："舜弹五弦之琴，歌南国之诗，而天下治。"嵇康写过"手挥五弦"。但是到后来琴演变成七弦，一说是周公加了两根弦，一说周文王和周武王各加了一弦。

古人认为琴为君子之音，为阳。而在天下大旱的时候弹瑟，可以将主司降雨的阴气祈求而来，所以瑟就为阴。但是瑟的音比琴还要响，在古代宫廷演奏的时候瑟不必出现在现场，常作为背景音乐乐器。军中也用瑟，因为它音量非常大。

瑟与箜篌 箜篌是一种古代常见而后来近乎失传的古乐器。它的形制非常多，有卧箜篌，有竖箜篌，有凤首箜篌，尺寸大小也不一样。弦一般二十多根，也有十多根的，但没有多到过五十根。《史记·封禅书》里出现了箜篌，不过当时写作"空侯"——"作二十五弦及空侯琴瑟自此起"。箜篌在古代是"华夏正声"的代表乐器之一，被列入传统的"清商乐"。在古代皇家乐队里，箜篌也是重要的乐器，它可以用于合奏也可以独奏。与箜篌相关的诗文，我们熟知的有《孔雀东南飞》："十五弹箜篌。"还有李贺的《李凭箜篌引》，描绘了中唐梨园弟子、箜篌大师李凭的精湛技艺。

人文链接 "八百里" "八百里"指牛，《世说新语》记载东晋富豪王恺家中有牛，名"八百里驳"，牛的蹄子和双角总是闪闪发亮。王济和他打赌，比赛射箭，双方约定以这头牛作为赌注。结果王济一箭就射中了靶心，命人杀牛烤牛心，大刺刺地吃了一块就走了。"八百里驳"的"八百里"指牛的脚力健壮能奔驰八百里，"驳"指牛毛色驳杂不纯。"八百里分麾下炙"描写战争开始前在军旗下杀牛犒赏三军的场景。苏轼的《约公择饮是日大风》也用到"八百里"："要当啖公八百里，豪气一洗儒生酸。"

湖北枣阳九连墩出土彩漆二十三弦瑟

题目▶ "马作的卢飞快，弓如霹雳弦惊"从视觉和听觉两方面，概括而又生动地再现了紧张激烈的战斗场面。请问，句中提到的"的卢马"是历史上哪位人物的坐骑呢？

选项：A.吕布　B.项羽　C.刘备

答案▷ C.刘备

题解

基本知识 的卢马：的卢，马名。一种额部有白色斑点县且性烈的快马。相传刘备曾乘的卢马从襄阳城西的檀溪水中一跃三丈，脱离险境。

背景故事 相传，此马原为刘表手下降将张武所有，后来张武造反。走投无路的刘备以同为皇室宗亲的身份与刘表认了亲戚并投靠刘表，并请缨亲征。等到短兵相接之时，刘备望见张武坐骑，大为赞赏曰："此必千里马也。"赵云即时领会了主公的意图，挺枪而出，不到三个回合就枪挑张武，夺了这匹马回来。班师后刘表见了这马，也赞不绝口。刘备正愁无以报答刘表，于是欲将此马送给刘表。不料，刘表谋士蒯越认为此马"眼下有泪槽，额边生白点，名为'的卢'，骑则妨主。"还说"张武骑此马而亡"就是证明，吓得刘表赶紧找借口还给了刘备，于是这匹战马又跟随了刘备。刘表的幕宾伊籍将此马"妨主"的消息透露给了刘备，刘备却不予采纳。

后来蔡瑁欲设计谋害刘备，伊籍又向刘备报信，刘备慌忙从酒席中逃走，骑上的卢却是慌不择路，结果便来到了檀溪，前是阔越数丈的檀溪，后是追兵，《三国演义》中讲道，刘备在这个时候才想起伊籍"的卢妨主"的劝告，一边疯狂地抽打着的卢一边大叫："的卢，的卢！今日妨吾！"那马忽然从水中涌身而起，一跃三丈，飞上对岸，完成了的卢最富传奇意义的演出。

裴松之注《三国志》中记载刘备的原话为："的卢，今日危矣，可努力。"刘备一激励，的卢飞起三丈远。这之后刘备更加不相信"的卢妨主"的说法了，对这匹救命的宝马无限珍爱。

背景延伸　辛弃疾选的卢马就是因为"的卢妨主"这个典故。辛弃疾出生时，北方就已沦陷于金人之手。他的祖父辛赞虽在金国任职，却一直希望有机会能够拿起武器和金人决一死战，因为辛弃疾的先辈和金人有不共戴天之仇。辛弃疾也不断目睹汉人在金人统治下所受的屈辱与痛苦。这一切使他在青少年时代就立下了恢复中原、报国雪耻的志向。因而他有一种燕赵奇士的侠义之气。

辛弃疾二十一岁时组织起义军抗金，归顺南宋，自此他一心想恢复大好山河，但是南宋的主和派却怀疑他，说他有可能是双面间谍，很有嫌疑，所以他特意选的卢以表达自己心中的悲愤。

题目▶　曾写出"气吞万里如虎"这样豪迈诗句的辛弃疾，也曾发出"而今识尽愁滋味，欲说还休。欲说还休，却道天凉好个秋"这样沉闷的感叹，请问辛弃疾这首满腹愁苦的悲秋之作写在了什么地方？

答案▷　墙壁上

题解

作品原文

丑奴儿·书博山道中壁

辛弃疾

少年不识愁滋味，爱上层楼。爱上层楼，为赋新词强说愁。

而今识尽愁滋味，欲说还休。欲说还休，却道天凉好个秋。

基本知识　博山：在今江西省广丰县西南。因状如庐山香炉峰，故名。淳熙八年（1181）辛弃疾罢职退居上饶，常过博山。"博山"的意思是大山，古人室内有一种陈设叫"博山炉"，就是外形雕刻成群山状的香炉。强：勉强地，硬要。欲说还休：内心有所顾虑而不敢表达。休，停止。

背景故事　辛弃疾的词最显著的特点便是大量用典。然而这首《丑奴儿》却通篇白描，无一处典故。

在词人的笔下，深切的愁绪应该如何刻画呢？李煜说"问君能有几多愁？恰似一江春水向东流"，化无尽的愁绪为滔滔的江水，顿时让愁绪显得形象可感。贺铸说"试问闲愁都几许？一川烟草，满城风絮，梅子黄时雨"，也将愁绪描绘成了读者易于想象的意象。然而，对于此时的辛弃疾来说，愁绪之深，已难以用任何有形的事物和直接的语言所承载。于是，他不得不放弃对"愁滋味"的描述，只能"欲说还休，却道天凉好个秋"。与此类似的表达还有李煜的"别是一番滋味在心头"，李清照的"物是人非事事休，欲语泪先流"。相比于那些画面生动的描写，这些难以言传的愁绪，震撼人生的力量更加强烈。

题目 ▶　辛弃疾《菩萨蛮·书江西造口壁》中"郁孤台下清江水"的下一句是什么？

答案 ▷　中间多少行人泪。

题目 ▶　"西北望长安"，请接下一句。

答案 ▷　可怜无数山。

题目 ▶　"青山遮不住"，请接下一句。

答案 ▷　毕竟东流去。

题目 ▶　"江晚正愁余"，请接下一句。

答案 ▷　山深闻鹧鸪。

题解

　　基本知识　鹧鸪：古诗词里很多意象都是特指，鹧鸪多指代思乡、羁旅行役。

　　背景故事　淳熙二、三年间（1175—1176），辛弃疾任江西提点刑狱，经常巡回往复于湖南、江西等地。来到造口，俯瞰不舍昼夜流逝而去的江水，辛弃疾的思绪也似这江水般波澜起伏、绵延不绝，于是写下了这首词，表达了复国无望，无可奈何的悲凉情绪。

　　背景延伸　中国古人喜欢用意象来代表一种特定的指向。以鸟为例，有的是从生活的习性确定其指向，比如说双燕归来指春天，大雁南飞指秋天。有的是以典故确定其指向，比如杜鹃。据《华阳国志·蜀志》记载，古蜀国的开国君主名叫杜宇，后来禅位退隐，死后魂化为鸟，暮春啼鸣，其声哀怨凄悲，动人心腑。蜀人闻之曰"我望帝魂也"，因呼此鸟为杜鹃。鹧鸪形似母鸡，头如鹌鹑，胸前有白圆点如珍珠，背毛有紫赤浪纹。杜鹃叫声好像是"不如归去，不如归去"，布谷鸟的叫法是"布谷，布谷"，文人认为鹧鸪的叫声是"行不得也哥哥"，表示行路艰难。辛弃疾这首词抒发他郁郁不得志、在外地奔波的苦闷心情。他可能是真的听到了鹧鸪声，也可能用的是鹧鸪的象征意义。其他作品如张籍的《玉仙馆》中"楚客天南行渐远，山山树里鹧鸪啼"也表达了行路艰难的失意之情。另外，词牌《鹧鸪天》、著名的笛曲《鹧鸪飞》，都和鹧鸪有关。

题目 ▶　中国人对月亮有一种特殊的情感，在古诗文中月亮也有许多有趣的别称。请问下面哪一项指的是月亮呢？

　　选项：A.冰瓯　B.蟾蜍　C.白驹

答案 ▷　B.蟾蜍

题解

作品原文

木兰花慢

辛弃疾

序：中秋饮酒将旦，客谓前人诗词有赋待月，无送月者，因用《天问》体赋。

可怜今夕月，向何处、去悠悠？是别有人间，那边才见，光影东头？是天外空汗漫，但长风浩浩送中秋？飞镜无根谁系？姮娥不嫁谁留？

谓经海底问无由，恍惚使人愁。怕万里长鲸，纵横触破，玉殿琼楼。虾蟆故堪浴水，问云何玉兔解沉浮？若道都齐无恙，云何渐渐如钩？

次韵甄云卿晚登浮丘亭

范成大

宾筵旧压三千客，燕榭新高十二城。

泼墨云头连树暗，垂丝雨脚过溪生。

葛巾羽扇吾身健，雪碗冰瓯子句清。

从此相从须痛饮，故应此事胜公荣。

基本知识　飞镜：比喻明月。虾蟆：蟾蜍，蛤蟆。传说月中有蟾蜍。李白《古朗月行》："蟾蜍蚀圆影，大明夜已残。"故：本来。云何：为什么。玉兔：传说中月亮上有白兔在捣药。解沉浮：会游泳。葛巾：用葛布制成的头巾，指陶渊明葛巾漉酒之事。冰瓯：雪白、剔透的碗，形容诗文风格清新。

背景故事　"雪碗冰瓯子句清"，碗和瓯都是盛食物和水的器皿，用雪和冰来形容这样的器皿，说明它们晶莹剔透、洁白无瑕，所以引申成诗句文采清雅之意。

葛巾漉酒　陶渊明好酒，以至于用头巾滤酒，滤后又照旧戴上，后用滤酒葛巾、葛巾漉酒等形容人爱酒成癖、嗜酒为荣，赞羡真率超脱。南朝梁萧统《陶渊明传》："郡将尝候之，值其酿熟，取头上葛巾漉酒，漉毕，还复著之。"《宋书·陶潜传》《南史·陶潜传》皆记此事。

背景延伸 按照文化学的考古发现，其实最早在中国神话里月亮里并没有嫦娥，最早有蟾蜍，然后有玉兔，后来才有了嫦娥这一说。

根据钟敬文先生考证，蟾蜍是母系氏族崇拜的一种象征，因为青蛙生小蝌蚪一群一群。然后发展到后来进入父系氏族，才有了对龙、牛这些动物的崇拜。

人文链接 从文化心理学上看，我们华夏文明是农耕文明，古人和自然浑然一体，一贯是"日出而作，日落而息"。虽然万物生长靠太阳，但白天大家都在劳作，对太阳的美的描写并不多，只有像"海日生残夜，江春入旧年""大漠孤烟直，长河落日圆"之类的。文学和艺术一定和休闲的时光有关系，只有到晚上我们才能闲下来。晚上我们的祖先一抬头，能看见的最近的最大的就是月亮。月亮跟太阳不一样，人们谁都不敢在白天一直盯着太阳看，而月亮的温和则能引发无数的想象，它代表爱情，又代表神话，还能代表其他很多东西。相关的创作更是无数，像现代也有邓丽君唱《月亮代表我的心》。所以我们现在看来，诗人对月亮的歌颂简直太多了，而且产生了那么多浪漫的情怀。

题目 ▶ 陆游在六十多岁时客居京城临安，空怀恢复中原的壮志却报国无门，只能"矮纸斜行闲作草"。请问陆游这句诗暗用了哪位历史人物的典故来表达自己百无聊赖的苦闷呢？

选项：A.张旭　B.怀素　C.张芝

答案 ▷ C.张芝

题解

作品原文

临安春雨初霁

陆游

世味年来薄似纱，谁令骑马客京华。

小楼一夜听春雨，深巷明朝卖杏花。

矮纸斜行闲作草，晴窗细乳戏分茶。

素衣莫起风尘叹，犹及清明可到家。

基本知识　霁：雨后或雪后天空转晴。矮纸：小纸。斜行：行列倾斜。草：指草书。细乳：沏茶时水面白色的小泡沫。戏分茶：宋元时煎茶之法"点茶"，又称茶百戏、汤戏或茶戏，所以陆游说"戏分茶"。分茶是注汤后用箸搅茶乳，使汤水波纹变成种种形状。宋人将它与琴棋书画并称，是一种技术含量很高的文化活动。杨万里有一首《澹庵坐上观显上人分茶》诗，记述他观看显上人玩分茶时的情景，十分详尽而生动，其中有句云："分茶何似煎茶好，煎茶不如分茶巧。蒸水老禅弄泉手，隆兴元春新玉爪。二者相遇兔瓯面，怪怪奇奇真善幻。纷如擘絮行太空，影落寒江能万变。银瓶首下仍尻高，注汤作势字嫖姚。"茶、水相遇，在兔毫盏的盏面上千变万化，怪怪奇奇。素衣：原指白色的衣服，这里代指自己当时无官无职，是"白衣"百姓。风尘叹：因风尘而叹息。这句化用了陆机的"京洛多风尘，素衣化为缁"。暗指不必担心自己被京城的歪风邪气污染。

背景故事　"矮纸斜行闲作草"的关键字在于"闲"。陆游长期被罢官，回到当时的京城临安之后等待皇帝召见，他当时处在百无聊赖当中。古人写草书往往是在有空的时候。因为在古代给皇上写奏章要用楷书，朋友之间写信一般用行书比较多，而草书作为一种艺术作品，是有空闲的时候才写的。所以陆游写草书表达了他怨愤的心情："我太闲了，皇帝还不给事情做，满腔的报国热情都无处可施，大把大把的时间只能花在写草书上。"

更有意思的是，前面的"小楼一夜听春雨，深巷明朝卖杏花"，读者都觉得很美。但仔细一想，春雨是作者听到的，而且是用一整夜时间听到的，说明作者彻夜难眠，这么美的诗句反而显示出作者的愁闷。

"戏分茶"的说法虽然出于"茶戏"一词，但同时也是反话，表明了陆游闲居的苦闷心情。本想为国效力，但身无一官半职，豪情无处抒发，所以用一个"戏"字隐晦地反讽。

背景延伸　王羲之说他最佩服两个人，一是张芝，一是钟繇。张芝以草书著称，但他写行书、隶书比较多，为什么呢？他说"匆匆不暇草书"，这说明写草书一定要心定气闲，需要有足够的时间才能写。

所以陆游说"矮纸斜行闲作草"，"矮纸"就是短纸，即随便拿了张纸，斜行说明写得不经意，"闲作草"说明有时间。这些都说明他百无聊赖。

人文链接 书法 中国书法是一门古老的艺术，它伴随着中华文明的发展而发展。世界上拥有书法艺术的民族屈指可数，而中国书法具有悠久的历史。书法作为一种艺术创作，具有很深的玄妙。从甲骨文、金文演变而为大篆、小篆、隶书，到东汉、魏、晋时期，草书、楷书、行书诸体基本定型，书法时刻散发着古老艺术的魅力，为一代又一代的人们所喜爱。

草书 草书不能潦草，更不能草率。草书前一个字的最末一笔和下一个字的第一笔都是贯连在一起的，龙飞凤舞，绝非是随意划划就好。这需要一边设计、一边思考还有一边运动，过程很缓慢。

题目 ▶ 有人漂泊无依，也有人悠闲自在，"闲敲棋子落灯花"出自宋代诗人赵师秀笔下。请问，诗人为什么这么悠闲地敲着棋子来消磨时间呢？

A.被放鸽子了　B.失恋了　C.写诗没灵感了

答案 ▷ A.被放鸽子了

题解

作品原文

约客

赵师秀

黄梅时节家家雨，青草池塘处处蛙。

有约不来过夜半，闲敲棋子落灯花。

背景知识 作者赵师秀，南宋诗歌流派"永嘉四灵"成员之一。永嘉四灵是当时生长于浙江永嘉（在今浙江温州）的四位诗人——徐照、徐玑、翁卷、赵师秀，代表南宋后期诗歌创作上的一种倾向。因彼此志趣相投，诗格相类，工为唐律，专以晚唐贾岛、姚合为法，谓之唐体，他们都拜叶适为师，叶适因为他们四位的字号中都带有"灵"字，而温州古为永嘉郡，遂称之为"永嘉四灵"。他们的诗歌内容多写野逸清瘦之趣，运用白描手法，没有浓艳的色彩，并以五律诗体见长。

题目▶ 蒋捷《虞美人·听雨》中"而今听雨僧庐下，鬓已星星也"的"星星"指什么？

选项：A.鬓发斑白　B.鬓发稀疏　C.鬓发杂乱

答案▷ A.鬓发斑白

题解

作品原文

虞美人·听雨

蒋捷

少年听雨歌楼上，红烛昏罗帐。壮年听雨客舟中，江阔云低断雁叫西风。

而今听雨僧庐下，鬓已星星也。悲欢离合总无情。一任阶前点滴到天明。

基本知识　星星：形容鬓发花白的样子。西晋左思《白发赋》："星星白发，生于鬓垂。"《宋书·谢灵运传》："尝于江陵寄书与宗人何勖，以韵语序义庆州府僚佐云：'陆展染须发，欲以媚侧室。青青不解久，星星行复出。'"这是用"星星"形容鬓发花白较早的例子。

其他例子还有北宋欧阳修《秋声赋》："宜其渥然丹者为槁木，黟然黑者为星星。"黟是黑色。南宋吴渊的《念奴娇·我来牛渚》："岁月匆匆留不住，鬓已星星堪镊。"南宋周紫芝《临江仙·送光州曾使君》："记得武陵相见日，六年往事堪惊。回头双鬓已星星。"

背景故事　蒋捷生于南宋末年，他在南宋灭亡前五年（1274）高中进士。本来应该是春风得意的时候，可是没几年，国家灭亡，然后蒋捷就开始了他一生漂泊江湖的经历。所以他的一生其实是充满了沧桑之感。他一度穷到问附近的老农要不要自己帮他抄一份《牛经》换点钱。农民说："这兵荒马乱的时候，我让你帮我抄书干吗呀？"此事见于他的《贺新郎·兵后寓吴》："问邻翁、要写牛经否？翁不应，但摇手。"但是他因为名气很大，所以入元以后有人推荐他去做官。但蒋捷说自己即便没有钱买地种竹子，气节也要像竹子一样宁折不弯。他晚年隐居在太湖的竹山，就给自己取了一个号"竹山"，以此来表达不肯在新朝为官的遗民情结。晚年他隐居在竹山寺庙里，写了这首《虞美人·听雨》。全词描绘三幅画面：少年时画面鲜艳、亮丽，中年沧桑悲凉，到晚年沧桑过后看似很宁静，其实悲哀到了极点。

清

清·人物篇

题目 ▶ 请根据关键词提示猜出是哪位历史人物：神童、河北沧州、阅微草堂、四库全书、铁齿铜牙。

答案 ▷ 纪昀

题解

纪昀像

人物简介 纪昀（1724—1805），字晓岚，一字春帆，晚号石云，道号观弈道人，直隶献县（今河北沧州）人，清代政治家、文学家，乾隆年间官员。历官左都御史，兵部、礼部尚书、协办大学士加太子太保管国子监事致仕，曾任《四库全书》总纂修官。

纪昀学宗汉儒，博览群书，工诗及骈文，尤长于考证训诂。纪昀于嘉庆十年（1805）二月病逝，因"敏而好学可为文，授之以政无不达"（嘉庆帝御赐碑文），谥号文达，世称纪文达公。他的诗文经后人搜集编为《纪文达公遗集》。

代表作 《四库全书》《阅微草堂笔记》等。

文学史贡献 《四库全书》保存了大量中国历代文献，其中不少文献接近失传。它是对中国有文字记载以来所存文献的最大集结与总汇。它的分类标准和部别原则充分体现了中国古典文献传承的科学体系。无论是在古籍整理方法上，还是在辑佚、校勘、目录学等方面，都给后来的学术界以巨大的影响。

《阅微草堂笔记》在清代大量的笔记小说中独树一帜，与《聊斋志异》并誉为清代笔记小说中的"双璧"。它有意模仿宋代笔记小说质朴简淡的文风，曾在历史上一时享有同《红楼梦》《聊斋志异》并行海内的盛誉。

人物故事 铁齿铜牙？ 纪昀生活在大兴文字狱的清代中期，统治者经常从文人的作品中摘取字句、罗织罪名，制造大量冤狱。因此，历史上的纪昀非但不是电视剧中对乾隆皇帝大加讽刺与挖苦的"铁齿铜牙"的形象，而且连正当的言论都未必能顺畅发表。据史书记载，纪昀有一次向乾隆皇帝积极进言，遭到了乾隆皇帝的严厉批评："朕以汝文学尚优，故使领四库书馆，实不过以倡优蓄之，汝何敢妄谈国事！"由此可见，乾隆皇帝只是利用纪昀的文学才华，将其像倡优一样蓄养，还对其议论朝政的行为极其不满，并非像唐太宗倚重魏徵一般将其视为诤臣。

清·作品篇

题目 ▶ "冯夷击鼓，白马来迎"出自吴伟业的《沁园春》，请问句中的"冯夷"
相传是中国古代神话当中的什么神？

答案 ▷ 河神（水神）

题解

作品原文

沁园春·观潮

吴伟业

八月奔涛，千尺崔嵬，耆然欲惊。似灵妃顾笑，神鱼进舞；冯夷击鼓，白马来
迎。伍相鸱夷，钱王羽箭，怒气强于十万兵。峥嵘甚，讶雪山中断，银汉西倾。

孤舟铁笛风清，待万里乘槎问客星。叹鲸鲵未剪，戈船满岸；蟾蜍正吐，歌管
倾城。狎浪儿童，横江士女，笑指渔翁一叶轻。谁知道？是观潮枚叟，论水庄生。

基本知识 灵妃：水中仙子。神鱼进舞：这里用了《水经注》里边的故事，
"汉宣帝神爵元年，幸万岁宫，东济大河，而神鱼舞河矣"。冯夷击鼓：曹植《洛
神赋》"冯夷鸣鼓，女娲清歌"，冯夷，古代传说中的江河之神。白马：形容潮水
的气势，枚乘《七发》"其少进也，浩浩澄澄，如素车白马帷盖之张"。伍相：指
伍子胥，春秋时楚人，后为吴相国。吴破越，越王勾践卧薪尝胆，暗中复国。事为
子胥觉察，屡谏吴王夫差。吴王不听，赐剑令子胥自刎。子胥临死嘱咐儿子将自己
双眼悬挂于南门之上，以观越国灭吴。吴王大怒，取子胥尸体裹以皮囊，抛入江
中。传说从此钱塘江便有了波涛滚滚的大潮，乃伍子胥暴怒所致。钱王羽箭：相传
五代时吴越王钱镠曾筑捍海塘，因怒潮汹涌，版筑不成。于是造箭三千，在垒雪楼

命水犀军架强弩五百以射潮，迫使潮头趋向西陵，遂奠基以成塘。至今浙江沿海还流传着钱王射潮的传说。

背景故事 性情暴躁 冯夷是河神，或者叫河伯。《抱朴子》说他过河时淹死了，就被天帝任命为河伯管理河川。河伯在楚辞《九歌·河伯》和《庄子·秋水》里都有出现。神话里，他是鱼尾、人身、银发，所以还是"美男鱼"。但他性格比较暴躁。黄河经常发大水，人们认为是他在发怒。战国时期西门豹制止"河伯娶亲"的故事里，那些巫师就是拿河伯来做借口的。

斩蛟破璧 晋代张华的《博物志》和北魏郦道元的《水经注》都记载了一个关于河伯的故事。

传说有一次孔子的弟子子羽带着一块价值连城的白璧，从今天河南的延津过黄河。白璧非常珍贵，河伯起了贪心，看子羽是儒生，就想欺负他，让波神阳侯带着两条蛟龙去索要，否则不让他过河。没曾想，子羽身怀绝技，左手持璧右手持剑跃入滔天巨浪，当场斩杀两条蛟龙，吓退了波神阳侯，使得河伯大为震惊。子羽说："想要我的玉璧，以礼来求，我可以送给你，用威胁的办法绝对不行。"子羽一开始不肯给河伯白璧，等过了河上了岸却把白璧扔给河伯："不就是一块破玉吗，给你就是了。"

河伯羞愧难当，用浪花将白璧托上来还给子羽。子羽扔进去，河伯还回来。拉锯战反复多次之后，子羽将璧砸个粉碎——说明自己不肯交出白璧，是因为不畏强权，绝不仅仅是吝惜一块璧而已。这个故事讽刺了河伯的贪心，同时也说明千万不能小看知识分子，尤其是会武术的知识分子。

题目 ▶ "人生若只如初见，何事秋风悲画扇"和下列哪位君王与佳人的故事有关？
选项：A.汉成帝与班婕妤 B.唐玄宗与杨贵妃 C.汉武帝与卫子夫
答案 ▷ A.汉成帝与班婕妤

题解

作品原文

木兰花·拟古决绝词柬友

纳兰性德

人生若只如初见，何事秋风悲画扇。

等闲变却故人心，却道故人心易变。

骊山语罢清宵半，泪雨霖铃终不怨。

何如薄幸锦衣郎，比翼连枝当日愿。

基本知识　西汉班婕妤写过一首《怨歌行》，把被冷落的女子比作团扇，全诗如下：

新裂齐纨素，皎洁如霜雪。

裁为合欢扇，团团似明月。

出入君怀袖，动摇微风发。

常恐秋节至，凉飙夺炎热。

弃捐箧笥中，恩情中道绝。

　　团扇在夏天的时候，被人们经常拿在手里。可是到秋天的时候，天气凉了，扇子失去了用场，就被扔在箱子里面——"弃捐箧笥中，恩情中道绝"——再也不会有人想起它。所以班婕妤用到秋天被抛弃的团扇，来比喻被君主冷落的女性。

　　背景延伸　"初见"的"初"原意是"裁衣之始也"，所以它的部首是"衣"。如果是优秀的裁缝，下剪之前会有构思，就是人初始的想法。

　　"人生若只如初见，何事秋风悲画扇"，每个人总是能够记住最开始相聚的那一刹那的美好，如果美好能够永远延续该多幸福！但不知什么时候，这份情缘可能就此断绝。纳兰性德这两句词其实表达的是为感情善始不能善终而遗憾的情绪。很多人误把这首词当成爱情诗，其实标题"拟古决绝词柬友"透露出写作对象是作者的一位朋友。这首词相当于绝交信，有学者考证，纳兰性德写词绝交的人有可能是顾贞观，顾贞观同样是清代中期的大词人。"拟古"就是模拟古诗的内容或者口吻，这里用男女恋情的典故来借指友谊。所以这首《木兰花》并不是一首恋情词。

题目 ▶ 《红楼梦》中的判词是对主要人物结局的一种隐讳的总结。根据"枉自温柔和顺，空云似桂如兰。堪羡优伶有福，谁知公子无缘"判断，这是谁的判词？

选项：A.湘云　B.袭人　C.晴雯

答案 ▷ B.袭人

题解

作品原文

金陵十二钗正册——湘云

富贵又何为？襁褓之间父母违。

转眼吊斜晖，湘江水逝楚云飞。

金陵十二钗又副册——袭人

枉自温柔和顺，空云似桂如兰。

堪羡优伶有福，谁知公子无缘。

金陵十二钗又副册——晴雯

霁月难逢，彩云易散。心比天高，身为下贱。

风流灵巧招人怨。寿夭多因毁谤生。多情公子空牵念。

背景故事　"枉自温柔和顺，空云似桂如兰"是贾宝玉在第一次游太虚幻境的时候翻到金陵十二钗的簿册看到的，但是当时他不知道这是写谁。

贾宝玉曾亲自给袭人改名，因为她本姓花，所以根据陆游的诗句"花气袭人知昼暖"给她改名袭人。"堪羡优伶有福，谁知公子无缘"，是说后来贾宝玉出家之后，袭人的身份特别尴尬，她属于宝玉的房里人，但又是没有名分的侍妾，所以没有让她守节的道理，只好把她强行嫁出去了。在通行本后四十回中，袭人被嫁给了蒋玉菡，但当时她并不知道蒋玉菡跟宝玉其实也是亲密朋友，她看到蒋玉菡箱子里当年她赠给贾宝玉的松花色汗巾，才知道这个缘分可能是注定的。

背景延伸 《红楼梦》是小说也是一座诗词宝库，尤其是曹雪芹在引用前人诗句的时候有两句改得自有妙处。一句是"花气袭人知昼暖"，陆游原诗写的是暴风骤雨的"骤"，曹雪芹改成了白天的"昼"。还有一句是李商隐的"留得枯荷听雨声"，曹雪芹改成了"残荷"。

人文链接 很多文人大家会擅改前人成句，像苏轼和王安石就特别爱做这种事情。苏轼认为，"采菊东篱下，悠然望南山"不好，就改成了"悠然见南山"。王安石改南朝谢贞的《春日闲居诗》中的"风定花犹舞"，他觉得"舞"不好，就改成"风定花犹落"，与"鸟鸣山更幽"成为一联。所以曹雪芹也有可能是有意地、自信地将诗句改成他认为更合适的版本，但是他这么改的理由，我们今天只能揣测，没有办法达成定解了。

题目 ▶ "门外高悬黄纸帖，却疑账主怕灵符"描写的是什么传统节日？

选项：A.清明节　B.端午节　C.重阳节

答案 ▷ B.端午节

题解

作品原文

节令门·端阳

李静山

樱桃桑椹与菖蒲，更买雄黄酒一壶。

门外高悬黄纸帖，却疑账主怕灵符。

基本知识 不同的节日对应着不同的装饰。端午节起源于南方，是一个与辟邪有关的节日，因此有在门外挂菖蒲、悬艾叶、贴黄纸符的传统。

清明节更多与祭祖有关，人们通常在门口插柳条。

重阳节又称踏秋节，人们一般插茱萸、赏菊花。

背景故事 李静山是晚清人，大体活跃于同治年间前后，编撰有《增补都门杂咏》，他流传下来的作品大多是描写民风民俗的。

近现代

近现代·作品篇

题目 ▶ 毛泽东在北戴河时，曾触景追忆某位历史人物，感叹"往事越千年，魏武挥鞭"，请问"魏武"指的是谁？

答案 ▷ 曹操

题解

作品原文

浪淘沙·北戴河

毛泽东

大雨落幽燕，白浪滔天，秦皇岛外打鱼船。一片汪洋都不见，知向谁边？

往事越千年，魏武挥鞭，东临碣石有遗篇。萧瑟秋风今又是，换了人间。

基本知识 幽燕：古幽州及燕国，在今河北省北部及东北部。魏武：指魏武帝曹操。曹操去世之后，其子曹丕登基称帝，追封他为魏武帝。碣石：碣石山，在北戴河外，靠近渤海，汉朝时还在陆上，到六朝时已经沉到渤海里了。

背景故事 《浪淘沙·北戴河》是毛泽东主席于1954年在秦皇岛北戴河开会时创作的一首词。这首词生动描绘了北戴河海滨夏秋之交的壮丽景色，展示了一代伟人前无古人的雄伟气魄和博大胸怀。

背景延伸 曹操于建安十二年（207）北征乌桓，路过碣石山，登山观海，写下了著名的《步出夏门行》四首，包括《观沧海》《龟虽寿》《土不同》和《冬十月》。

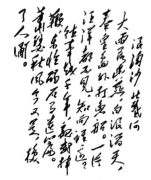

毛泽东《浪淘沙·北戴河》手迹

观沧海

曹操

东临碣石，以观沧海。

水何澹澹，山岛竦峙。

树木丛生，百草丰茂。

秋风萧瑟，洪波涌起。

日月之行，若出其中；

星汉灿烂，若出其里。

幸甚至哉，歌以咏志。

《观沧海》被认为是中国诗史上第一首完整的山水诗，这样纯写自然景物的诗之前不曾有过，可以说是开天辟地之作，对后世山水诗影响极大。

自测题及答案

《中华好诗词》现场模拟自测题（一）

河北卫视大型文化类节目《中华好诗词》赛制简介：

现场竞赛分为两个环节。

第一环节——挑兵点将。

现场有五位明星关主，选手上台后自行挑选关主一决高下。每打败一位关主，将获得两千元诗词奖学金。如将五位守擂明星全部打败，可赢得一万元诗词奖学金，并进入第二个环节。

第二环节——巅峰对决。

打通五关后的诗词达人挑战上期擂主，攻擂成功将会成为《中华好诗词》新任擂主，并获得更高额奖学金，同时有机会进入《中华好诗词》的总决赛，冲击年度总冠军！

下面，你可以进入"挑兵点将"环节，每轮十四道题，每道题只有二十秒的思考时间，模拟自测开始啦！

诗词达人们，加油吧！

挑兵点将

第一轮题目

1. 李白在《将进酒》中说道"人生得意须尽欢"，请接下一句。

2. "天生我材必有用"，请接下一句。

3. "烹羊宰牛且为乐"，请接下一句。

4. "岑夫子，丹丘生"，请接下两句。

5. 陆游的《游山西村》，"莫笑农家腊酒浑"，请接下一句。

6. "山重水复疑无路"，请接下一句。

7. "箫鼓追随春社近"，请接下一句。

8. "从今若许闲乘月"，请接下一句。

9. 下列诗句都出自杜甫的名篇，请问，其中有错误的是哪一项？

   选项：A.感时花溅泪，恨别鸟惊心。

   B.好雨知时节，当春乃发生。

   C.战火连三月，家书抵万金。

10. 下面是一道图片题，请根据已经给出的文字信息，猜出是哪两句诗。

	川		海
		复	

11. 请问，下面诗句中哪两句诗的版权应归属于楚霸王项羽呢？

    选项：A.汉兵已略地，四面楚歌声。

    B.骓不逝兮可奈何，虞兮虞兮奈若何。

    C.大风起兮云飞扬，威加海内兮归故乡。

12. 《望洞庭湖赠张丞相》其实是孟浩然为推销自己而写的，类似于现代的自荐
    信。请问，孟浩然是在向谁推荐自己？

    选项：A.张九龄　　B.张祜　　C.张说

13. "大夫泽畔行吟处，司马江头送别时"出自金代诗人王寂的笔下，这句诗暗含
    了哪两位诗人？

14. "念其霜中能作花，露中能作实"出自南朝诗人鲍照笔下。请问，这么坚强的
    花是什么花呢？

成功通关，你已赢得两千元现金奖励，准备进入第二轮挑战！

第二轮题目

1. 《诗经·关雎》中"关关雎鸠"的下一句是什么？

2. "窈窕淑女"，请接下一句。

3. "参差荇菜"，请接下一句。

4. "窈窕淑女"，请接下一句。

5. 柳永的《雨霖铃》中"寒蝉凄切，对长亭晚"，请接下句。

6. "都门帐饮无绪"，请接下句。

7. "执手相看泪眼"，请接下句。

8. "念去去，千里烟波"，请接下句。

9. "庐山花径"又叫"白司马花径"，在唐代被人们誉为"匡庐第一境"。请问，"庐山花径"和下列哪首诗有关？

   选项：A.《大林寺桃花》　　B.《江畔独步寻花》　　C.《花非花》

10. 《陈情表》是三国两晋时期文学家李密写给晋武帝的奏章，有这样一种说法："读李密《陈情表》不流泪者不孝。"请问，这篇文章写的是李密和谁的深厚感情？

    选项：A.母亲　　B.父亲　　C.祖母

11. "有时朝发白帝，暮到江陵"出自郦道元的《三峡》。请问，李白哪首诗中的哪两句也描写了这样的场景？

12. "孤臣白首逢新政，游子青春见故乡"出自陈师道笔下。请问，其中"游子青春见故乡"这句诗，脱胎于杜甫《闻官军收河南河北》中的哪句诗？

13. 江苏南通有一座祠堂，堂前一副对联是这样写的："丹心照汗青，孔曰成仁，孟曰取义；正气贯天地，下为河岳，上为日星。"根据对联分析，这个祠堂是纪念谁的呢？

    选项：A.陆游　　B.岳飞　　C.文天祥

14. 请问，"故善鸟香草以配忠贞，恶禽臭物以比谗佞"是东汉文学家王逸评价哪部作品的？

    选项：A.《诗经》　　B.《离骚》　　C.《古诗十九首》

    成功通关，你已赢得四千元现金奖励，准备进入第三轮挑战！

第三轮题目

1. 宋代抗元英雄文天祥的《过零丁洋》中"辛苦遭逢起一经"的下一句是什么？

2. "山河破碎风飘絮"，请接下一句。

3. "惶恐滩头说惶恐"，请接下一句。

4. "人生自古谁无死"，请接下一句。

5. 辛弃疾的《破阵子·为陈同甫赋壮词以寄之》中写道"醉里挑灯看剑"，请问，下一句是什么？

6. "八百里分麾下炙，五十弦翻塞外声"，请接下一句。

7. "马作的卢飞快"，请接下一句。

8. "了却君王天下事，赢得生前身后名"的下一句是什么？

9. 接下来是图片题，请看图片。

请问这张图片中隐含了哪句诗？

10. 接下来是联想题，通过给出的关键词，你能联想到哪个人呢？

关键词：才子、名门之后、仕途不顺、婉约派、小山词

11. 《硕人》是最早描写女性容貌美、情态美的篇章。请问，这里的"硕人"指的是什么样的人？

选项：A.瘦弱纤细的人　　B.娇小玲珑的人　　C.高大俊美的人

12. "孟冬寒气至，北风何惨栗"出自《古诗十九首》，是一位女子思念远方爱人时的自述。请问，这里的"孟冬"指的是农历几月？

选项：A.十月　　B.十一月　　C.十二月

13. "刻意伤春复伤别，人间唯有杜司勋"出自李商隐笔下。请问，李商隐诗中如此仰慕的这个"杜司勋"指的是哪位诗人？

14. 苏轼的《戏答佛印》中写道："采得百花成蜜后，不知辛苦为谁甜。"请问，这两句诗和唐代诗人罗隐哪首诗中的诗句有密切的关系？

成功通关，你已赢得六千元现金奖励，准备进入第四轮挑战！

第四轮题目

1. 王安石的《梅花》中"墙角数枝梅"的下一句是什么？

2. "遥知不是雪"，请接下一句。

3. 王安石的《登飞来峰》中，"飞来山上千寻塔"，请接下一句。

4. "不畏浮云遮望眼"，请接下一句。

5. 杜牧的《秋夕》中，"银烛秋光冷画屏"，请接下一句。

6. "天阶夜色凉如水"，请接下一句。

7. 王昌龄的《闺怨》中，"闺中少妇不知愁"，请接下一句。

8. "忽见陌头杨柳色"，请接下一句。

9. "山重水复疑无路，柳暗花明又一村"出自陆游的《游山西村》。请问，诗人创作这首诗的地点是？

    选项：A.浙江省　　B.山西省　　C.河南省

10. 接下来是联想题，通过给出的关键词，你能联想到哪个人呢？

    关键词：水布、河北、推敲、韩湘子、师说

11. 请问，下列充满浓厚思乡之情的诗句中，哪一项是错的？

    选项：A.独在异乡为异客，每逢佳节倍思亲。

    　　　B.少小离家老大回，乡音未改鬓毛衰。

    　　　C.春风又绿江南岸，明月何时照我还。

12. 唐宋时期有很多文人都是陶渊明的粉丝，其中有一个重量级粉丝，不但说自己"无所甚好，独好渊明之诗"，还拉上儿子一起追星，"读陶诗、和陶诗"成了他们父子生活中的一大乐事。请问，这位诗人是谁？

选项：A.欧阳修　　B.苏轼　　C.王安石

13. "磨刀霍霍向猪羊"出自北朝民歌《木兰诗》，描述的是家人知道木兰从军归来后的忙碌场景。请问，根据诗中内容，"磨刀霍霍向猪羊"的是木兰的什么人？

14. "牧羊驱马虽戎服，白发丹心尽汉臣"出自杜牧的《河湟》。请问，作者是借用哪位历史人物的事迹，来比喻河湟百姓身陷异族而忠心不移的精神？

成功通关，你已赢得八千元现金奖励，准备进入第五轮挑战！

第五轮题目

1. 苏轼的《定风波·三月七日沙湖道中遇雨》中，"莫听穿林打叶声"，请接下一句。

2. "竹杖芒鞋轻胜马，谁怕"，请接下一句。

3. "料峭春风吹酒醒，微冷"，请接下一句。

4. "回首向来萧瑟处，归去"，请接下一句。

5. 范仲淹在其名篇《渔家傲·秋思》中写道"塞下秋来风景异"，请接下一句。

6. "四面边声连角起。千嶂里"，请接下一句。

7. "浊酒一杯家万里"，请接下一句。

8. "羌管悠悠霜满地。人不寐"，请接下一句。

9. 接下来是图片题，请看图片。

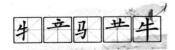

请问这张图片中包含了哪句诗？

10. 李清照自号易安居士，"易安"二字取自陶渊明《归去来兮辞》中某句之雅意，是哪一句呢？

11. 不足百字的名篇《陋室铭》，描写的房屋虽然简陋，但是却可以做很多有意义的事情。请问，根据文中记载，在陋室中可以做什么呢？

    选项：A.弹琴、喝茶　　B.弹琴、读经　　C.作画、读经

12. 请问，因为"流光容易把人抛，红了樱桃，绿了芭蕉"这一名句，宋末词人蒋捷获得了哪个美称？

    选项：A.芭蕉举人　　B.樱桃进士　　C.芭蕉进士

13. "今日听君歌一曲，暂凭杯酒长精神"出自刘禹锡笔下。请问，"今日听君歌一曲"中的"君"是指哪位诗人？

14. "读书不觉已春深，一寸光阴一寸金"出自王贞白笔下。请问，这是王贞白在哪个书院读书时，悟出的一句劝人珍惜光阴的名言？

　　恭喜你已经成功打败了五位明星关主！你是否要挑战擂主？如果放弃挑战，你可以带着已经获得的一万元奖学金安全离开；如果迎接挑战，挑战失败，已得奖学金将折半；挑战成功，你将成为我们新一任擂主，并且获得额外的两万元奖学金！怎么样，你敢挑战吗？接下来就是最惊心动魄的环节——巅峰对决！

　　本期巅峰对决的形式是龙争虎斗！龙争虎斗的比赛规则是"抢七"，谁最先答对七道题，谁就是获胜者。龙争虎斗现在开始！

龙争虎斗

1. 唐朝名相张说曾经亲自书写了一联诗，挂在宰相政事堂上，他写的是"海日生残夜，江春入旧年"。这句诗出自哪位诗人的哪首作品呢？请抢答。

2. 明代诗人王世贞曾说："七言绝句，王江宁与太白争胜毫厘，俱是神品。"这位七言绝句能和李白媲美的王江宁指的是谁？请抢答。

3. "纵使相逢应不识，尘满面，鬓如霜"是苏轼悼念亡妻时发出的感叹。请问，苏轼写这首词时，他的妻子王弗已经去世多少年了？请抢答。

4. 温庭筠在骈文方面，因为和"李商隐、段成式"有共同特点，并称为什么呢？请抢答。

5. 接下来是"成语题"，从每个成语中任选一个字，组成一句诗，听到"请抢答"才能抢答，请看题。

   不进则退、漫山遍野、一言难尽、煮鹤烧琴、万家灯火

6. 李颀在《琴歌》中写道："主人有酒欢今夕，请奏鸣琴广陵客。"请问，句中的"广陵客"和晋代哪位名士有关？请抢答。

7. "去来固无迹，动息如有情"出自王勃一首著名的咏物诗。根据诗句分析，王勃咏叹的是什么？请抢答。

8. "昼出耘田夜绩麻，村庄儿女各当家"出自范成大的《夏日田园杂兴》，从不同角度描写了乡村男女老少的劳动情景。根据诗中描述，村里的小孩儿也学着做什么呢？

   选项：A.种瓜　　B.织布　　C.喂鸡

9. "笔底明珠无处卖，闲抛闲掷野藤中"出自徐渭的一首题画诗，通过描述一种水果，传达出一位文人落魄怅然的形象。请问，这幅画上画的是什么水果？

   选项：A.荔枝　　B.葡萄　　C.西瓜

10. "一年好景君须记，最是橙黄橘绿时"的"君"指的是谁？请抢答。

11. 王维在《渭川田家》中写道"即此羡闲逸，怅然吟《式微》"一句，请问王维怅然吟诵的这首《式微》出自哪部作品？请抢答。

12. 李白有诗云："天门一长啸，万里清风来。"请问，这写的是诗人游览哪座名山时的感受？请抢答。

《中华好诗词》第一套自测模拟题就到这里！

你闯过了几关？热爱诗词的朋友，《中华好诗词》等你来挑战！

《中华好诗词》现场模拟自测题（一）答案

挑兵点将

第一轮题目答案：

1. 莫使金樽空对月。

2. 千金散尽还复来。

3. 会须一饮三百杯。

4. 将进酒，杯莫停。

5. 丰年留客足鸡豚。

6. 柳暗花明又一村。

7. 衣冠简朴古风存。

8. 拄杖无时夜叩门。

9. C.战火连三月，家书抵万金。应该是"烽火连三月，家书抵万金"。

10. 百川东到海，何时复西归。

11. B.骓不逝兮可奈何，虞兮虞兮奈若何。

12. A.张九龄

13. 屈原、白居易

14. 梅花

第二轮题目答案：

1. 在河之洲。

2. 君子好逑。

3. 左右流之。

4. 寤寐求之。

5. 骤雨初歇。

6. 留恋处、兰舟催发。

7. 竟无语凝噎。

8. 暮霭沉沉楚天阔。

9. A.《大林寺桃花》

10. C.祖母

11. 《早发白帝城》；朝辞白帝彩云间，千里江陵一日还。

12. 青春作伴好还乡。

13. C.文天祥

14. B.《离骚》

第三轮题目答案：

1. 干戈寥落四周星。

2. 身世浮沉雨打萍。

3. 零丁洋里叹零丁。

4. 留取丹心照汗青。

5. 梦回吹角连营。

6. 沙场秋点兵。

7. 弓如霹雳弦惊。

8. 可怜白发生。

9. 狗吠深巷中。

10. 晏几道

11. C.高大俊美的人

12. A.十月

13. 杜牧

14. 《蜂》

第四轮题目答案：

1. 凌寒独自开。

2. 为有暗香来。

3. 闻说鸡鸣见日升。

4. 自缘身在最高层。

5. 轻罗小扇扑流萤。

6. 卧看牵牛织女星。

7. 春日凝妆上翠楼。

8. 悔教夫婿觅封侯。

9. A.浙江省

10. 韩愈

11. B. 少小离家老大回，乡音未改鬓毛衰。应该是"少小离家老大回，乡音无改鬓毛衰"。

12. B. 苏轼　苏轼晚年在《与苏辙书》中说"无所甚好，独好渊明之诗"。

13. 弟弟　《木兰诗》："小弟闻姊来，磨刀霍霍向猪羊。"

14. 苏武

第五轮题目答案：

1. 何妨吟啸且徐行。

2. 一蓑烟雨任平生。

3. 山头斜照却相迎。

4. 也无风雨也无晴。

5. 衡阳雁去无留意。

6. 长烟落日孤城闭。

7. 燕然未勒归无计。

8. 将军白发征夫泪。

9. 牧童骑黄牛。

10. 审容膝之易安。

11. B.弹琴、读经　《陋室铭》中有"谈笑有鸿儒，往来无白丁。可以调素琴，阅金经"。

12. B.樱桃进士

13. 白居易

14. 白鹿洞书院　诗句出自《白鹿洞二首（其一）》。

龙争虎斗答案：

1. 王湾《次北固山下》

2. 王昌龄

3. 十年　苏轼《江城子·乙卯正月二十日夜记梦》："十年生死两茫茫，不思量，自难忘。"

4. 三十六体　李商隐、温庭筠、段成式皆排行第十六，而诗文则以俪偶相夸，世称"三十六体"骈文，即"三个十六"。

5. 野火烧不尽。出自白居易《赋得古原草送别》："野火烧不尽，春风吹又生。"

6. 嵇康

7. 风　诗句出自王勃《咏风》。

8. A.种瓜　《夏日田园杂兴》："昼出耘田夜绩麻，村庄儿女各当家。童孙未解供耕织，也傍桑阴学种瓜。"

9. B.葡萄　这句诗题在《墨葡萄图》。

10. 刘景文　诗句出自苏轼《赠刘景文》。

11. 《诗经》　式微：《诗经》篇名，其中有"式微，式微，胡不归"之句，表归隐之意。

12. 泰山　这组诗的题目是《游泰山六首》。

《中华好诗词》现场模拟自测题（二）

挑兵点将

第一轮题目

1. 据说，流传千古的名诗《渡汉江》是唐代诗人宋之问所作。请问，诗中"岭外音书断"的下一句是什么？

2. "近乡情更怯"，请接下一句。

3. 月亮这个意象在古诗词中特别受欢迎，唐代诗人张九龄的《望月怀远》就是望月怀思的名篇。诗中写道："海上生明月。"请接下一句。

4. "情人怨遥夜"，请接下一句。

5. "灭烛怜光满"，请接下一句。

6. "不堪盈手赠"，请接下一句。

7. 接下来是一道图片题。

请问，这张图片中包含了哪句诗？

8. 接下来依旧是图片题。

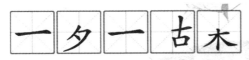

请问，这张图片中包含了哪句诗？

9. 古琴是一种汉族传统拨弦乐器，很多诗词作品对它独特悠远的声音都有描述。请问，下列哪个选项中描述的不是古琴？

   选项：A.昵昵儿女语，恩怨相尔汝。　　B.琐窗寒，轻拢慢捻，泪珠盈睫。

   　　　C.泠泠七弦遍，万木澄幽阴。

10. 说起旅行，白居易曾在游玩某处景点时这样写道："最爱湖东行不足，绿杨阴里白沙堤。""白沙堤"就是今天的白堤，请问白堤位于哪座城市？

   选项：A.杭州　　B.绍兴　　C.苏州

11. "可堪回首，佛狸祠下，一片神鸦社鼓"是辛弃疾对于历史流转、英雄湮没的感叹。请问，关于句中的"佛狸祠"的得名，下面哪一项是对的呢？

   选项：A.因为一种叫"佛狸"的动物在此聚集而得名

   　　　B.因为某位历史人物曾经在此活动而得名

   　　　C.宋朝开国皇帝赐名

12. 白居易《琵琶行》中的琵琶女年轻时是盛极一时的歌女，从"五陵年少争缠头，一曲红绡不知数"就可以看出来。请问，句中"缠头"指的是什么？

   选项：A.一种名贵的衣物　　B.裹在头上的装饰　　C.客人给歌女的赏礼

13. "露似真珠月似弓"出自白居易的《暮江吟》。请问，根据诗作记载，诗人是在农历几月初几看到了珍珠一般的清露和弯弓一样精致的新月？

14. "西陆蝉声唱，南冠客思侵"，这是唐代诗人骆宾王的一句诗。请问，诗中的"南冠"指的是什么人？

成功通关，你已赢得两千元现金奖励，准备进入第二轮挑战！

第二轮题目

1. 唐代诗人刘希夷的名篇《代悲白头翁》中，"洛阳城东桃李花"的下一句是什么？

2. "洛阳女儿惜颜色"，请接下一句。

3. 《闻官军收河南河北》被称为杜甫"生平第一快诗"，全诗情感奔放，处处渗着一个"喜"字。请问，其中"剑外忽传收蓟北"的下一句是什么？

4. "却看妻子愁何在"，请接下一句。

5. "白日放歌须纵酒"，请接下一句。

6. "即从巴峡穿巫峡"，请接下一句。

7. 接下来是成语题，任意从下面五个成语中各取一字，识别出一句诗，请看题。

   月明风清、锦上添花、柳暗花明、喜上眉梢、浪子回头

8. 接下来是图片题，请看图片。

   请说出图片中隐含着哪句诗？

9. 如果古代有社交软件，下列选项中哪句诗不可能是李白的个性签名？

   选项：A.十步杀一人，千里不留行。

   　　　B.小舟从此逝，江海寄余生。

   　　　C.人生在世不称意，明朝散发弄扁舟。

10. 《古诗十九首》中的《迢迢牵牛星》写到织女"终日不成章，泣涕零如雨"，请问，"终日不成章"化用自哪部作品？

    选项：A.《诗经》　　B.《楚辞》　　C.《燕歌行》

11. 现在流行一句话，叫"世界那么大，我想去看看"。其实在古代，诗人们也经常出去旅游，还留下不少名诗佳句。请问，下面哪句诗描述了庐山的秀美风光呢？

    选项：A.会当凌绝顶，一览众山小。

    　　　B.屏风九叠云锦张，影落明湖青黛光。

    　　　C.两岸青山相对出，孤帆一片日边来。

12. "若似月轮终皎洁，不辞冰雪为卿热"出自纳兰性德的《蝶恋花》。请问，"不辞冰雪为卿热"说的是下列哪位人物与妻子感情至深的典故？

    选项：A.荀粲　　B.苏轼　　C.元稹

13. "以尔车来，以我贿迁"出自《诗经·氓》，写的是男子驱车迎娶新娘的场景，诗中的"贿"指代的是什么？

14. 《陋室铭》写出了刘禹锡安贫乐道的隐逸情趣。请问，文中哪两句描写了他居于陋室、远离喧嚣与繁忙公务的生活？

成功通关，你已赢得四千元现金奖励，准备进入第三轮挑战！

第三轮题目

1. 《木瓜》是现今传诵最广的《诗经》名篇之一，诗中写道"投我以木瓜"，请接下一句。

2. "投我以木桃"，请接下一句。

3. 王昌龄的《芙蓉楼送辛渐》中，"寒雨连江夜入吴"，请接下一句。

4. "洛阳亲友如相问"，请接下一句。

5. 接下来是联想题，通过给出的关键词，你能联想到哪个人呢？

   关键词：浪漫、长相独特、呕心沥血、英年早逝、三李

6. 还是联想题，通过题中给出的五个关键词，你能联想到哪个人物？

   关键字：独生子、爱酒、画地学书、六一、醉翁

7. "君生我未生，我生君已老。君恨我生迟，我恨君生早。"这几句诗现在在网上非常流行。请问，这首诗最早是在哪里发现的？

   选项：A.画轴上　　B.墙壁上　　C.瓷器上

8. 李白的名篇《将进酒》中有诗句："陈王昔时宴平乐，斗酒十千恣欢谑。"请问，这句诗化用了谁的哪首作品里的诗句呢？

   选项：A.潘安《秋兴赋》　　B.曹丕《燕歌行》　　C.曹植《名都篇》

9. "离离原上草，一岁一枯荣"出自白居易的成名作《赋得古原草送别》。请问，诗中"离离"二字形容的是什么样的草呢？

   选项：A.枯黄　　B.茂盛　　C.稀疏

10. "良无盘石固，虚名复何益"出自《古诗十九首》中的《明月皎夜光》。请问，这里原是用"盘石"形容什么？

　　选项：A.同门之谊

　　　　　B.坚固的爱情

　　　　　C.至上的亲情

11. "莺初解语，最是一年春好处。微雨如酥，草色遥看近却无"出自苏轼的《减字木兰花》。请问，这句词化用了哪位诗人的诗句？

12. "其间旦暮闻何物"出自白居易的《琵琶行》。请问，根据诗中记载，除了凄凉的猿声之外，白居易还听见了什么动物的叫声呢？

13. 成语"北风之恋"是用来形容对故土的怀念之情，出自诗句"胡马依北风，越鸟巢南枝"。请问，这句诗出自《古诗十九首》中的哪一篇？

14. "女郎折得殷勤看，道是春风及第花"出自唐代诗人郑谷笔下。请问，诗中的"及第花"是什么花？

　　　　成功通关，你已赢得六千元现金奖励，准备进入第四轮挑战！

第四轮题目

1. 唐朝诗人陈陶的《陇西行》中，"誓扫匈奴不顾身"，请接下一句。

2. "可怜无定河边骨"，请接下一句。

3. 唐代诗人白居易的《后宫词》中"泪湿罗巾梦不成"的下一句是什么？

4. "红颜未老恩先断"，请接下一句。

5. 李白客居洛阳时曾作《春夜洛城闻笛》。请问，诗中"谁家玉笛暗飞声"的下一句是什么？

6. "此夜曲中闻折柳"，请接下一句。

7. 唐代诗人张若虚的《春江花月夜》中，"此时相望不相闻"的下一句是什么？

8. "鸿雁长飞光不度"，请接下一句。

9. 乐府《古艳歌》中写道："茕茕白兔，东走西顾。衣不如新，人不如故。"请问，这里用白兔比喻什么？

　　选项：A.背井离乡的人　　B.遭贬谪的人　　C.被抛弃的妇人

10. "聒碎乡心梦不成，故园无此声"出自纳兰性德的《长相思》，描写了将士们对故乡的思念。请问，根据词作内容记载，"故园无此声"的"此声"在这里指的是什么声音？

　　选项：A.马蹄声　　B.风雪声　　C.战鼓声

11. 《氓》是《诗经》中的一首长诗，诗中的女主人公在回忆刚开始和男子恋爱时，提到"匪我愆期，子无良媒"，女主人公要男子找好媒人再来迎娶，并且向他允诺了迎娶的季节。请问，女主人公允诺的是哪个季节？

　　选项：A.冬天　　B.秋天　　C.春天

12. "八百里分麾下炙，五十弦翻塞外声"一句表现了将军及士兵们高昂的战斗情绪，句中提到的"五十弦"泛指各种乐器。请问，"五十弦"最初指的是什么乐器？

　　选项：A.筝　　B.瑟　　C.琵琶

13. 《敕勒歌》最初并不是一首汉语诗歌，它是由鲜卑语翻译过来的一首民歌。请问，这首民歌中出现了哪两种动物？

14. "众里寻他千百度，蓦然回首，那人却在，灯火阑珊处"，描写的是什么节日？

　　　　成功通关，你已赢得八千元现金奖励，准备进入第五轮挑战！

第五轮题目

1. 李煜《相见欢》中，"林花谢了春红，太匆匆"的下一句是什么？

2. "胭脂泪，相留醉，几时重"，请接下一句。

3. 李白的《梦游天姥吟留别》中，"海客谈瀛洲"的下一句是什么？

4. "越人语天姥"，请接下一句。

5. "天姥连天向天横"，请接下一句。

6. "天台四万八千丈"，请接下一句。

7. 接下来是成语题，任意从下面五个成语中各取一字，识别出一句诗，请看题。

   面红耳赤、目光如豆、生机勃勃、北雁南飞、国色天香

8. 还是一道成语题，从下面五个成语中各选一字，组成一句诗，请看题。

   满城风雨、举足轻重、衣锦还乡、花容月貌、达官贵人

9. 请问，根据诗句，下面关于陶渊明生活细节的说法，哪个是正确的？

   选项：A.误落尘网中，一去二十年。

   　　　B.方宅八九亩，草屋十余间。

   　　　C.种豆南山下，草盛豆苗稀。

10. 《破阵子·燕子来时新社》是宋代婉约派词人晏殊的作品。词中写道："燕子来时新社，梨花落后清明。"请问，"新社"在古代是祭祀什么的日子？

    选项：A.财神　　B.土地神　　C.雨神

11. "偷得浮生半日闲"是展现悠闲心态的佳句，这样充满禅意的一句诗出自唐代诗人李涉笔下。请问，当时诗人把这句诗写在了哪里？

    选项：A.扇面上　　B.墙壁上　　C.手绢上

12. "中间小谢又清发"中，"小谢"是著名的谢氏家族成员谢朓，也是李白的偶像，这可是有根据的，有诗说李白"一生低首谢宣城"。请问，谢朓为什么叫谢宣城呢？

    选项：A.谢朓在宣城做过官　　B.谢朓出生在宣城　　C.谢朓给自己取号叫"宣城"

13. 辛弃疾在《沁园春》中写道："人怪我柴门今始开。"请问，诗中的"柴门今始开"化用了杜甫哪首诗中哪一句的句意？

14. 陆游在六十多岁客居京城临安，空怀恢复中原的壮志却报国无门，只能"矮纸斜行闲作草"。请问陆游这句诗暗用了哪位历史人物的典故来表达自己百无聊赖的苦闷呢？

恭喜你已经成功打败了五位明星关主！获得一万元奖金！你是否要挑战擂主？如果放弃挑战，你可以带着已经获得的一万元奖学金安全离开；如果迎接挑战，挑战失败，已得奖学金将折半；挑战成功，你将成为我们新一任擂主，并且获得额外的两万元奖学金！怎么样，你敢挑战吗？接下来就是最惊心动魄的环节——巅峰对决！

本期巅峰对决的形式是龙争虎斗！龙争虎斗的比赛规则是"抢七"，谁最先答对七道题，谁就是获胜者。龙争虎斗现在开始！

龙争虎斗

1. "年年战骨埋荒外"出自唐代诗人李颀的《古从军行》。请问，根据诗中记载，无数战士用生命换来的是将什么送入汉家呢？请抢答。

2. 古人形容美好的爱情，喜欢以动物比喻，比如灵犀、凤凰、鸳鸯等。"只羡鸳鸯不羡仙"这句俗语就化用自两句诗："得成比目何辞死，愿作鸳鸯不羡仙。"请问是哪位诗人发出这样的感慨呢？请抢答。

3. "桃李不言，下自成蹊"是司马迁在《史记》中对某位将军的评语。请问，他夸赞的是历史上的哪位将军呢？请抢答。

4. 接下来是手写填空题，抢到后请说出并写出正确答案。
   李白在《蜀道难》中写道"飞湍瀑流争'什么什么'"，请抢答。

5. 请问，成语"司空见惯"出自哪位诗人的哪部作品？请抢答。

6. 如果要用外号、别称当作微信名，请问"幽忧子"应该是哪位诗人的微信名称呢？请抢答。

7. 白居易在《暮江吟》中写道："一道残阳铺水中，半江瑟瑟半江红。"请问，句中的"瑟瑟"指的是什么？请抢答。

8. 唐代诗人皮日休在一首诗中写道："玉刻冰壶含露湿，斓斑似带湘娥泣。萧娘初嫁嗜甘酸，嚼破水精千万粒。"这首诗描写的是哪种水果？请抢答。

9. "玄都观里桃千树，尽是刘郎去后栽"出自《元和十年自朗州至京戏赠看花诸君子》，这是唐代一位诗人讽刺新官僚的诗作，诗中的"刘郎"指的是谁？请抢答。

10. 《诗经·唐风·绸缪》是一首描写新婚喜悦的诗作，诗中写道："今夕何夕，见此粲者？"请问，诗中的"粲者"指的是什么人？请抢答。

11. "青青芹蕨下，叠卧双白鱼。无声但呀呀，以气相煦濡"出自白居易的《放鱼》，这几句诗隐含了一个成语故事。请问，是什么成语呢？请抢答。

12. 陆游在《钗头凤·红酥手》中怀念自己的初恋，写下了"春如旧，人空瘦。泪痕红浥鲛绡透"。请问，"鲛绡"指的是什么物品？请抢答。

《中华好诗词》第二套自测模拟题就到这里！

你闯过了几关？热爱诗词的朋友，《中华好诗词》等你来挑战！

《中华好诗词》现场模拟自测题（二）答案

挑兵点将

第一轮题目答案：

1. 经冬复历春。

2. 不敢问来人。

3. 天涯共此时。

4. 竟夕起相思。

5. 披衣觉露滋。

6. 还寝梦佳期。

7. 海内存知己。

8. 一岁一枯荣。

9. B.琐窗寒，轻拢慢捻，泪珠盈睫。诗句出自辛弃疾的《贺新郎·赋琵琶》，描写的是琵琶的声音。

10. A.杭州 "最爱湖东行不足，绿杨阴里白沙堤"出自白居易《钱塘湖春行》，钱塘湖就是西湖，位于杭州。

11. B.因为某位历史人物曾经在此活动而得名 北魏太武帝，字佛狸，于宋元嘉二十七年击败王玄谟的军队以后，在山上建立行宫，即后来的"佛狸祠"。

12. C.客人给歌女的赏礼

13. 九月初三 原句为"可怜九月初三夜，露似真珠月似弓"。

14. 囚犯

第二轮题目答案：

1. 飞来飞去落谁家？

2. 坐见落花长叹息。

3. 初闻涕泪满衣裳。

4. 漫卷诗书喜欲狂。

5. 青春作伴好还乡。

6. 便下襄阳向洛阳。

7. 月上柳梢头。

8 犹抱琵琶半遮面。

9. B.小舟从此逝，江海寄余生。诗句出自苏轼《临江仙·夜饮东坡醒复醉》。

10. A.《诗经》 "终日不成章"化用《诗经·小雅·大东》："跂彼织女，终日 七襄。虽则七襄，不成报章。"

11. B.屏风九叠云锦张，影落明湖青黛光。诗句出自李白《庐山谣寄卢侍御虚 舟》。

12. A.荀粲

13. 嫁妆

14. 无丝竹之乱耳，无案牍之劳形。

第三轮题目答案：

1. 报之以琼琚。

2. 报之以琼瑶。

3. 平明送客楚山孤。

4. 一片冰心在玉壶。

5. 李贺

6. 欧阳修

7. C.瓷器上 此诗为唐代铜官窑瓷器题诗，可能是陶工自己创作的，也可能为当 时流行的里巷歌谣。

8. C.曹植《名都篇》 其中有"归来宴平乐，美酒斗十千"之句。

9. B.茂盛

10. A.同门之谊

11. 韩愈　韩愈《早春呈水部张十八员外》："天街小雨润如酥，草色遥看近却无。最是一年春好处，绝胜烟柳满皇都。"

12. 杜鹃　原句："其间旦暮闻何物？杜鹃啼血猿哀鸣。"

13. 《行行重行行》

14. 杏花　此诗名为《曲江红杏》。

第四轮题目答案：

1. 五千貂锦丧胡尘。

2. 犹是春闺梦里人。

3. 夜深前殿按歌声。

4. 斜倚熏笼坐到明。

5. 散入春风满洛城。

6. 何人不起故园情。

7. 愿逐月华流照君。

8. 鱼龙潜跃水成文。

9. C.被抛弃的妇人　《古艳歌》写弃妇被迫出走，犹如孤苦的白兔，往东去却又往西顾，虽走而仍恋故人。

10. B.风雪声　原词为："山一程，水一程，身向榆关那畔行。夜深千帐灯。风一更，雪一更，聒碎乡心梦不成。故园无此声。"

11. B.秋天　诗中写道："将子无怒，秋以为期。"

12. B.瑟　瑟为汉族拨弦乐器，形状似琴，有二十五根弦，弦的粗细不同；每弦瑟有一柱；最早的瑟有五十弦，故又称"五十弦"。

13. 牛、羊　原诗："天苍苍，野茫茫，风吹草低见牛羊。"

14. 元宵节　此句出自辛弃疾《青玉案·元夕》，"上元""元夕"指的都是元宵节，即农历正月十五。

第五轮题目答案：

1. 无奈朝来寒雨晚来风。

2. 自是人生长恨水长东。

3. 烟涛微茫信难求。

4. 云霞明灭或可睹。

5. 势拔五岳掩赤城。

6. 对此欲倒东南倾。

7. 红豆生南国。

8. 花重锦官城。

9. C.种豆南山下，草盛豆苗稀。

A应为"误落尘网中，一去三十年。"

B应为"方宅十余亩，草屋八九间。"

10. B.土地神 社日是古代祭土地神的日子，以祈丰收，有春、秋两社。

11. B.墙壁上 诗名为《题鹤林寺壁》。

12. A.谢朓在宣城做过官

13. 《客至》："蓬门今始为君开。"

14. 张芝 据说张芝擅草书，但平时都写楷字，人问其故，他回答说："匆匆不暇草书。"意即写草书太花时间，所以没工夫写。陆游客居京华，闲极无聊，所以以草书消遣。

龙争虎斗答案：

1. 葡萄

2. 卢照邻

3. 李广

4. 喧豗

5. 刘禹锡《赠李司空妓》

6. 卢照邻

7. 绿色

8. 石榴

9. 刘禹锡

10. 新娘

11. 相濡以沫

12. 手帕

选手心语

文化桃花源，诗词信美胡不归？

诗词达人毕凯，1990年生，山东威海人，电力工人，戏称自己为阳光下的"电力医生"，工科里的文艺青年。自小酷爱国学，平生嗜好读书，知识储备丰富，临场镇定从容。他是节目中最稳健的选手，一路过关斩将，最终勇夺《中华好诗词》第五季的诗词状元。

说来有趣，第一次认识《中华好诗词》，竟是起源于2016年底的一次不经意的相关搜索。

在《中华好诗词》之前，我平时基本不看电视节目。一次机缘巧合，我因为要准备一场诗词比赛，于是在网上搜索"诗词节目"。作为中国诗词节目的先行者，《中华好诗词》第一季蓦然映入眼帘。就这么随手一点，便点出了我与《中华好诗词》最初的缘分。

本来我对自己的诗词水平挺自信的，但是《中华好诗词》第一季节目看得我透心凉：这道题不会，那道题也不会。枉我还自诩为诗词达人，在《中华好诗词》的"暴击"之下，不禁有"洞中方一日，世上已千年"之感。也是从《中华好诗词》开始，我转变了对电视节目的看法，时常看一些知识性比较强的国学节目，不仅学到了很多知识，顺便还可以检验了自己的水平。在这些节目中，我情有独钟的还是《中华好诗词》，与它真是相见恨晚。

而与诗词结缘，还要追溯到我的学生时代。我的语文老师黄华丽老师，就是一位不折不扣的诗词爱好者。在每节语文课上，她要求同学们轮流在黑板上写下一首古诗词和大家分享，并当众背诵，然后大家再抄到自己的诗词摘抄本上。那时候我每天睡前最大的乐趣，就是默背当天分享的古诗词，然后像小松鼠储存坚果一样，一颗颗数好后珍重地埋起来。我慢慢领悟了，流水很容易灌满池塘，而珍珠却要一粒一粒收集。摘抄本虽然已经泛黄，但代表着我宝贵的诗词养料，一直摆在我的书架上。时至今日，工作后的我依然坚持每天抄写一首古诗文，用孔夫子的话说呢，不图为乐之至于斯也。

每天奔波于城市的喧嚣中，简单地谈诗变成一件很奢侈的事情。当我们为了五斗米而劳碌此身，笼罩于夜幕的华灯之下，又会有多少心情付与诗词呢？如果没有《中华好诗词》这档良心节目，如果没有对这片诗词桃花源的憧憬，我想我也做不到走路是诗、独坐是诗、睡梦也是诗。所以我非常感激《中华好诗词》的这段旅程，在准备《中华好诗词》节目的半年时间里，我感到充实而愉悦、坚定而幸福。它培养了我极度自律而又高效的读书习惯，我所收获的不仅仅是知识上的丰富，更不是电视上的闪耀，而是我足以珍视一生的幸福回忆。

在这里我也想和所有喜爱《中华好诗词》的朋友们分享一首我最爱的诗："隐隐飞桥隔野烟，石矶西畔问渔船。桃花尽日随流水，洞在清溪何处边。"如果你也爱这片落英缤纷的诗词桃花源，洞口就在《中华好诗词》里。

缘起但未缘落

诗词达人倪霄汉，1990年生，江苏盐城人，正连职上尉，历任排长、参谋、代理连长等职。本科、硕士分别毕业于中国人民大学、国防大学，现军事科学院博士在读。《中华好诗词》第五季首位通关选手。自小酷爱诗词，允文允武、"左手《破阵子》，右手《西江月》"是他一直以来追求的人生境界。凭借扎实的诗词功底、过硬的心理素质、迅捷的反应进入第五季《中华好诗词》六强，展示了当代子弟兵能武亦能文的风采。

（一）

　　我的兴趣特别杂，光看我的读书经历就可以发现了——从理科到文科，再从文科转到工科。诗词是自己从小就开始的爱好。我在想，爱诗大抵是这样的历程：从了解某些诗句到了解某些诗人，而后再去了解诗词背后的文史知识，最后尝试写一些小诗自己留着看看。我最喜欢的一首词是岳飞的《小重山》："白首为功名，旧山松竹老，阻归程。欲将心事付瑶琴，知音少，弦断有谁听。"或许人在成长的道路上总是如此的。我记得本科毕业写申请书去作战单位时，同学跟我说过，有人五年之后可能是清华的博士，学术成果丰硕，也有人五年之后可能年薪数百万。而我呢，五年之后最多是个普通的上尉，而且还在比较艰苦的地区工作。这怎么来比较。

　　好多个站岗的夜晚，我在寒风凛凛的哨位上，不止一次在想，岳飞真的是"白首为功名"吗？我又是在"白首为功名"吗？不是的。或许我们都是在探寻自己人生的意义。而对于这样的探寻，众多的诗人、词人都将其放在了诗词里。

儒家经典《礼记·大学》中提到八目："格物、致知、诚意、正心、修身、齐家、治国、平天下"，成为中国文人们奋斗的目标。"时穷节乃见，一一垂丹青。……或为出师表，鬼神泣壮烈。或为渡江楫，慷慨吞胡羯。或为击贼笏，逆竖头破裂。"每当吟诵起这段诗，我都会热血沸腾。无论是诗中的这些英雄，还是李白、杜甫、苏轼、陆游，甚至是李煜、柳永，他们都在探求着自己人生的意义。读他们的诗词，也是在感悟他们的思想，感悟他们的人生。

（二）

在世俗的繁杂中，我们总想着找一方心灵的净土，这或许也是大家喜爱诗词的原因之一。选择《中华好诗词》，是因为它提供了一个公平的平台，可以与同好们坐而论诗，乃至坐而论道。若诗词为桃花，那么《中华好诗词》就是诗词世界里的一处桃花源。可能由于职业习惯，我特别关注细节，节目各方面的细节尤其是题目的设计都特别讲究。专业的实景拍摄，华美细致的绚丽舞台，辛勤耐心的指导帮助，细致周到的后勤保障，凡此种种，都是节目组的老师们所带给我们的。

从我的角度来看，一个知识类节目的好坏最外在的表现是选手的质量。特别是在文科的领域中，只有真正高雅的比赛才能吸引一流的好手。而一流的高手并不只是学识丰富，更是体现在涵养上。在第一期挑战擂主时，我送了东辉大哥一句诗："云山苍苍，江水泱泱，先生之风，山高水长。"这不是应景的吹捧之词，而是因为东辉大哥第四季夺冠后的那席话直击了我的内心深处。如果我们的国家和民族多一些诚人、纯人、仍有赤子心之人，必将善莫大焉。文以载道，诗词在当代社会可以有这样的作用。

再回到五年前同学抛给我的问题：人生如何比较，价值如何体现。我想是或为陈情表，或为正气歌。于家尽孝尽责，于外探寻自己人生的意义。作为军人，我觉得再加上一句：守住国土，守住安宁，也守住孤寂，更守住心灵的净土。

我与《中华好诗词》的故事

诗词达人杜若祎，2007年生，吉林长春人，参加节目时九岁，被誉为"诗词小神童"。出生四五个月时，就以唐诗作为睡前诗，一岁时开始看诗词DVD，两岁时基本可以认全小学课本内的字，四岁学习古筝，七岁学习钢琴，八岁学习奥数，皆取得好成绩。在《中华好诗词》节目中通关，并在"巅峰对决"中获胜，成为第五季最后一任擂主。

小时候，我一直想找一个能代表我精神层面的事物。后来我发现那就是诗词。

在我出生之后四五个月时，母亲开始给我读诗词。当时母亲并没有认为这是很重要的事情，只是为了哄我睡觉而已。但是，如果每天没有一首新的诗词，我就不会睡觉。据母亲说，我最喜欢的是这一首：

朱雀桥边野草花，乌衣巷口夕阳斜。

旧时王谢堂前燕，飞入寻常百姓家。

我也不清楚自己为什么喜欢《乌衣巷》这种感觉，但是我觉得自己开始喜欢诗词了。

我第一次系统地背诗词是在小学一年级。当时学校开展了"每天坚持十分钟"的活动，我就选择了坚持读诗。每天睡前十分钟背一首诗词，用了不到一年就背完了小学的校本教程，一共是二百一十首。然后我又开始背《千家诗》二百二十六首、《唐诗三百首》，并且不断复习。现在这两本书我至少都背过三四遍了。

后来，我参加了《中华好诗词》第五季的节目录制。

最初上台时，我还是非常紧张的。因为看了很多期节目，觉得题目很难，选手也很强。但是，《中华好诗词》节目中的每一个人都给了我很多帮助。在这里，我见到了各位诗词王者的精彩表现，也学习了很多诗词典故。每一个节目组工作人员的表情都告诉我：我们是认真的。其实，这其中的奥秘远不止于此。

有一次，在班会课上答题时，我因为"但使龙城飞将在"的"飞将"是谁与同学们起了争执。因为我听郦波老师的讲座说，"飞将"泛指为国立功的将士。而同学的题目没有此项。正逢郦波老师担任节目的诗词大学士，我便私下咨询他。杨雨老师当时也在场，就把王昌龄《出塞》的诗义细细分开了讲，最后使我茅塞顿开。这就是大学士对我的帮助。

除了这些精神上的收获，在录制期间，最使我振奋的，是盒饭。曾经参加过很多节目的录制，《中华好诗词》的盒饭是我目前为止吃过最好吃的。之所以我能在《中华好诗词》的舞台上坚持这么长的时间，主要归功于盒饭给予我的能量。我甚至能从中感觉到节目团队对参与者的用心。这都是他们团队、大学士和所有工作人员最诚挚的奉献。

登上好诗词舞台后，我的生活又发生了怎样的变化呢？

节目播出后，我的班级乃至整个年级都掀起了"诗词热潮"，同学们开始大量积累诗词，并以此为任务。我们班的同学还建立了"古诗微信群"，他们每周都会在群中发送背诵古诗的视频。学校还特意组织了年级诗词大会，委任我担任顾问，我也成了学校的"大学士"。这些都让我深深觉得，我参与《中华好诗词》的节目能给这么多人带来学习诗词的乐趣，是多么有意义啊！

有人问我，你为什么要参加《中华好诗词》？

第一，我读了很多年诗词，从来没有检验过水平，正好借此了解一下自己的实力；第二，我想扩展知识面，让自己的学识更加丰富；第三，就像我刚才说的，让更多的人喜欢诗词。我觉得参加《中华好诗词》不是为了要去拿名次，更重要的是把它作为一个新起点，增强自己的能力；还有以诗会友，认识更多同样热爱诗词的人。

正逢《中华好诗词》团队出版第五季图书，我把自己的心得写在这里，希望大家能够如我这般，喜欢诗词，爱上诗词。

《中华好诗词》第五季：归来仍是少年游

诗词达人黄雯，1997年生，四川绵阳人，现就读于吉林大学考古专业。她出生于大诗人李白的故里，从小深受唐诗宋词的熏陶，又因为对古诗与古人的好奇选择了考古专业。她是一个将专业与爱好合二为一的人，在考古工地闲暇之余仍不忘学习诗词。在《中华好诗词》的舞台上，黄雯因为性格冷静沉着、答题干脆利落，被称为第五季的"冷面杀手"。

春秋如尘土，拂去又还来，人生如参商，一别已经年。

作别《中华好诗词》舞台转眼已半年有余，记不清这是第几次回忆，但每次回忆都是为了更好地铭记，铭记那些煮雪烹茶、与良友佳句为伴的日子。

二十年来，诗词于我，是红尘琐事中拂不去的情结。生于李白故里，长于匡山书院、青莲碑林之中，先贤的足迹仿佛是与生俱来的指引。"黄金白璧买歌笑，一醉累月轻王侯"，李太白笔下的古痴今狂，大概就是我今生与诗词结缘的起点。

如果说考古学给了我亲手触碰历史的机会，诗词则让我真正活在了古人意气驰骋的疆场上、愁肠百结的目光里。然而，诗词的小众也常令我感到孤独——每每觅得好诗却无处分享，我感伤于自己如飘忽的尘埃，如悬于词句中的一缕孤魂。随着年龄增长，我开始思索，诗词在飞速运转的现代社会究竟应如何安放——是在孤芳自赏中凋零，还是在与光同尘的路上走向流俗？

与《中华好诗词》相遇的三年中，它逐渐解开了我纠缠已久的心结。从最初的不经意，到报名时的义无反顾，再到参加后的自信与满足，这个舞台给过我太多的感动：偶然、心动、惊喜、期待、淡然、回味、习惯……回望当初参加《中华好诗词》的经历：从大学季时曾与它失之交臂，到校园海选时不抱太大希望的尝试，直到真正站上舞台，都还带着一份难以置信的感觉。

那个夏天，我的心情总是起伏不定。霄汉与楚楚合纵连横时的精彩对决，若祎在争分夺秒环节的佳绩，还有总决赛毕凯与舒敏的龙争虎斗、不分彼此，这些画面不断掠过我的脑海，好像已经沉淀了多年，又好像只是一梦之前的昨天。幸运的是，画面中也曾有过我的身影，正如王徽之雪夜访戴，乘兴而来，兴尽而返，一切因果自然交付他人评说。我只愿珍藏途中的千种风情，让它们永远留存于心。

"我醉欲眠卿且去，明朝有意抱琴来"，过去我曾认为诗词是一种闭门觅句的个人艺术，而今我却沉醉于奇文共赏的氛围之中。是这个舞台将我从"高处不胜寒"的孤独境地中解救出来，同时也告诉我，诗中不止有渔者樵夫、隐士高逸，更有人与人之间超越语言的灵犀。犹记初赛时被王先杰、金凤姐的故事深深打动，决赛时更是与舒敏彻夜长谈，只有在真正肆意挥洒情绪时，才能获得那种久违的酣畅。

为本书作后记时，我一直在追溯诗词与自己命运的交点。与《中华好诗词》相遇，与诸位选手相识，或许就是我最接近诗词本质的一次生命体验。今夜别月天悬，心中万千丘壑，提笔却又是无言。我总觉得，诗词本身便代表着一种无字而韵的理想生活，清风拂过，即成诗一寸。这样的处世态度中，你我自然不用刻意惦念，只会在浥雨清寒的时刻偶然想起对方。因此，诸君，相忆正如相见，唯愿我们永忆于江湖，归来仍是少年游。

七弦一笔，昨日今时

——关于诗词，关于《中华好诗词》的种种

诗词达人韦异才，1988年生，辽宁沈阳人，武汉大学文学院博士在读。节目中的韦异才，名如其人，表现出胜于众人之才华，诗词功力深厚，对于知识典故如数家珍，被观众及选手们亲切地称为"异才师姐"。

我们读诗正是要让自己的精神状态新鲜有力，富于生气，这种精神状态将有助于我们认识自己周围的世界，而世界的认识却是无限的。

——林庚先生

时钟指向了2018年，我也步入了而立之年的行列。古人一过三十五岁就自称"老夫"，现如今，三十岁虽然不算老，但比起满屏幕的"小鲜肉"，却也不算小了，如今写下这些话，就当是"老妇聊发少女狂"罢。

从小到大，我总认为，诗歌是内心的一部分，无论背诗还是写诗，都能将自己内心的感受呈现，与知己分享。这一点上周汝昌先生说得好："以我之诗心，鉴照古人之诗心，又以你之诗心，鉴照我之诗心。三心映鉴，真情斯见；虽隔千秋，欣如晤面。"

2017年4月份，我偶然参加了学校的古典文学知识大赛，恰逢《中华好诗词》节目组在武大进行选拔。我因为成绩不错，有幸成了第五季的选手。刚上电视的我，很不适应，舞台又大又空，评委观众都离得很远。像我这种循规蹈矩惯了的儒

系青年，摸不清舞台说话的尺度。当时很紧张，不知道说什么。结果给大家造成了我不太好接近的印象。

烟水茫茫路万千，心书写尽未成篇。后来到九月中旬半决赛和决赛，因为要照顾刚刚做完手术的奶奶，那个时候的我状态很不好。至于名次，我既然没有尽百分之百的心去准备，那么自然也就不要奢求百分之百的结果了。

我表现如此之差，没想到还有素不相识的人喜欢我。感谢微信上认识的很多同好们，我们经常交流。他们的理解和支持是我进步的动力。千金易得，知己难求。母校武大则对我充满厚爱，校广播站对我进行采访、图书馆的请我做分享活动，并且我还被母校邀请，在元旦晚会表演古琴伴唱。现如今我和阅微书社的唐阅辉、张澍树、沈雪洁等关系都非常好。因缘合是前生定，再为前生续此缘。

通过《中华好诗词》我认识了不少值得珍惜的朋友，下面就来说一说吧。初赛时我和阳晓同住一个房间，她总结了很多题目，主动拿出题来帮我复习。而当时她已经很累了——她的节目是晚上录的，半夜十一点才回来，都没睡几个小时。决赛时她又主动把自己的卸妆油送给我。因为有着家学渊源，她的书法很好。我还珍藏着她送我的书签，上面的题词是小东坡唐庚的"山静似太古，日长如小年"，在短暂的当下体会深刻的永恒，恰好是我喜欢的句子。

李立军大姐对我们这些年纪比她小的选手很是关心照顾，早上吃饭的时候总提醒我们别被热汤烫到。她是十二位半决赛选手中最不容易的，那样的工作环境下还能坚持学习。上有老，下有小，中年人缄默无言，身上的担子却是沉甸甸的。人生在世，贩夫走卒、王侯将相，各有各的感慨，各有各的难处，谈人生，并不是只有文人雅士才能谈得好。诗歌能让一个人从烦琐的生活里暂时解脱，心中开出一朵花来，可见它泽被众生的功劳。

李佰聪大哥骨子里透着东北人的幽默。在选手群聊天，他常能把表情包运用得炉火纯青。一次，我在群里发了一个"不悲不喜"的风中挺立的佛系青年表情，他立刻跟上一个无比认真敲木鱼的乖巧宝宝表情，配上四个大字"一切随缘"。

舒敏对于我来说，是可敬的对手。所以我在初赛之后，把大拇指送给她。她后来半决赛和决赛的状态和心态都很好，值得我羡慕并学习。决赛之后选手们聚餐，李绅剥虾之后给谁我忘了，我剥好的虾给了舒敏。当时她说如果我再去长沙记得找她。之后她每次在网上见到我，要么邀我去长沙，要么提醒我天冷了多穿衣服。我忽然隐隐约约有种感动，拿着手机想哭，半天没说出话来。你关心我一下子，我感动好一阵子，我们都很单纯。

还有李绅，他有很多优点，是很久以前就养成的，可见优秀是一种习惯，此言不虚。另外，我常常问自己，如果是我，能挺身而出当众为一个人说话吗？这样的魄力，我希望自己也有。感谢李绅。来年酒酿青梅熟，何幸再逢刘使君。

记得决赛后的第二天，我们出了影视园的北门，霄汉自己坐公交车走了，到西客站的我们四人坐一辆出租车，唱着林忆莲的歌，讨论着前途。到了地方，李绅帮我们拿下箱子，微笑着挥别，我们目送他进了地铁。忘记是谁说了句："原计划不是他把我们送上火车吗？怎么变成了我们送他上地铁？"我说："大概是剧本拿反了吧。"

忆得余烟苍莽处，半程山水一城人。2017，我和《中华好诗词》的人就这些故事。

博观约取，厚积薄发

诗词达人马博文，1993年生，山东济南人。喜爱汉服的她，每次亮相都是一身精美雅丽的汉服，被誉为"汉服佳人"。秀美的外表下，却有着"霜刃未曾试"的冲劲儿。凭借这股冲劲儿，她一路过关斩将，成功登上擂主宝座，并且成为《中华好诗词》史上，唯一连续稳坐十一期擂主宝座的选手，最终斩获《中华好诗词》第五季季军。

　　在这本书将要结束的时候，我很开心可以为它作一段后记，为自己喜欢的东西付出时间和精力是一件让人欢愉的事情，正如我读诗词、读历史一样。

　　从小，诗词就是可以令我自豪的东西。那时我沉默寡言，对什么都怯怯的，但只要与诗词相关，我就会像变了个人一样。记得老师曾经问《古朗月行》谁背过了，同学们的目光都逃避到课本插画的一双小儿和"皎如飞镜临丹阙"的明月上，只有我，一出口就是十六句，一字不错，一气呵成。而课本上只有四句，老师惊讶地看着我，竟不知这首看似简单的小诗原来这么长。

　　看《中华好诗词》，是几年来我雷打不动的习惯。就如门前日夜潺潺的那条小溪，年年如是。而《中华好诗词》也是所有节目中，最让我怦然心动的那一个。

　　那时候，文化竞技类节目还没有像现在一般，如雨后春笋似的冒出来，因此《中华好诗词》的出现像空山新雨之后、明月松间之下的泠泠清水，引起了我的无限向往。不是所有人都爱读诗，也不是所有人都愿意把诗词搬上舞台，所以那一瞬间，"西窗下，风摇翠竹，疑是故人来"。

　　我要借这个机会向《中华好诗词》所有的工作人员说一声谢谢，因为大家不仅给了我一个登上舞台的机会，更让我从大学毕业的第一天开始就活得深刻了起来。

刚离开校园的我，没有学业，没有事业，我看不见未来，也抓不住过去。毕业当天去录制《中华好诗词》，那时的我很慌张，火车开动的一刻，我的心开始和车厢一起颤抖。临上台前，我对编导姐姐说："姐，如果我第一关就掉了，可不可以把这一段直接剪掉？"

姐姐替我整了整头发，她说："博文，你要相信自己，你可以的。"

是的，我可以的。我的后盾是我所热爱的传统文化，我的剑、我的戟是我宿昔不梳头而朝夕相伴、相识多年的古典诗词和历史掌故。所以在我紧张到甚至不知自己在做什么的时候，它们为我挡住了所有的风雨，"博观而约取，厚积而薄发"。

后来我竟然做了十一期擂主，成了停留最久的那个人。这应该是很幸运的，我始料未及。而更幸运的是，在这个舞台上，我认识了一群同样热爱诗词的人。他们每个人都个性分明，像一颗颗骄傲而独立的星星，有着属于自己的光芒。毕凯"一片冰心在玉壶"的爱意，李绅"一蓑烟雨任平生"的闲适，舒敏"一剑霜寒十四州"的雄心，还有霄汉、异才，等等。他们是这样打动我，他们每个人都像一首诗，也许意义不尽相同，但情意必定相通。

归燕未曾识故巢，旧人却已看新历。转眼，时间已经过去那么久了，去年夏天遇见的你们成了我生命里永远的风景。我会记得那年夏末秋凉，"万人丛中一握手，使我衣袖三年香"。

但愿世间所有的离别都是为了久别后的重逢，我们，后会有期。

以诗词为心，就是我的超凡能力

诗词达人李立军，1970年生，吉林人，是一名进城务工人员，从事过收废品、做饭工等各种辛苦工作。她从小热爱诗词，然而生活的艰辛令她几乎忘却了诗词的存在。机缘巧合之下，与《中华好诗词》的偶然邂逅，让她重燃诗词之爱，一发不可收拾地开启了"见缝插针"式学习诗词的征程。几年下来，她将《中华好诗词》节目内容倒背如流，并以最朴实的面貌登上舞台，被大家誉为"好诗词的活题库"。

我是《中华好诗词》第五季选手李立军，今年四十九岁，是个地地道道的农村人。如果说我身上有什么特别之处，可能就是从小对诗词情有独钟吧。

上学的时候，每当语文书发下来，我一定会先把书上的古诗词背下来。因为当时还小，对诗词也只是懵懂的喜欢而已。后来渐渐长大了，我不但能够流利地背诵诗词，并且开始理解诗词的含义，就这样无法自拔地爱上了古诗词。可以说，诗词是我"心头的朱砂痣""枕边的明月光"和前进中的航标灯，它成了我生命中不可分割的一部分。除了热爱，诗词于我而言，也是"救命"的事情。

结婚生子之后，生活的艰辛和种种不如意，使我筋疲力尽，几乎难以支撑。最后，还是诗词拯救了我。我最喜欢的诗人是杜甫，每当我觉得自己跌到谷底、对生活绝望的时候，就会想起杜甫的诗，并且得到了极大的慰藉。和诗圣比起来，眼前的困难根本不算什么。尤其是《自京赴奉先县咏怀五百字》诗中的"入门闻号咷，幼子饥已卒""所愧为人父，无食致夭折"，诗人的孩子被活活饿死，但诗人还是心系百姓，牵挂和他一样受苦受难的兄弟姐妹。读诗，令我坚强，令我心中有爱。

我没有漂亮的房子，没有足够的金钱，我穷困潦倒，我一贫如洗。

然而有诗词相伴，我的内心是富足而圆满的。

在这里想分享给大家宋真宗赵恒《励学篇》中的诗句，借以表达我的态度：

> 富家不用买良田，书中自有千钟粟。
>
> 安居不用架高楼，书中自有黄金屋。
>
> 娶妻莫恨无良媒，书中自有颜如玉。
>
> 出门莫恨无人随，书中车马多如簇。

俗话说得好，风雨过后见彩虹。经过我们夫妻二人不懈的努力，我们的三口之家过得很幸福。而面对这样的好日子，最最应该感谢的就是融入我生命中的诗词。

说起与《中华好诗词》的缘分，还要追溯到第一季。当我第一次看到河北卫视《中华好诗词》的时候，高兴的心情无法形容。高兴之余，又有一点自卑，因为我毕竟是一个农村人，而且年纪比较大。就这样，一直追了四年多，我终于鼓起勇气报了名，也只是抱着试一试的心态。而接到节目组通知的时候，我的眼泪不禁夺眶而出。这种感激之情无法用言语表达。我不图名利，参赛只源于对诗词的热爱，只想对我喜欢的诗词有个完美的交代。

自从参加了节目，我结交了许多诗词朋友。大家来自五湖四海，来自各行各业，却有着共同的爱好——读诗、谈诗。在《中华好诗词》得以与诗友们相遇相知，是我生命中最美好的经历。而我永不灭的对诗词的热爱，就是我对待生活的一种超凡能力。

最后，衷心祝愿《中华好诗词》节目越办越好，收视长虹。